In der Buchreihe „Sternentänzer"
sind bisher erschienen:

Band 1: Das Rätsel um den weißen Hengst
Band 2: Das geheimnisvolle Mädchen
Band 3: Weißer Hengst in Gefahr
Band 4: Caro unter Verdacht
Band 5: Rettung für Lindenhain
Band 6: Bedrohung für den weißen Hengst
Band 7: Letzter Auftritt des weißen Hengstes?
Band 8: Der unheimliche Pferdehof
Band 9: Zeit der Entscheidung
Band 10: Hoffen und Bangen in Lilienthal
Band 11: Silbersterns Geheimnis
Band 12: Abschied mit Folgen
Band 13: Caro und das Mädchen im Moor
Band 14: Ponys in Not
Band 15: Eine rätselhafte Vision
Band 16: Das Geheimnis der Schlossruine
Band 17: Caro und die weiße Stute
Band 18: Die Botschaft des weißen Hengstes
Band 19: Achterbahn der Gefühle
Band 20: Die geheimnisvollen Briefe
Band 21: Eine unglaubliche Entdeckung
Band 22: Ein verhängnisvolles Erbe
Band 23: Geister aus der Vergangenheit
Band 24: Die Magie des weißen Hengstes
Band 25: Voller Einsatz für Lina
Band 26: Verwirrung des Herzens
Band 27: Caro und das Geheimnis der alten Frau
Band 28: Aufregung um Stute Aziza

PANINI BOOKS

Sternentänzer

Sammelband 1

Lisa Capelli

Die Deutsche Nationalbibliothek verzeichnet diese Publikation
in der Deutschen Nationalbibliografie; detaillierte bibliografische Daten
sind im Internet über http://dnb.d-nb.de abrufbar.

*Dieses Buch wurde auf chlorfreiem, umweltfreundlich
hergestelltem Papier gedruckt.*

Sternentänzer, Sammelband 1
© 2010 by Panini Verlags GmbH,
Rotebühlstraße 87, 70178 Stuttgart
Alle Rechte vorbehalten

Verlagsleitung (Books/Kids): Gabriele El Hag
Redaktion: Sonja Wittlinger, Nicole Hoffart (verantw.)
Lektorat: Waltraud Ries
Umschlag: tab indivisuell, Stuttgart
Fotos: © Chris/PIXELIO; Juniors Bildarchiv; mauritius images
Satz: Vanessa Buffy, Mannheim
Druck: GGP Media GmbH, Pößneck
ISBN: 978-3-8332-2022-7

www.panini.de

Inhalt

Das Rätsel um den weißen Hengst 9

Das geheimnisvolle Mädchen 193

In einer stürmischen Vollmondnacht schlägt ein Blitz in eine jahrhundertealte Eiche ein, und eine Sternschnuppe fällt vom Himmel. Im gleichen Moment wird ein wunderschöner Schimmel mit einem kleinen schwarzen Stern auf der Stirn geboren.

Sternentänzer

Das Rätsel um den weißen Hengst

Lisa Capelli

Ein geheimnisvoller Neuling

Als Carolin an diesem herrlichen Sommermorgen aufwachte, wusste sie nicht, dass dieser Tag ihr ganzes Leben verändern sollte. Sie hatte Ferien, es war warm, und es war klar, was man da machte: ausreiten. Sie sprang glänzend gelaunt aus dem Bett und hüpfte rasch unter die Dusche. Dann fuhr sie einmal schnell, aber energisch mit der Bürste durch ihr kurzes dunkles Haar. Eilig schlüpfte sie in ihre Jeans und zog ein rotes T-Shirt über den Kopf. Blitzschnell rauschte sie hinunter in die Küche – nur keine Minute verlieren!

„Hallo, Mam!" Sie drückte ihrer Mutter einen Kuss auf die Wange und machte sich hastig über ihr Müsli her.

„Morgen, Schatz. Wenn du nur genauso schnell und fröhlich wärst, wenn es in die Schule geht", bemerkte Ines Baumgarten.

„Tja", seufzte Carolin und knackte ein Schoko-Flake. „Wenn die Lehrer Fell, Mähne und Hufe hätten …"

„Du und deine Pferde", lächelte Ines, zog sich im Flurspiegel die Lippen nach und knüpfte ein Tuch um ihren Hals. Im Grunde war die Mutter heilfroh über das Hobby ihrer Tochter. Die Pferde hatten Carolin über die Trennung ihrer Eltern hinweggetröstet.

„Ach Schatz! Es wird spät werden heute. Wir haben noch ein Geschäftsessen. Wenn du Hunger hast, hol dir doch eine Pizza aus dem Tiefkühlfach. Und wenn was ist, ruf mich auf dem Handy an."

Carolin grinste. „Mann, Mam, was soll schon sein? Ich bin dreizehn und kein Baby mehr! Außerdem bleibe ich den ganzen Tag in Lindenhain." Sie wedelte mit dem Müslilöffel. „Bis später."

Der Reiterhof Lindenhain lag ungefähr eine knappe halbe Fahrrad-Stunde von dem Dörfchen Lilienthal entfernt. Hier wohnte Carolin in einer Doppelhaushälfte in der Breitensteinstraße 9. Im Garten zwei Apfelbäume, die im Herbst kleine rote Äpfel trugen. Außerdem gab es noch einen Gemüsegarten, oder das, was einmal ein Gemüsegarten war. Jetzt wuchsen dort nur ein Büschel Schnittlauch und ein paar Karotten. Ines hatte keine Zeit mehr für den Garten, seit sie den Job bei einem Rechtsanwalt hatte. Carolin lebte allein mit ihrer Mutter in der Breitensteinstraße, da ihr Vater Paul vor einem Jahr ausgezogen war. Er hatte sich in seine Sekretärin verliebt. Rosanna. Typ Tussi. Kurze Röckchen, tiefe Ausschnitte, rote Wallemähne. Es hatte eine Menge Streit und Krach deswegen gegeben. Beim bloßen Gedanken an die neue Freundin ihres Vaters trat Carolin vor Wut so heftig in die Pedale, als wollte sie den Weltrekord im Mountainbiken brechen. Erst als der

Reiterhof in Sichtweite kam, drosselte sie das Tempo. Sie verbrachte jede freie Minute auf Lindenhain, und in den Ferien durfte sie manchmal auch länger bleiben. Ihre Mutter wusste, dass sie dort gut aufgehoben war. Der Hof war wie eine zweite Heimat für sie. Oben auf einem Hügel zwischen großen alten Linden lag er: ein lang gestreckter hellgelber Stall mit blauen Türen, einem Auslauf davor und der Reithalle, einem weißen Gebäude. Eine riesengroße Koppel mit einem Holzzaun und ein Reitplatz gehörten auch noch dazu. Einen kleinen Tümpel gab's zudem, in dem unzählige Kaulquappen und Krötenlarven schwammen, und eine Holzbank unter einer dicken alten Linde. Hier legte die Hofkatze Eulalia mit Vorliebe ihre „Geschenke" ab: Mäuse, kleine Ratten und anderes Getier. Frisch erlegt und blutig. Als Carolin völlig außer Atem auf dem Reiterhof um die Ecke bog, winkte ihr Nick schon freudig entgegen. Seine kurzen hellblonden Haare leuchteten in der Sonne. Seine samtbraunen Augen, in denen für gewöhnlich ein ironisches Lächeln lauerte, blitzten aufgeregt. Im Arm hielt er einen Korb, in dem Striegel, Kamm und Lappen lagen, sein dunkelblauer Overall stand vor Dreck.

Der Achtzehnjährige war Lindenhains Mann für alles. Er gab Reitunterricht, versorgte die Pferde, kümmerte sich um alle anfallenden Arbeiten und war Schwarm aller Mädchen. Carolin mochte Nick. Er war wie ein älterer Bruder für sie.

„Hi, Caro! Schau dir mal unseren Neuzugang an: Ist das nicht ein traumhaft schönes Pferd?" Nick wies mit dem Zeigefinger auf den Reitplatz. Vorne trabten ein paar Pferde im Kreis. Immer rundherum. Die Schweife wehten, ein Pferd wieherte laut. Ganz hinten in der Ecke stand ein Schimmel. Sein helles Fell glänzte wie Seide, und seine Mähne glitzerte in der Sonne. Es war am Zaun festgebunden und bewegte seinen eleganten Kopf unwillig hin und her.

„Ein Araber", murmelte Caro. Sie stellte verwundert fest, dass ihr Herz plötzlich ein paar Takte schneller schlug. Schnell stellte sie das Bike ab und lief zum Reitplatz. Kurz vor dem Zaun blieb sie einen Moment stehen. Ein merkwürdiges Gefühl überkam sie beim Anblick des Pferdes. Es war sonnenwarm, doch sie fühlte Gänsehaut auf ihren Armen. Wie in Trance schritt sie dann auf das Pferd zu. Der Araberhengst spitzte die Ohren und sah Carolin mit stolzem Blick entgegen. Seine Augen unter dem langen Schopf waren dunkel und geheimnisvoll.

„Hallo!" Sie näherte sich vorsichtig und strich dem Tier sacht über die Nüstern. „Bist du ein schöner Kerl", wisperte sie. In diesem Moment trat ein Mann aus dem Stall und marschierte mit großen Schritten Richtung Reitplatz. Er war groß und wuchtig, trug eine dunkelbraune Cordhose und einen dunkelbraunen Pullover. Dunkle Haare vervollständigten den düsteren Eindruck. Er schaute Carolin sehr unfreundlich an. Sie hatte ihn noch nie zuvor auf dem Reiterhof gesehen.

„He! Du! Was fällt dir ein, mein Pferd anzufassen?!", herrschte er sie böse schon von Weitem an. Erschro-

14

cken zog Carolin die Hand weg und sah den seltsamen Mann irritiert an. *Warum regt der sich bloß so auf?*

„Ich … ich wollte doch nur …", stammelte sie.

„Ich mag es nicht, wenn fremde Leute mein Pferd streicheln! Merk dir das gefälligst!", fuhr er sie an, band das Pferd los und führte es eilig in den Stall.

„Was ist denn mit dem los?" Carolin wandte sich ratlos an Nick, aber der zuckte nur die Schultern.

„Keine Ahnung."

„Es ist doch das Normalste der Welt, ein Pferd zu streicheln. Vor allem, wenn es so wunderschön ist."

„Frank Stone, ziemlich komischer Kauz", nickte Nick. „Aber sei nicht traurig. Der Typ kann sein Pferd schließlich nicht Tag und Nacht bewachen." Er grinste. „Deine Chance, Sternentänzer kennenzulernen, kommt schon noch."

„Sternentänzer", wiederholte Carolin andächtig und spürte wieder ein merkwürdiges Kribbeln im Bauch.

Nick knuffte sie in die Seite. „Was ist, wollen wir ausreiten?"

Da ließ sich Carolin nicht lange bitten und folgte Nick in den Stall. Dort war es dunkel, verglichen mit dem Sonnenschein draußen, aber die Augen gewöhnten sich schnell an die Dunkelheit. Die Pferde standen in ihren Boxen auf raschelndem Stroh. Sie schlugen mit ihren Schweifen nach den dicken Fliegen, die im Stall herumbrummten. Carolin schielte durch den Stall, doch von Sternentänzer war nichts zu sehen.

„Marhaba wie immer?", fragte Nick und drückte Carolin Marhabas Sattel in den Arm. Carolin nickte. Marhaba war ein hübscher Brauner mit schwarzer Mähne und schwarzem Schweif. Das bravste Pferd der Welt. Außer, wenn man ihn am Bauch striegelte. Da musste man aufpassen, denn dann versuchte er immer zu zwicken. Einmal hatte er Carolin in den Arm gebissen. Hinterher hatte sie einen riesigen blauen Fleck gehabt.

„Wollen wir zum Bach runterreiten?", fragte Nick, während er Shania sattelte.

„Klar", nickte Carolin und drückte ihr Gesicht an Marhabas Hals. Er roch warm und gut nach Pferd. Sein Fell kitzelte in der Nase, doch Carolins Gedanken waren nicht bei Marhaba.

Heimlicher Besuch

Pünktlich um neun schoss Carolin am nächsten Morgen mit ihrem Fahrrad die Hofeinfahrt zu Lindenhain hinein. Fast wäre sie gegen einen Pferdeanhänger gekracht, der mitten im Weg geparkt hatte. Schwankend bekam sie gerade noch die Kurve. Sie stellte ihr Rad ab und lief hinüber zur Koppel. Es war ein frischer, klarer Morgen, und die Sonne strahlte schon über Lindenhain. Ein paar Pferde grasten friedlich auf der Weide, schlenderten langsam und gemächlich von einem Grasbüschel zum nächsten. Der braune Marhaba, Rocco mit dem schwarzen Langhaar und den weißen Flecken, die schwarze Lilli und die kugelrunde Sophia, ein Shetlandpony mit Übergewicht. Das fünfte Pferd glänzte so weiß, dass Carolin die Augen zusammenkneifen musste, um es im grellen Sonnenlicht erkennen zu können. Es war Sternentänzer. Carolin stockte bei seinem herrlichen Anblick beinahe der Atem. Die ganze Nacht über hatte sie diesem Moment entgegengefiebert. Auf einmal setzte sich das Pferd in Bewegung. Erst in federndem Schritt, dann in wiehernden Trab drehte es ein paar Runden, den Hals elegant gebeugt, den Schweif hoch aufgerichtet. Carolin hing am Gatter und sah ihm sehnsüchtig dabei zu.

„Wenn Sternentänzer jetzt den Kopf hebt und mich ansieht", murmelte sie dabei fast beschwörend, „dann werde ich bald auf ihm reiten …" Und ganz genau in diesem Moment hob das Pferd seinen edlen Kopf und sah sie mit gespitzten Ohren an. Nur kurz. Einen Herzschlag lang, dann galoppierte es laut wiehernd mit wehender weißer Mähne davon. Carolins Herz fing an, wie wild zu trommeln. Es war so gespenstisch. Fast so, als könne das Pferd ihre Gedanken lesen.

Wenn ihr etwas wirklich wichtig war, dann hatte Carolin die seltsame Angewohnheit, auf Zeichen zu achten. So in der Art: Wenn ich es schaffe, mit dem Fahrradreifen genau auf der Bordsteinkante zu fahren, dann … Wenn die nächste Ampel grün ist, dann … Wenn die Bahnschranke offen bleibt, dann … Wenn Mathelehrer Westfal drei Mal hintereinander hustet, dann … Diesmal wählte sie Eulalia als Orakel. *Wenn auf der alten Bank unter der großen Linde Geschenke liegen, dann kann ich bald auf Sternentänzer reiten.* Sie stiefelte von der Koppel herüber und wagte es kaum, auf die Holzbank zu blicken. Es war ein ausgesprochen schwieriges Orakel, das war ihr klar, denn normalerweise ging die dicke Eulalia vor allem nachts auf die Jagd. Tagsüber lümmelte sie lieber faul im Schatten herum. Aber es war ja auch ein ausgesprochen wichtiges Vorhaben. Und deswegen baute sie auch gleich vor: *Das Orakel ist so schwierig, dass es rein gar nichts zu bedeuten hat, wenn es nicht gelingen sollte.* Noch zwei Schritte, noch einer, jetzt musste sie vor der Bank stehen. So ganz genau wusste sie es nicht, denn sie hatte sich die Augen zugehalten. Doch dann stieß ihr Knie auf Widerstand. Augen auf und „Yipiiehhh!" Carolin jubilierte. Da lag doch tatsächlich ein armes, kleines Mäuschen. *Gelungen!*, freute sich Carolin. *Ich könnte dich knutschen, Eulalia*, dachte sie. Dann schickte sie der Katze einen Handkuss hinüber in den Blumengarten neben dem Haus, wo die Samtpfote zwischen Rosenstöcken, Sonnenblumen und hüfthohem Gras döste.

Mit einem zufriedenen Lächeln öffnete Carolin die Tür zum Haupthaus. Darin hatte Gunnar sein Büro. Außerdem gab es eine Art Aufenthaltsraum mit einer Kochgelegenheit. Ein Kaffeeautomat, ein Automat, vollgestopft mit Chips und Gummibären und anderen Leckereien, und ein Tisch, auf dem ein paar Pferdezeitschriften lagen, standen auch darin. An den Wänden hingen goldgerahmte Urkunden, die die Pferde von Lindenhain eingeheimst hatten. Im ersten Stock waren noch ein paar Zimmer mit Betten, in denen Ferienkinder schlafen konnten. Gegenüber dem Aufenthaltsraum lag Gunnars Büro. „Gunnar Hilmer" stand auf einem goldenen Schild eingraviert an der Tür, an die sie klopfte.

„Ja bitte!", brummte Gunnar. Carolin öffnete die Tür und streckte ihren Kopf ins Zimmer.

„Hi, Gunnar!"

„Hm", brummte dieser, ohne einen Blick aus seiner Fußballzeitschrift zu nehmen.

„Melde mich zum Pflegetag!"

„Alles klar."

„Tja, dann mach ich mich mal an die Arbeit."

„Hm."

Gunnar Hilmer war so etwas wie der Big Boss auf Lindenhain. Geschäftsführer hieß das hochoffiziell. Er überprüfte die Termine, nahm die Anmeldungen entgegen, hockte am Telefon und kümmerte sich um den ganzen bürokratischen Kram. Die meiste Zeit aber verbrachte er mit den Füßen auf dem Schreibtisch hinter irgendeiner Sportzeitung. Mit Cowboyhut und Cowboystiefeln. Egal, ob Sommer oder Winter, heiß oder kalt, Gunnar trug immer seine Cowboykluft. Sogar wenn er sich für einen Geschäftstermin mal in einen Anzug zwingen musste. Früher soll er mal eine Werbeagentur gehabt haben, erzählte man sich. Dann, vor fünf, sechs Jahren, hatte er Lindenhain übernommen. Damals war dort, wo jetzt die Halle stand, nur eine Scheune gewesen. Ansonsten hatte es ein paar vergammelte Ställe gegeben und ein paar alte, abgewirtschaftete Arbeitspferde, die draußen gehalten wurden. „Den ersten Stein dieser Reithalle hab ich selbst gelegt", erzählte Gunnar stolz jedem, der es hören wollte.

Inzwischen hatte sich Lindenhain zu einem stattlichen Reiterhof entwickelt. Im Stall standen Pferde aller Rassen, zwei Araber, ein herrlicher, golden glänzender Tekkiner-Hengst, eine dicke, alte Berberstute, die eigentlich nur für ein paar Tage auf dem Hof bleiben sollte, doch dann vom Besitzer nie wieder abgeholt wurde. Außerdem zwei Isländer und ein paar Shettys, die Gunnar aus Mitleid bei einer Auktion ersteigert hatte. Wie die dicke Sophia. Sie war nur Haut und Knochen gewesen, als Gunnar sie kaufte. Aber mittlerweile hatte sie sich kugelrund gefuttert. Außerdem gab es immer jede Menge Gastpferde auf Lindenhain, wie Sternentänzer. Einige blieben nur ein paar Wochen, andere wohnten schon jahrelang in ihren Privatställen. Und es gab Pferde wie Marhaba. Ein reicher Vater hatte das Pferd seiner verwöhnten Tochter zum Geburtstag geschenkt, weil sie es sich gewünscht hatte, und als Gastpferd auf Lindenhain eingestellt. Das Mädchen fiel einmal runter und hatte keine Lust mehr auf das Pferd. Sie behauptete: „Das Mistvieh ist nicht zu reiten", und kam nie wieder vorbei. Der Vater auch nicht. Das war vor anderthalb Jahren. Seitdem gehörte Marhaba praktisch zu Lindenhain.

Gunnar war überhaupt eine Seele von Mensch. Seine Frau Antonia, eine resolute Italienerin, hatte ihn verlassen, weil sie eifersüchtig auf die Pferde war. Sie hatte verlangt, dass er irgendeinen Job mit geregelten Arbeitszeiten annehmen sollte. „Antonia hatte ja recht", sagte Gunnar immer. „Wer will schon einen Mann, der morgens um sechs aufstehen muss, um die Pferde zu füttern und die Ställe auszumisten?" Inzwischen gab es aber schon eine neue Frau an seiner Seite: Freundin Vicky, eine schlanke, dunkelhaarige, durchtrainierte Person, mischte auch auf Lindenhain mit. Sie war eine glänzende Reiterin und überaus beliebte Reitlehrerin

und hatte selbst mit den allergrößten Mehlsäcken un-
endliche Geduld.

Carolin seufzte. Doch Pflegetage mussten sein. „Erst
die Arbeit, dann das Vergnügen", predigte Ines immer.
Zudem war Reiten ein ziemlich aufwendiges Hobby,
und sie konnte die vielen teuren Reitstunden nicht bezahlen. Das bedeutete für Carolin: Boxen ausmisten,
sauber machen, eine dicke Lage neues Stroh einstreu-
en, die Pferde von der Koppel holen und jedes mit
einem Eimer Hafer und einem Arm voll Heu versorgen.
Außerdem: Hufe auskratzen, Stirnhaare, Mähne und
Schweif bürsten und die Tiere zur Reitstunde fertig machen. Anfangs hatte Carolin diese Pflegetage gehasst.
Doch jetzt machten sie ihr Spaß, weil man hinterher
immer das Gefühl hatte, dass den Pferden ihre neue
saubere Wohnung richtig gut gefiel. Außerdem hatte
ihr Nick eine Methode gezeigt, die Forke so im Halb-
kreis herumzuschwingen, dass sie sich leichter anfühlte, als sie war.

Carolin erinnerte sich noch an ihr erstes Mal vor inzwischen fast zwei Jahren: Am Schluss hatte sie kaum
noch Kardätsche und Striegel halten können, so lahm
waren ihre Arme gewesen. Tagelang hatte sie einen so
gemeinen Muskelkater gehabt, dass sie ihren Früh-
stückskakao mit dem Strohhalm trinken musste. Am
schwierigsten war es, durch die struppigen Mähnen zu
kommen. Einen Augenblick lang war sie nahe dran
gewesen, aufzugeben und die Mähnen einfach abzu-
schneiden. Inzwischen aber liebte Carolin die Arbeit.
Normalerweise ordnete sie die Bürsten, Striegel, Kar-

dätschen, Schwämme, Mähnenkamm und Hufkratzer hinterher sorgfältig in die Putzkiste, doch heute hatte sie keinen Nerv. Sie hatte etwas ganz anderes im Sinn. *Einfach nur ganz schnell fertig werden und zu Sternentänzer gehen, solange von diesem ekligen Stone noch nichts zu sehen ist!*, dachte sie und feuerte nach der Putzaktion alles achtlos in die alte Kiste. Mit der großen Gabel packte sie dann den Mist auf die Schubkarre und wollte ihn noch schnell zum Misthaufen balancieren. Entschlossen fasste sie nach den Griffen, hob die Karre hoch und begann zu schieben. Sie musste höllisch aufpassen, denn es war nicht einfach, den einrädrigen Karren gleichzeitig zu schieben und im Gleichgewicht zu halten. Aber es kam natürlich wie immer, wenn es schnell gehen soll: Es ging schief. Nach ein paar Metern bekam das wackelige Gefährt Schlagseite. Sie versuchte, die Last nach links zu verlagern, aber es war schon zu spät. Mit lautem Gepolter fiel das Ding um, und die Ladung kippte auf den Weg. „Verdammter Mist!", fluchte Carolin und wischte sich mit dem Arm die Schweißperlen von der Stirn. Das Gepolter hatte Eulalia alarmiert, und neugierig strich sie um Caros Beine. „Grins du nur", knurrte Carolin, nahm die Mistgabel zur Hand und begann leise fluchend, den Mist wieder aufzuladen. Diesmal ging es besser. Sie schaffte es sogar, die Schubkarre über ein schwankendes Brett bergauf zu schieben, ohne dabei mitsamt Karre in den Misthaufen zu purzeln. Nach zwei Stunden war Carolin nass geschwitzt und stank wie ein Wiedehopf. Aber sie war endlich fertig und lief hinüber zur Koppel.

Marhaba und die dicke Sophia grasten immer noch friedlich vor sich hin, doch von Sternentänzer war nichts mehr zu sehen. „Dann kann er eigentlich nur im Privatstall sein", murmelte Carolin.

„Unbefugten ist der Zutritt verboten" war auf einem großen Holzschild über der Außentür zu lesen. Befugt waren eigentlich nur die Pferdebesitzer, die ihre Pferde auf Lindenhain unterstellten, die Angestellten und die Mädchen, die die Pferde pflegen durften. Carolin war eines davon. Im Privatstall war alles viel schicker als im Stall des Reiterhofs. Jedes Pferd hatte eine große, sauber eingestreute Box für sich allein. Vor der Box befand sich ein länglicher Paddock, den die Vierbeiner bei offenen Türen jederzeit betreten konnten. Theoretisch. Denn viele Pferdebesitzer waren offenbar der Ansicht, dass frische Luft schädlich sein könnte, und zogen ständig die Türen zu. An jeder Boxentür hing ein Namensschild, auf Messing eingraviert oder in Holz gebrannt, keine beschriebenen Papptafeln. An manchen Boxen hingen Rosetten, die die Pferde auf Turnieren gewonnen hatten. Zehn geräumige Boxen gab es, von denen im Moment sechs belegt waren. In der letzten Box stand er. Noch ohne Schild und Rosette, denn er war ja noch nicht lange in diesem Stall. Sein Name war mit Kreide an die Box geschrieben: „Sternentänzer". Weiß wie Milch, mit einer langen Mähne und einem Schweif, der fast auf dem Boden schleifte.

„Hallo, du Schöner!", rief Carolin. Er drehte den Kopf zu ihr. Neugierig spitzte er die Ohren, prustete und scharrte mit dem linken Vorderbein. Vorsichtig ging sie

in seine Box und streichelte seinen Kopf und die großen Nüstern. Die Stirnhaare waren weich wie Seide.
Das Fell glänzte wie Samt. „Ich bin Carolin!" Er sah sie
an mit seinen großen, dunklen, feucht schimmernden
Augen. Sein Blick ging Carolin durch und durch. *Er
sieht mich an, als ob er mich kennt*, dachte sie. Sie fühlte wieder dieses merkwürdige Kribbeln, die Gänsehaut, wie bei ihrer ersten Begegnung. Aber da war
noch mehr. Da war ein Zauber, der von ihm ausging.
Etwas Magisches. Etwas ganz Merkwürdiges, was man
nicht sehen konnte, irgendwie nur fühlen. „Du bist was
ganz Besonderes, das weiß ich", murmelte sie, während sie ihn liebkoste. Sternentänzer beschnupperte
sie behutsam mit seinen weichen Lippen und Nüstern,
als wollte er sie näher kennenlernen, und prüfte ihren
Geruch. Die feinen Tasthaare an seinem Maul zitterten.
Carolin schloss die Augen und genoss die Berührung.
Auf einmal legte das Pferd den Kopf entschlossen auf
ihre Schulter. „Schöner Sternentänzer", murmelte sie
liebevoll. Ein warmer Schauer lief über ihren Rücken,
und sie musste sich abstützen, um nicht das Gleichgewicht zu verlieren.

Sie war so vertieft, dass sie nicht bemerkte, wie sich
jemand von hinten langsam näherte. Erst als sie eine
kalte Hand auf ihrer Schulter spürte, zuckte sie zusammen. Ein eisiger Schauer lief ihr den Rücken hinunter. *Frank Stone, jetzt hat er mich erwischt!* In einer
Schrecksekunde malte sie sich aus, wie Stone sie vom
Hof jagte, wie sie nie wieder Lindenhain oder Sternentänzer zu Gesicht bekommen würde, wie sie …

„He, Caro, was ist denn mit dir los? Du zitterst ja wie Espenlaub!", hörte sie Nicks Stimme.

„Was?!" Carolin fuhr herum, wich zurück und stieß dabei einen Wassereimer um, der im Weg stand. Das Wasser schwappte über Nicks dunkelbraune Lederstiefel. Er nahm seine Hand von ihrer Schulter.

„Ich wollte dich doch nur ein bisschen erschrecken!", grinste er.

Carolin stampfte wütend mit dem Fuß auf. „Hast du auch, Blödmann! Und wie! Mann!"

Nick grinste von einem Ohr zum anderen. „Ist doch ein tolles Gefühl, wenn das Blut in den Adern gefriert, oder?"

„Keine Ahnung, ich hab noch nie in einer Tiefkühltruhe übernachtet", knurrte Carolin.

Nick grinste. „Tja, das kommt davon, wenn man heimlich in den Ställen rumschleicht und fremde Pferde streichelt!"

Carolin sah schuldbewusst auf den Boden. „Ich konnte einfach nicht anders. Du verrätst mich doch nicht?"

Nick sah sie empört an. „Bin ich eine Petze? Nee, ich werde noch mal Gnade vor Recht ergehen lassen."

„Danke, Nick", sagte Carolin, verabschiedete sich und wollte wieder gehen.

„Was ist? Ich dachte, du wolltest das Wundertier mal reiten?" Nick lehnte sich an die Box und kaute lässig auf einem Strohhalm.

Carolin sah ihn ungläubig an. „Wie? Reiten?"

„Na, aufsteigen, draufsetzen, festhalten …"

„Ich weiß, was Reiten ist!"

„Na dann los", grinste Nick, packte Sternentänzers Sattel und wollte ihn ihr in die Hand drücken.

Carolin war zu verblüfft, um zu reagieren. Der Sattel landete neben ihren Füßen im Stroh. „Und wenn er kommt? Der war so wütend. Ich hab echt Schiss vor dem Typen!"

„Er war schon da!"

„Und wenn uns jemand sieht? Und dann petzt? Und Gunnar?"

„Es sind nur noch Klara und Archibald da. Aber die beiden werden morgen früh abgeholt."

Klara mit ihren langen, dürren Beinen, die aussah wie ein Storch, war keine Gefahr. Sie lächelte immer nur schüchtern und sprach nie mit jemandem. Sie gehörte zusammen mit ihrem Bruder Archibald zum festen Ferienteam auf Lindenhain. Pünktlich zu fast jedem Ferienbeginn tauchten die beiden auf. Sie kamen aus Hamburg, und ihre Eltern waren froh, wenn sie die beiden abschieben konnten. Archibald war klein, rundlich und ritt sein Pferd mit mäßigem Erfolg. Er war einer der Mehlsäcke. Mit seinem Phlegma trieb er Vicky jedes Mal regelrecht zum Wahnsinn. Es machte ihm nicht einmal etwas aus, allein unter Mädchen zu reiten und dabei nicht der Beste zu sein. Er betrieb das Reiten völlig leidenschaftslos. Wahrscheinlich ritt er nur, weil er nicht daran denken musste, sein Pferd aufzutanken. Auch er war harmlos.

„Und Gunnar?"

„Nur, wenn wir ihm seine Hefte wegnehmen. Außerdem muss das Pferd ja schließlich bewegt werden, ob es diesem Herrn nun passt oder nicht! Ich kann nicht weg, und soll ich vielleicht Archibald mit Sternentänzer losschicken? Das arme Tier bekäme den Schock seines Lebens!"

Carolin konnte ihr Glück immer noch nicht fassen. „Und wenn …?"

„Und wenn du noch lange fragst, ist es irgendwann stockfinster draußen und du hast deine Chance verpasst. Also, mach schon!"

Carolin strahlte ihn an. „Danke, Nick!"

Ein Ritt wie auf Wolken

Wenig später ritt sie mit Sternentänzer über den gepflasterten Hof, dann die Auffahrt entlang. Sie überquerten die Landstraße und bogen in einen breiten Feldweg ein, der schnurgerade zwischen Maisfeldern bis in den Wald hinein verlief. Carolin klopfte Sternentänzer auf den Hals und genoss es, auf seinem Rücken zu sitzen. Es war ein merkwürdiges Gefühl. Fremd und vertraut zugleich. Und unglaublich. *Wenn ich eine Hand frei hätte, müsste ich mich glatt in den Arm zwicken*, dachte sie. Er ging direkt in Galopp. Galoppierte wie von selbst.

„Los, Sternentänzer", feuerte sie ihn an und beugte sich über den Pferdehals. Als er noch schneller jagte, schlug ihr die lange, dichte, milchweiße Mähne ins Gesicht. Herrlich! „Juhuhuhu!" Carolin quiekte vor Vergnügen. „Yipieeehhhh!! Schneller! Lauf!" Sie jagten den kleinen Waldweg zwischen Birken und Haselnusssträuchern entlang, der an einem kleinen See vorbeiführte. Dann durchquerten sie einen Buchenwald mit hohen, alten Bäumen und bogen anschließend in einen Feldweg ein, der sich an mehreren Koppeln vorbei bis hin zum Reiterhof schlängelte. Sternentänzer lief so weich und leicht, dass es sich anfühlte, als würde er fliegen. Carolin war erfüllt von einem kribbelnden, freudigen Gefühl der Freiheit. Der Wind peitschte ihr ins Gesicht, und die Hufe donnerten über den Boden. Sie war noch nie so schnell geritten. Es war unbeschreiblich schön. Fast unwirklich. Es gab kein Vorher, kein Nachher, nur ein Jetzt. Noch nie zuvor hatte sie sich so frei gefühlt.

Nach dem Ausritt blieb sie noch lange bei Sternentänzer in der Box. Zuerst machte sie sich über seine Hufe her, kratzte die Erdklumpen und Steinchen raus, die sich während des Ausritts hineingedrückt hatten. Dann schabte sie den Schmutz ab, der sich außen festgesetzt hatte. Mit dem Striegel strich sie in kreisenden Bewegungen über sein Fell und bearbeitete es gleichzeitig mit der Kardätsche. Dabei blickte sie ihm in die dunklen Augen. Da machte er seinen Hals lang und streckte die Oberlippe genüsslich nach vorne. „Hab ich deine Lieblingsstelle gefunden, mein Schöner", flüsterte sie kichernd in seine weichen Ohren.

Dann bürstete sie Mähne und Schweif behutsam mit der Babybürste, bis sie glänzten. Sie schlang ihre Arme um seinen Hals und fühlte ein ganz warmes Gefühl in ihrem Bauch. Aber nicht nur das. Gleichzeitig war da auch ein merkwürdiges Kribbeln. Ein umgekehrtes Saure-Gummihering-Gefühl. Man beißt rein, und die Gummiteile sind so sauer, dass man sie am liebsten gleich wieder ausspucken möchte. Doch nach einer Weile schmecken sie so lecker, dass man gleich danach das zweite nachschiebt. Was Carolin jedoch nicht wusste: Dieses merkwürdige Kribbeln war eine Warnung vor dem, was kommen sollte …

Vom Kirchturm schlug es sechs, als sie am Abend durch Lilienthal zurück nach Hause radelte. Viel gab es da nicht in Lilienthal. Eine Kirche mit Pfarrhaus, neben der Dorfstraße ein Wirtshaus mit Kastanien und grün gestrichenem Zaun. Ein paar Dutzend Häuser mit Holzbalkonen und Gärten, eine Tankstelle, daneben die Bushaltestelle. Den Bäcker Bauer, die Metzgerei Hermann, einen Tante-Emma-Laden mit Zeitungen und Süßigkeiten, der gleichzeitig als Lotto-Annahmestelle und Post diente. Eine Pizzeria, ein Café, einen Chinesen, einen Supermarkt und seit Neuestem die Boutique von Ines' Freundin Florentine, „Chez Florentine". Am Abend nach neun wurden in Lilienthal die Bürgersteige hochgeklappt.

Für die Schule hatte es im Dorf keinen Platz mehr gegeben, der rote Backsteinbau der Friedrich-Schiller-Schule stand am Ortsrand. Zehn Minuten mit dem Rad.

Carolin mochte Lilienthal, sie vermisste nichts und war heilfroh, dass sie auf dem Land wohnte. Sie hasste die Großstadt, die vielen Autos, die schmutzige Luft, die hektischen Menschen, den Asphalt, der ganz schlecht für die Hufe der Pferde war. Das Beste an Lilienthal aber war, dass es rund um das Dorf jede Menge Wälder, Feldwege und ausgedehnte Wiesen gab, wo man herrlich ausreiten konnte.

Als Carolin an diesem Abend nach Hause kam, fühlte sie sich immer noch, als würde sie schweben. „Mam, wo bist du?", brüllte sie gleich, als sie die Haustür aufschloss. „Ich muss dir was wahnsinnig Tolles erzählen! Es ist was ganz Unglaubliches passiert!"

„Hier bin ich!" Vom Wohnzimmer aus kam ihr Ines auf hohen Schuhen entgegengestöckelt. Carolin wunderte sich jedes Mal wieder, wie ihre Mutter es schaffte, auf diesen halsbrecherischen Absätzen zu gehen, ohne das Gleichgewicht zu verlieren und nach vorne zu kippen. Das Wohnzimmer war immer sehr ordentlich aufgeräumt. Mitten im Zimmer stand eine wuchtige Ledersitzgruppe mit einem runden Tisch aus Eichenholz, auf dem Tisch war eine Vase mit bunten Nelken. Die Supermarktversion für ein paar Euro. Ines liebte Blumen, und sie sorgte dafür, dass in der Vase immer frische standen. In der Ecke neben dem Fernseher stand ein dicker Gummibaum. Carolin konnte den Baum nicht ausstehen, ständig verlor er Blätter, ständig fing er Staub. Und wenn Ines mal wieder schlecht drauf war, wurde sie zur Baumpflege verdonnert. Die Wohnzimmereinrichtung inklusive Gummibaum war noch eine Hinterlassenschaft von Paul. Familienerbstücke. *Bin mal gespannt, wann er die abholt und zu seiner Rosanna schleppt*, dachte Carolin manchmal. *Und hoffentlich nimmt er seinen dämlichen Gummibaum dann auch mit!*

Zu den hohen Schuhen hatte sich Ines in ein langes schwarzes Kleid geworfen, das sich um ihre Beine schmiegte. Dieses Kleid zog sie nur an, wenn sie sich richtig fein machte.

Normalerweise hasste es Carolin, wenn ihre Mutter sich fein machte, denn das bedeutete in der Regel nichts Gutes. Ihre schulterlangen Haare lagen in großen Wellen um ihre Ohren. Normalerweise hatte Ines glattes Spaghettihaar. Ihre Wimpern sahen aus wie dicke, lange Spinnenhaare. Ihr Mund glänzte roter als die Ampel an der Ecke. Unverkennbar: Ines hatte ein Rendezvous.

„Was gibt's denn?", erkundigte sich Ines. „Übrigens, ich geh zum Essen aus, Schatz, das ist doch okay für dich? Ich bleib auch nicht lange weg. Ja, was wolltest du mir erzählen?"

„Aha", machte Carolin und hatte keine Lust mehr, von Sternentänzer zu erzählen. „Und mit wem gehst du essen?"

„Mit Thomas, einem Kollegen aus der Kanzlei. Er hat mich eingeladen, wir … wir müssen was Geschäftliches besprechen." Sie kramte in einer Schublade und zog einen 10-Euro-Schein heraus. „Du kannst dir ja was bestellen. Nicht schon wieder Pizza, aber vielleicht eine Lasagne und einen Salat oder so …"

„Ist gut", sagte Carolin.

„Ist gut?", wiederholte Ines und musterte ihre Tochter erstaunt.

Carolin nickte. „Kein Problem!"

„Ich komm auch nicht zu spät."

Carolin nickte wieder. „Meinetwegen."

Ines sah ihre Tochter verwundert an und schüttelte den Kopf.

Normalerweise hasste es Carolin nämlich, wenn ihre Mutter mit einem Mann zum Essen ausging, wenn sie nach Parfüm roch und erst spät am Abend zurückkam. Normalerweise überkamen sie in diesen Fällen alle möglichen Gebrechen. Normalerweise nervte sie ihre Mutter so lange, bis sie ihr den ganzen Abend schon vorher gründlich vermiest hatte. Heute nicht. Heute strahlte sie vor Glück dicke Freudenfunken.

Heute war sie die glücklichste Carolin unter den Sternen. Ihr Lächeln reichte vom einen Ende des Zimmers zum anderen, so sehr freute sie sich. Als sie schlief, sah sie den Schimmel im Traum. Seine Hufe donnerten über die Erde, die Mähne flog im Wind. So schön, so stark, so voller Kraft.

Der verhängnisvolle Unfall

Es war am ersten Tag nach den Ferien, als der Unfall passierte. Montag; ein total verregneter Tag. Es goß in Strömen. Hätte es nicht geregnet, wäre vielleicht alles anders gekommen. Carolin konnte es kaum erwarten, bis endlich die Glocke das Schulende einläutete. In Windeseile packte sie ihre Sachen zusammen. Den ganzen Vormittag hatte sie aus dem Fenster gesehen und gebetet, dass der Regen endlich aufhören solle, denn sie hoffte auf einen Ausritt mit Sternentänzer.

„He, Carolin, wo willst du denn so schnell hin?", rief Julia. „Wir wollten doch ein bisschen quatschen am ersten Schultag nach den Ferien!"

„Vergiss es! Die ist ein hoffnungsloser Fall. Hat doch nur ihre Pferde im Kopf", sagte die pummelige Tina und stopfte den Rest ihres Salamibrötchens von der Pause in den Mund.

„Ich glaube, Caro können wir langsam total abschreiben", nickte Heike, die gerade ihren Pferdeschwanz zusammenband und in ihrer Tasche nach einer Haarspange suchte. „Ich verstehe sie echt nicht."

„Ich auch nicht", seufzte Julia. „So wie ich sie kenne, hat sie doch sowieso die ganzen Ferien auf ihrem Reiterhof verbracht. Da könnte sie doch jetzt schon mal ein paar Minuten für ihre Freundinnen opfern!"

„Ich verstehe Carolin schon", mischte sich Luisa ein, die eigentlich ein bisschen traurig war, dass Carolin nicht auf sie gewartet hatte. „Pferde sind doch eigentlich klasse. Und Reiten auch. Ich meine, wenn man's mag!"

„Sie war nicht ein einziges Mal mit uns im Schwimmbad. Die ganzen Sommerferien lang", beschwerte sich Heike.

„Stimmt", nickte Tina. „Nicht mal zum Eisessen hatte sie Zeit."

„Fünf Mal hab ich sie angerufen, aber nie war sie da", sagte Luisa traurig. „Gegen die Pferde haben wir wohl keine Chance."

„Schon, aber es gibt ja auch noch was anderes im Leben. Jungs zum Beispiel." Julia warf ihre Haare in den Nacken. „Ihr glaubt nicht, was ich in den Ferien erlebt habe …"

„Reiten macht außerdem dicke Oberschenkel", warf Heike noch schnell ein.

„Und schmeckt nicht mal gut", grinste Tina.

„Habt ihr gestern GZSZ gesehen?", beendete Heike schließlich das Thema.

Carolin war als Erste draußen. Noch während die Schulglocke durch die Gänge schrillte, rannte sie über den Hof. Inzwischen tröpfelte es nur noch ein bisschen. Sie warf ihre Tasche auf den Gepäckträger, sprang aufs Rad und flitzte die Straße hinunter. Wenn sie vor dem Mittagessen noch auf dem Reiterhof vorbeischauen wollte, musste sie sich beeilen. Sie mochte die anderen Mädels aus der Clique. Die eine mehr, die andere weniger. Luisa mit dem dunklen Pagenschnitt und der süßen Himmelfahrtsnase mochte sie am liebsten. Manchmal trafen sie sich zum Eisessen, gingen zusammen ins Kino, im Sommer an den See. Früher häufiger, heute seltener, denn Luisa machte sich nichts aus Pferden. Außerdem verbrachte Carolin jede freie Minute auf Lindenhain, da blieb nicht mehr viel Zeit, um Freundschaften zu pflegen. Nick war ihr Freund, die Pferde waren ihre Freunde. Früher hatte sie sich immer mal wieder mit einem Ferienkind angefreundet. Aber jetzt nicht mehr, weil diese nach ein paar Wochen sowieso wieder weg waren.

Heike war auch ganz nett. Sie hatte einen größeren Bruder, der Eishockey spielte und den alle sehr süß fanden. Vor allem Julia. Dann hatte sie noch einen Dalmatiner namens Mathilde, halblange kupferrote Haare und jede Menge Sommersprossen. Schwer zu sagen, wer mehr Punkte hatte: der Dalmatiner oder Heike. Tina war eigentlich auch schwer in Ordnung, abgesehen davon, dass sich ihr Leben vor allem um Süßigkeiten drehte. Aber es machte ihr nichts aus, pummelig zu sein, und es störte sie auch überhaupt nicht, wenn die anderen ihre Witze über sie machten. Dann gab es da noch Annette, die eigentlich eher so am Rande mitlief. Groß, hager, halblange dunkle Schnittlauchhaare und Julias größter Fan. Und dann war da eben diese Julia. Tja, Julia mit den langen blonden Haaren. Ihrem Vater gehörte die Strumpffirma *Cecilia* – seit Generationen im Familienbesitz, wie Julia immer voller Stolz betonte. Jedenfalls hatten die Schlupfs – was konnte man bei dem Namen schon machen außer Strümpfe – Geld wie Heu. Und das ließ Julia so richtig raushängen. Drei Klos hatte sie daheim, drei Badezimmer und einen eigenen Fernseher mit DVD-Player. Immer hatte sie die angesagtesten Klamotten, die neuesten CDs und die beste Sportausrüstung. Eigentlich machte Julia nie Sport, doch sie hatte für jede Sportart die perfekte Ausrüstung zu Hause. Als Julia erfuhr, dass Carolin ritt, kam sie eines Tages in voller Montur in die Schule. Von der Reiterkappe bis zu den Stiefeln, alles stimmte, alles passte, sogar eine Peitsche hatte sie dabei. Nur – auf einem Pferd war sie noch nie gesessen. Zu ungemütlich, zu stressig, zu stinkig. Unter der Kappe ruiniert man sich die Frisur, mit dem Sattel die Fingernägel und der Pferdemief hängt noch tagelang in den Haaren. Sie gehörte ohnehin zu der Sorte Mädchen, für die schon ein Pickel einen mittleren Weltuntergang bedeutete. „Und überhaupt gehören Tiere in den Zoo", fand sie. Hinter Schloss und Riegel. Aber unter der arroganten Fassade war Julia trotzdem nett.

Eigentlich waren alle Mädchen ganz nett, nur für Pferde interessierten sie sich nicht. Früher hatte Carolin noch vom Reiterhof erzählt. Doch als sie feststellen musste, dass ihre Geschichten die anderen herzlich wenig interessierten, hatte sie damit aufgehört. Auch

Carolin war bei den meisten beliebt. Die Caro mit dem Pferdefimmel nannten sie sie liebevoll.

„Du kommst gerade richtig", begrüßte Nick sie, als sie ihr Rad in den Ständer parkte. „Die Dicke hat sich mal wieder im Schlamm gewälzt. Komm, hilf mir doch mal schnell beim Putzen!"

„Muss das sein?" Carolin verzog das Gesicht. Sie wollte eigentlich sofort zu Sternentänzer und hatte überhaupt keine Lust, Sophia zu schrubben. Sophia, genannt die Dicke, war normalerweise ein schwarz-weiß geflecktes Pony. Im Moment sah sie jedoch eher wie ein runder brauner Lehmkloß aus. Normalerweise wurden die Pferde nur einmal täglich geputzt, und zwar morgens. Aber so wie Sophia aussah … Außerdem war Sophia gar nicht so harmlos, wie sie wirkte. Sie war eines der Ponys, die Gunnar ersteigert hatte, und war wohl von ihrem Vorbesitzer nicht gerade liebevoll behandelt worden. Jedenfalls biss und schlug die Gute, wenn nicht alles nach ihren Wünschen ging. Nick zwinkerte Carolin schelmisch zu. „Na gut. Aber schade eigentlich. Denn ich hatte eigentlich vor, anschließend mit dir und Sternentänzer auszureiten, aber so", er seufzte, „so wird das dann wohl leider nichts."

„Das ist plumpe, gemeine Erpressung", grinste Carolin und griff nach der Wurzelbürste. Eine dunkle Staubwolke stieg auf, als sie die Bürste auf Sophias Hinterteil klatschte. Carolin rümpfte die Nase. „Ihh!" Sophia passte ihre Bemerkung wohl gar nicht, denn sie schlug mit dem Schweif um sich und traf Carolin im Gesicht. „Mann! Sophia!" Nick hielt sich den Bauch vor Lachen. Mit gleichmäßigen Bewegungen säuberten sie das Fell des Pferdes.

„Vielen Dank für die Hilfe!", meinte Nick, als sie beide gleichzeitig fertig waren und mit den großen Bürsten an Sophias Schweif zusammenstießen.

„Ich hatte ja wohl keine andere Wahl", grinste Carolin und tat so, als würde sie mit der Wurzelbürste nach ihm schlagen.

Als sie dann endlich losritten, hatte der Regen aufgehört und die Sonne war durchgebrochen. Die Luft roch würzig nach Gras und feuchter Erde. Die Vögel sangen, und die Sonnenstrahlen tauchten den Waldweg in warmes Licht.

„Pass auf die Äste auf!", rief Nick. „Und auf den Boden, der Matsch ist tückisch!"

„Mach ich!", antwortete Carolin und duckte sich unter einem Kiefernast hindurch, der quer über den Pfad hing. Den Kopf drückte sie gegen Sternentänzers weiße Mähne. Sie spürte, wie die Äste über ihren Rücken strichen. Es war später Nachmittag. Sie kamen an einem kleinen Bach vorbei, in dem glasklares, durchsichtiges Wasser floss. Am Ufer wuchsen dicht an dicht Blumen und Bäume. Nick gab auf Claudio, einem langbeinigen Wallach, das Tempo vor, und Carolin raste jauchzend auf Sternentänzer hinterher. Der Weg war holprig und glitschig vom vielen Regen.

Nach einer Weile wurde der Weg ein bisschen breiter. Nick und Carolin ließen die Pferde nebeneinander gehen.

„Du reitest ihn schon verdammt gut", sagte Nick anerkennend.

Carolin fühlte, wie ihre Ohren feuerrot wurden vor lauter Freude über das Kompliment. *Nur gut, dass Nick auf den Weg blicken muss,* dachte sie. „Danke für die Blumen."

„Du und Sternentänzer, ihr scheint schon ein richtig eingespieltes Team zu sein", meinte Nick dann. „Schon seltsam, nach so kurzer Zeit. Ungewöhnlich. Normalerweise müssen sich Pferd und Reiter erst aneinander gewöhnen."

„Es ist, als würde ich Sternentänzer schon ewig reiten", nickte Carolin. „Es war wie … wie Liebe auf den ersten Blick."

„Oh, oh! Vorsicht! Gewöhn dich besser nicht zu sehr an ihn", warnte Nick.

„Und warum?"

„Mit diesem Stone ist nicht gut Kirschen essen – wie du ja wohl selbst gemerkt hast!" Nick sah sie nachdenklich an. „Aber weißt du, was seltsam ist?"

„Was denn?"

„Neulich, als er kam, hat Sabine, du weißt schon, das Ferienkind letzte Woche, Sternentänzer gestreichelt. Stone hat keinen Ton dazu gesagt. Eigentlich sogar ganz freundlich geguckt. Nur bei dir ist er so ausgeflippt. Irgendwie scheint der Typ ausgerechnet dich auf dem Kieker zu haben." Er runzelte die Stirn. „Ich frag mich echt warum?"

Stone! Seit der ersten Begegnung hatte sie ihn zum Glück nicht mehr getroffen. Den Gedanken an dieses Ekelpaket hatte sie schon völlig verdrängt. Und auch jetzt mochte sie nicht an ihn denken.

„Jajaja … und jetzt fang ich dich!", rief sie und preschte jauchzend hinter Nick her.

Als es passierte, war Carolin gerade dabei, Nick einen schmalen Damm entlang hinterherzujagen. Rechts von ihnen ging es zwei Meter steil bergab, links war Wald. Sie ritt so dicht hinter Nick, dass sie das Loch erst sah, als es schon zu spät war. Claudio machte noch einen Sprung, doch Sternentänzer schaffte es nicht mehr. Er trat hinein. Er stolperte und stürzte. Carolin konnte sich nicht halten und fiel aus dem Sattel.

„Waaahhhhh!!! Hilfe!!!!!" Sie purzelte den Abhang hinunter und blieb etwas benommen liegen. Wie aus weiter Ferne konnte sie Nicks Stimme hören. Er schrie und gestikulierte wie ein Wilder, aber sie verstand nicht, warum er so schrie, und erst recht nicht, was.

Ein paar Sekunden später wusste sie es. Sie sah hoch zu Sternentänzer. Er war kurz davor, auf sie zu fallen. Er lag auf dem Rücken, direkt auf der Kante, leicht nach rechts geneigt. *Oh mein Gott, wenn er jetzt fällt, fällt er auf mich und ich bin tot*, dachte sie und starrte zitternd wie gebannt nach oben.

Aber Sternentänzer fiel nicht. Er nahm alle Kraft zusammen, gab sich einen Ruck und drehte sich unter größter Anstrengung in die andere Richtung, wobei er mit dem Rücken hart gegen einen Baum schlug.

Gleich darauf kam Nick angeklettert, hielt ihr die

Hand hin und zog sie hoch. „Puh! Das war knapp. Unglaublich, Carolin! Das war einfach unglaublich! Tut mir leid. Ich wollte dir helfen, aber Sternentänzer war schneller ... dieser Blick ... so etwas habe ich noch nie gesehen! Er war so wild entschlossen und ... und voller Liebe. In den Augen des Pferdes stand Liebe! Liebe zu dir! Ich hab so was noch nie gesehen!"

Mühsam richtete sich Carolin auf. Ihr Rücken schmerzte, ihr Unterarm hatte Schürfwunden und ihr rechtes Knie brannte, aber sie war glücklich. Sternentänzer hatte ihr das Leben gerettet. Er hatte sich unter größter Anstrengung in die andere Richtung gedreht, obwohl es einfacher für ihn gewesen wäre auf sie zu fallen.

„Bist du okay?", fragte Nick besorgt.

Carolin lehnte noch ziemlich benommen an Sternentänzer. „Ich lebe, wenn du das meinst", sagte sie trocken.

„Das hätte echt übel ausgehen können! Stell dir vor, Sternentänzer wäre runtergefallen, auf dich geknallt, und ..."

„Hör auf!" Carolin zitterte am ganzen Leib. Sogar ihre Zähne klapperten.

Nick blickte eine Weile versonnen auf Sternentänzer. „Weißt du, Caro, ich glaube, irgendwie ist dieses Pferd nicht ganz normal."

„Spinnst du?", empörte sich Carolin. „Was bitte soll an Sternentänzer unnormal sein! Er ist total normal!"

„Ja, sicher. Ich meine auch nicht *nicht normal*, sondern *anders* als andere Pferde."

„Natürlich! Er ist das schönste und klügste Pferd auf der ganzen Welt", nickte Carolin. Aber sie wusste ganz genau, was Nick meinte. Er hatte nur ausgesprochen, was sie schon die ganze Zeit dachte.

Zurück auf Lindenhain verarztete Nick ihr schmerzendes Knie, schmierte Jod auf die Schürfwunden und gab ihr eine schmerzlindernde Salbe für den Rücken. Aber Carolin spürte die Schmerzen kaum. Sie war erfüllt von einem wunderschönen Gefühl. Die Bindung zwischen ihr und Sternentänzer war an diesem Tag noch enger geworden. Er war zu einem richtigen Freund geworden, zum zuverlässigsten, den sie jemals hatte.

Stiefeltern und andere Katastrophen

Am Abend hatte Ines gekocht. Richtig groß. Spargel-cremesuppe, Jägerschnitzel mit Prinzessbohnen und Pommes, Erdbeer-und Bananeneis, Kiwis und Weintrauben zum Abschluss.

Carolin inspizierte die Töpfe. „Alles für mich?"

Ines strich sich mit dem Handrücken eine Haarsträhne aus dem Gesicht. „Nicht ganz. Wir bekommen Besuch."

Für einen Moment keimte ein Hoffnungsschimmer in Carolin auf. „Paps?!"

Ines wischte sich die Hände an ihrer Alle-Nudel-sorten-dieser-Welt-Schürze ab und sah Carolin ernst an. „Nein, es ist nicht dein Vater. Carolin, Paps kommt nicht mehr. Er bleibt immer dein Paps, du kannst ihn besuchen, aber wir werden nicht mehr zusammen-kommen." Etwas genervt zog sie die Augenbrauen zu-sammen. „Aber darüber haben wir doch schon hundert Mal diskutiert, Carolin."

„Und wer kommt dann?"

„Ich möchte dir gerne jemanden vorstellen", sagte Ines, und ihre Augen blitzten.

„Wen denn?"

„Einen sehr netten Mann, einen Arbeitskollegen. Thomas heißt er."

Carolin zog eine Grimasse. Wenn schon Paps nicht mehr hier war, dann sollte auch kein anderer seinen Platz einnehmen. Sie beschloss schon jetzt, diesen Thomas bescheuert zu finden.

Je näher der Zeiger auf sieben rückte, desto nervöser wurde Ines. Sie rührte abwechselnd in den Töpfen und zupfte ihre Haare vor dem Spiegel zurecht. Dann fiel ihr Blick auf Carolin.

„Wie siehst du überhaupt aus? Würdest du dich bitte umziehen, man könnte meinen, du hättest dich im Schlamm gewälzt. Was hast du überhaupt mit deiner Hose gemacht? Die ist ja total zerrissen!"

„Nichts", murmelte Carolin. In der Aufregung hatte sie das Loch in der Hose ganz vergessen. Zum Glück war Ines zu beschäftigt, um weiter nachzufragen.

Missmutig stapfte Carolin die Treppe hinauf und zog ihre Jeans mit den Flicken und das alte Herrenhemd, das sie letzten Herbst auf dem Flohmarkt gekauft hatte, aus dem Schrank. Es dauerte ewig, denn sie musste auch noch den Verband um ihr Knie erneuern und die Salbe auf den Rücken schmieren. Ines hatte sie nichts von ihrem Unfall erzählt. So richtig begeistert war die ohnehin nicht davon, dass Carolin durch die Gegend ritt. Und wenn sie von dem Unfall erfuhr, würde sie das nur in ihrer Haltung bestärken. Dass sie überhaupt reiten durfte, hatte Carolin eigentlich ihrem Vater zu verdanken. Sie hatte ihn so lange genervt, bis er eines

Tages Ja gesagt und Ines überredet hatte. Als Carolin schließlich runterkam, war dieser Thomas schon da.

„Guten Tag!", rief er ihr entgegen.

„Hallo", muffelte Carolin zurück.

„Und du bist bestimmt Carolin!"

Nein, der heilige Geist, dachte Carolin, streckte ihm aber artig die Hand entgegen. Ihre schlimmsten Vorahnungen wurden bestätigt. Thomas war hager, trug einen Anzug, hatte die Haare akkurat zur Seite gekämmt und sah überhaupt irgendwie aus wie ihr Mathelehrer Herbert Westfal. *Hätte Mam auch gleich den nehmen können*, dachte Carolin. *Dann hätte ich vielleicht nie wieder Mathe pauken müssen …*

„Ich hab dir was mitgebracht", meinte Thomas und kramte in seiner Aktentasche. Ines stand daneben und nickte hochzufrieden. *Siehst du*, sagte ihr Blick, *der ist doch toll, hat sogar was für dich dabei.* Aber was …

„Hier." Er zog eine verknüllte Überraschungstüte heraus. *Für Kinder ab vier Jahren* stand mit großen schwarzen Buchstaben unübersehbar darauf.

„Danke, sehr nett, aber ich bin nicht vier, ich bin dreizehn."

„Oh", machte Thomas.

„Jetzt schau doch erst mal rein", versuchte Ines die Situation zu retten.

Carolin riss die Tüte auf. Heraus purzelten ein paar Pokemónkarten, ein Malen-nach-Zahlen, ein Barbie-Anhänger und ein paar steinharte, runde Automaten-Kaugummis.

„Ist doch gar nicht so schlecht!", meinte Thomas. „Vielleicht kannst du das eine oder andere ja doch brauchen!"

„Ganz sicher!", nickte Carolin und beschloss, den gesamten Inhalt sofort in den Mülleimer zu kippen.

„Tja, dann wollen wir mal essen", versuchte Ines schnell abzulenken.

„Riecht auch schon ganz vorzüglich hier", lobte Thomas und schnupperte wie die dicke Sophia, wenn sie ein Leckerli roch.

Carolin nutzte die Gelegenheit und schlug sich den Bauch voll. So lecker hatte sie schon lange nicht mehr gegessen. Sie beobachtete Ines. Immer wenn Thomas irgendetwas sagte, lachte sie ganz hoch und schrill oder kicherte komisch. Dauernd füllte sie seinen Teller voll und sein Glas nach.

„Können Sie …?", fragte Carolin irgendwann in das Gekichere.

„Du kannst ruhig Du zu mir sagen!"

„Können Sie reiten?", wiederholte Carolin. *Nur keine falschen Vertrautheiten!*

Thomas sah sie an, als hätte sie gefragt, ob er im Kopfstand mit den Ohren wackeln könne. Dann schüttelte er entsetzt den Kopf. „Ich habe ein Problem mit Pferden, weißt du! Eigentlich mit allen Tieren. Ich bin allergisch gegen Tiere. Ich bekomme einen fiesen Hautausschlag, und meine Augen tränen. Und gegen Milben und gegen Hausstaub und gegen Blütenpollen bin ich auch allergisch. Gegen Blütenpollen aber nur im Frühjahr. Und gegen Tomaten."

Und ich gegen dich, dachte Carolin, doch sie machte nur: „Oh!"

„Aber, um auf deine Frage zurückzukommen: Reiten ist nichts für mich. Ich bevorzuge andere Pferdestärken! Lieber einen Alfa Spider als einen Araber." Er grinste über seinen Scherz.

Und auch Ines kicherte, als hätte er gerade den besten Witz der Welt gerissen.

„Wenn du willst, kann ich dich ja gerne einmal in meinem Sportwagen von der Schule abholen. Da kannst du bestimmt Eindruck machen bei deinen Klassenkameraden."

Oh Gott, Mam, was tust du mir da an!, dachte Carolin und drehte die Augen zum Himmel.

Nach dem Essen verzog sie sich sofort nach oben. Hausaufgaben machen war die offizielle Version, aber sie hatte einfach keine Lust mehr auf das blöde Gequatsche. Dieser Thomas war komplett bescheuert, und sie hatte überhaupt keine Ahnung, was Ines an ihm fand.

„Na, ihr Elsbeths, wie geht's euch denn so?" Sie klopfte mit einem Bleistift an das runde Marmeladenglas auf ihrem Schreibtisch, in dem ein Schwarm Kaulquappen schwamm. Die hatte sie sich zu Forschungszwecken aus dem Tümpel bei Lindenhain gefischt. Ein paar von ihnen hatten schon lange, dünne, zappelige Froschbeine. Das bildete sie sich zumindest ein. Erst hatte sie jeder Kaulquappe einen Namen geben wollen, doch dann hatte sie sich überlegt, dass sie sie nie im Leben würde unterscheiden können. Jetzt hießen alle einfach Elsbeth.

„Findet ihr diesen Thomas auch so doof wie ich?",
fragte sie in die Kaulquappenschar, die daraufhin zustimmend mit den Zappelbeinen wackelte. Das bildete
sie sich zumindest ein.

Dann legte sie sich aufs Bett, schloss die Augen und
träumte von Sternentänzer. Wie sie zusammen über
die Felder jagten und an die vielen Abenteuer, die sie
gemeinsam erleben würden. *Ab sofort werde ich noch
mehr Zeit auf Lindenhain verbringen und jeden Tag
mit Sternentänzer zusammen sein,* beschloss sie. *Nichts
kann mich daran hindern.* Doch da sollte sie sich
gewaltig täuschen.

Am folgenden Wochenende war Carolin wieder einmal
bei ihrem Vater. Es war komisch. Die ganze Woche
über, wenn sie bei Ines war, fehlte er ihr unheimlich.
Aber am Wochenende, wenn sie bei ihrem Paps war,
hatte sie irgendwie Heimweh nach Mam. Vor allem,
wenn Rosanna dabei war, was zum Glück nur bei ungefähr jedem fünften Treffen der Fall war.

Paps' Tussi rümpfte bei ihrem Anblick schon gleich
die Nase. „Ihhh, wonach riechst du denn?"

„Nach Pferd wahrscheinlich", antwortete Carolin
fröhlich.

„Jedenfalls stinkst du. Zieh dich besser draußen aus,
ich bin allergisch gegen Pferdehaare", zeterte Rosanna
weiter.

Carolin warf ihrem Vater einen fragenden Blick zu.
Doch der zuckte nur die Schultern. *Tu, was sie sagt! Sie*

hat hier die Hosen an, sagte sein Blick. Also entblätterte sich Carolin vor der Wohnungstür. Sie fror, kam sich ziemlich dämlich vor und schwor sich, dass sie das letzte Mal bei ihrem Vater zu Besuch war. *Schon komisch, dass sich beide Elternteile ausgerechnet jemanden ausgesucht haben, der allergisch gegen Pferde ist. Ob das wohl etwas zu bedeuten hat?*

„Ich hatte Ballettunterricht als kleines Mädchen. Ist doch viel eleganter! Pferde sind was für Jungs. Außerdem bekommt man O-Beine vom vielen Reiten", erklärte Rosanna, als sie Carolin schließlich in die Wohnung ließ.

Und vom vielen Rumsitzen einen fetten Hintern wie ein Brauereigaul, dachte Carolin, als sie hinter Rosanna in die Küche ging. *Wie kann die Tussi nur ihr gewaltiges Hinterteil in einen hautengen grünen Rock stecken?*

Der Nachmittag war göttlich. Rosanna glühte vor schlechter Laune. Zu essen gab es einen Spinatauflauf. Dazu Kichererbsenbratlinge. Carolin hasste Spinat. *Jeder vernünftige Mensch hasst Spinat,* dachte Carolin. *Außer Popeye. Und seh ich vielleicht aus wie Popeye? Jeder Mensch weiß, dass Spinat gar nicht so gesund ist, wie immer behauptet wird. Nur bis zur Tussi hat es sich wohl noch nicht herumgesprochen.*

„Die Bratlinge hat Rosanna extra für dich gemacht!", betonte ihr Vater zwei Mal. Also zwang sie sich zwei Bissen Kichererbsenbratling, der genauso eklig aussah, wie er hieß, und noch viel schlimmer schmeckte, in den Mund.

„Das schmeckt richtig gut, Rosanna", knusperte ihr Vater. Carolin grinste breit, denn sie wusste ganz genau, wie eklig ihr Vater so etwas fand. Er mochte noch nicht einmal Müsli zum Frühstück. „Dieses Körnerzeug ist doch was für Vögel und Pferde", hatte er früher immer geschimpft und jetzt …

„Na Carolin, schmeckt's dir auch?", erkundigte sich die Tussi.

„Mam kocht viel besser!", schmatzte Caro mit vollem Mund und freute sich diebisch, dass Rosanna zusammenzuckte und ihr Vater trocken schluckte. *Volltreffer! Ätsch!!! Musste einfach sein.*

„Ähm, tja!" Paul räusperte sich. „Die Geschmäcker sind eben verschieden. Und das ist auch gut so. Stellt euch vor, jeder Mensch hätte die gleiche Lieblingsspeise! Jeder würde nur … roten Wackelpudding mögen. Innerhalb kürzester Zeit gäbe es auf der ganzen Welt keinen einzigen Becher roten Wackelpudding mehr!"

Carolin kicherte, Rosanna schwieg beleidigt.

„Oder jeder würde nur Spaghetti mögen? Und die ganze Welt wäre voller langer Nudeln. Wo du hinguckst nur Nudeln. Zum Frühstück, in der Pause, zum Mittagessen, am Abend …"

Carolin kicherte immer lauter, Rosanna unterbrach ihn. „Schon gut, Paul. Deine Tochter mag eben nicht, wie ich koche. Muss sie ja auch nicht. Und ich habe damit gar kein Problem! Dann gehen wir nächstes Mal eben zu McDonalds und bekommen alle Pickel, Verdauungsstörungen und Bluthochdruck."

„Ich meine ja nur", sagte Paul und knusperte weiter an seinem Bratling.

Carolin beobachtete die Szene mit dem allergrößten Vergnügen. *Geschieht dir ganz recht, Paps,* dachte sie dabei. *Bei Mam hattest du es viel besser!*

„Rosanna legt großen Wert auf gesunde Ernährung, musst du wissen", erklärte Paul, der sich sichtlich unwohl fühlte.

„Was ganz besonders in Wachstumsjahren wichtig ist", ergänzte Rosanna.

„Sie hat sogar schon einen Kochkurs für makrobiotische Küche gemacht."

„Unglaublich, was man bei der Ernährung alles falsch machen kann", nickte Rosanna zustimmend.

„Und ich ess am liebsten den ganzen Tag nur Gummibären! Die weißen, die schmecken am besten", sagte Carolin fröhlich. „Wir haben in der Küche einen riesigen Schrank voll Gummibären. Und im Keller auch! Und sogar in der Tiefkühltruhe ist bei uns alles voll Gummibären! Aber ...", Carolin sah Rosanna mit verschwörerischem Blick an, „zum Glück hab ich meine Pferde. Von denen klau ich mir ab und zu eine Karotte, wegen der Vitamine, weißt du ..."

„Alles Unsinn! Carolin hat nur einen kleinen Scherz gemacht", erklärte ihr Vater schnell, als Rosanna betroffen guckte.

„Na ja. Sicher, kann ja auch gar nicht sein. Tsts, deine Tochter hat einen merkwürdigen Sinn für Humor."

„Sie ist nicht immer so. Sie ist heute ein bisschen aufgeregt, nicht, Carolin?"

Carolin war kurz davor, ihnen die Zunge rauszustrecken, doch der flehentliche Blick ihres Vaters hinderte sie daran.

„Ach Carolin, das Bad ist übrigens da hinten, ich meine, falls du dir noch die Hände waschen willst, was sicher nicht schaden würde", sagte Rosanna dann sozusagen als Zwischenmahlzeit.

„Meine Hände sind gewaschen", grinste Carolin. Sie hatte natürlich genau gemerkt, wie Rosanna das ganze Essen über mit Entsetzen im Blick auf ihre Fingernägel mit Trauerrand gestarrt hatte. „Tja, so ist das nun mal", sagte sie und grinste schief. „Als Pferdemädchen hat man eben die schmutzigsten Fingernägel der Welt. Und dazu Stroh in den Haaren, Mist auf dem T-Shirt …"

Rosanna stieß einen spitzen Schrei aus. „Ich bitte dich, Carolin, wir essen gerade! Was sind denn das für Manieren?"

Paps legte beschwichtigend die Hand auf Caros Arm. „Am besten, du erzählst uns später von deinen sicher tollen Erlebnissen auf deinem Ponyhof."

„Lindenhain ist kein Ponyhof! Und das weißt du ganz genau! Ein Ponyhof ist was für Babys!", funkelte ihn Carolin wütend an.

„Gut, dann nicht … dann wollen wir uns jetzt doch mal Rosannas Nachtisch schmecken lassen", lenkte er schnell ab. „Was gibt's denn Leckeres?"

Nicht mal einen vernünftigen Nachtisch bringt die Tussi zuwege. Krokantsplitter mit Honigsoße und Minze muss es sein. Pfui Teufel! Süß, klebrig, eklig. Da-

bei wäre Carolin mit einer Portion Erdbeereis aus der Familienpackung vollkommen zufrieden gewesen.

„Und, wie läuft's denn so in der Schule?", wollte die Tussi dann auf einmal wissen.

Und was geht dich das an?, dachte Carolin, sagte aber nur: „Gut", und warf Rosanna einen bitterbösen Blick zu. *Wenn du dich auf deine neue Rolle als Stiefmutter vorbereitest, dann hast du dich geschnitten. Aber gewaltig*, dachte Carolin, während sie die Krokantsplitter auf ihrem Teller von der ekligen Soße befreite.

Vaters neue schicke Wohnung war stinklangweilig und brandgefährlich. Überall weiße Ledermöbel, Vasen, blütenweiße Wände, wilde Glasgebilde. Wie auf Samtpfoten huschte Carolin durch die Wohnung, um nur nichts schmutzig oder kaputt zu machen. Auf einem der weißen Sessel hockte ein kleiner, weißer, wuscheliger Hund, der sich bisher noch nicht ein einziges Mal von der Stelle gerührt hatte. *Aha*, dachte Carolin, *dagegen sind wir wohl nicht allergisch!* Und sie spürte mit einem Mal die unbändige Lust, mit dem kleinen weißen Wuschel ein wenig spazieren zu gehen. Durch richtiges, matschiges Sumpfgebiet.

„Willst du nicht ein bisschen fernsehen?", fragte Rosanna nach dem Essen. „Bestimmt kommt was Nettes für Kinder. Sesamstraße oder Sandmännchen oder so."

„Das ist doch mal eine gute Idee", sagte ihr Vater so begeistert, als hätte Rosanna vorschlagen, dass sie einen Englischkurs belegen sollte. Früher hieß es nur: „Häng nicht so viel vor der Glotze rum."

Also setzte sich Carolin ganz vorsichtig in den großen weißen Ledersessel und zappte lustlos durch die Programme. Tennis, Nachrichten, Politik. Ihr Vater und Rosanna kicherten in der Küche. Carolin fühlte sich überflüssig, unerwünscht, fehl am Platz. Sehnsüchtig schielte sie nach draußen. Es war herrliches Sonnenwetter, und sie musste den Tag hier so verschwenden.

„Bringst du mich nach Hause?", fragte sie eine gute Stunde nach dem Mittagessen und nach drei Nachrichtensendungen.

Bestürzt eilte Paul zu ihr. „Aber Schätzchen, du bist doch erst zwei Stunden hier. Wir haben doch noch den ganzen Tag zusammen. Wir sehen uns doch ohnehin so selten, und da willst du gleich wieder gehen?"

Carolin holte tief Luft. „Sieh mal, Paps. Es ist stinklangweilig bei euch … und außerdem hast du sowieso keine Zeit für mich. Ich stör dich doch nur. Und ich stinke nach Pferden. Und ich hab schmutzige Fingernägel."

Paul sah seine Tochter einen Moment betreten an. „Aber Carolin!"

Carolin zuckte mit den Schultern. „Glaub mir, es ist besser, ich geh wieder."

„Es ist alles nicht so ganz einfach für Rosanna. Sie ist an Kinder nicht gewöhnt, verstehst du?"

Sie hasst Kinder, dachte Carolin.

„Und dabei gibt sie sich doch so viel Mühe."

Carolin zuckte erneut mit den Schultern.

Paul sah sie an. „Warte einen Moment!", sagte er dann und ging in die Küche, wohl um etwas mit Rosanna zu besprechen. Dann kam er wieder zurück. „Du hast recht, Tochter. Weißt du was? Zieh dich an!", meinte er dann fest entschlossen.

„Bringst du mich wieder heim?", fragte sie halb froh und halb traurig.

„Nee, wir beide machen jetzt einen Vater-Tochter-Nachmittag."

Carolin sah ihn skeptisch an „Nur du und ich? Ohne Rosanna?"

Er beugte sich zu ihr und gab ihr einen Kuss auf die Nasenspitze. „Nur du und ich!"

Und dann gab er sich wirklich alle Mühe, dass sie sich mit ihm wohl fühlte. Erst gingen sie ins Schwimmbad, danach noch ins Kino. „Und am nächsten Wochenende", versprach er hoch und heilig, „gehen wir auf die Rennbahn und gewinnen." Carolin lümmelte sich zufrieden in den Kinosessel und legte den Kopf an seine Schulter. Es war richtig schön, neben ihm im Dunkeln zu sitzen und Gummibären zu vertilgen.

Carolin wird erwischt

Der Unfall im Wald hatte Folgen: Wie sich erst später herausstellte, hatte sich bei Sternentänzer ein Vordereisen gelöst. Zum Glück war das Eisen abgerissen, ohne die Hufwand zu beschädigen, und Sternentänzer hatte sich nicht verletzt. Während er sich auf dem Heimweg tapfer gehalten hatte, hinkte er nun.

„Armer Sternentänzer!" Carolin tätschelte seinen Hals. Mit drei beschlagenen und einem unbeschlagenen Huf zu gehen, musste ungefähr so bequem sein, wie mit einem Turnschuh und einem von Ines' Stöckelschuhen zu marschieren.

„Er muss zum Hufschmied", meinte Nick. Oder besser gesagt zur Schmiedin, denn Frau Linda Horn kümmerte sich um die Fußpflege der Lindenhain-Pferde.

„Ich bring ihn zu Linda", sagte Carolin.

Nick legte die Stirn in Falten. „Ich glaube nicht, dass das eine gute Idee ist, Carolin."

„Warum das denn? Schließlich hat er sich das Eisen abgerissen, als er mein Leben gerettet hat!"

Nick sah sie ernst an. „Ich weiß nicht, ob das dem alten Stone so gut gefällt."

Bei dem Namen Stone zuckte Carolin zusammen. „Er kann doch nun wirklich nichts dagegen haben, wenn ich mich um ein neues Hufeisen für Sternentänzer kümmere", empörte sie sich.

Nick hob die Achseln. „Du hast ja selbst gesehen, wie der Typ drauf war."

Carolin stampfte wütend mit dem Fuß auf. „Mir doch egal! Ich geh trotzdem."

„Er ist zwar schon seit Tagen nicht mehr aufgekreuzt, aber …"

„Siehst du", unterbrach sie ihn rasch, „dann wird er schon nicht ausgerechnet heute kommen!"

„Ich hab kein gutes Gefühl dabei", mahnte Nick, doch ohne größeren Nachdruck, denn er kannte Carolin gut genug, um zu wissen, dass sie stur war wie ein Maulesel. Wenn sie sich etwas in den Kopf gesetzt hatte, war nichts zu machen. Da konnte man genauso gut gegen die Wand reden.

Linda Horns Hufschmiede war nur ungefähr zehn Gehminuten von Lindenhain entfernt, und zum Glück hatte Linda auch gleich Zeit für sie. Zuerst musste Sternentänzers Huf ausgeschnitten werden, um ihn auf den neuen Belag vorzubereiten. Linda hielt den Huf, während Carolin Sternentänzer beruhigte und streichelte. Es war nicht das erste Mal, dass Carolin mit einem Pferd beim Hufschmied war, doch sie fand es immer wieder schrecklich.

„Tu ihm bloß nicht weh!", warnte sie Linda.

Linda hielt die Horn'sche Familientradition aufrecht. Sie hatte den Laden von ihrem Vater übernommen und war nun schon in der fünften Generation Hufschmied.

„Hufhorn ist wie Fingernagel, den können wir ja auch schneiden, ohne dass es uns wehtut", beruhigte Linda sie. Als Nächstes wurde das Hufeisen heiß gemacht und passend geschmiedet. Dann legte sie das glühende Eisen auf den bloßen Pferdehuf. Carolin zuckte zusammen. Es qualmte und stank nach verbranntem Horn.

„Armer Sternentänzer!", rief Carolin erschrocken. Sie konnte kaum hinsehen.

„Er merkt doch gar nichts. Ihm wird's nur ein bisschen warm unter der Fußsohle. Sonst würde er ja auch kaum so stillhalten."

Dann war das Eisen zum Aufschlagen bereit.

„Jetzt wirst du Sternentänzer wohl etwas trösten müssen", sagte Linda und befestigte das Eisen vorsichtig an Sternentänzers Huf. Sternentänzer zuckte nicht einmal, doch Carolin konnte in seinen Augen lesen, dass er Schmerzen hatte.

„Schscht, mein Schöner, gleich ist alles vorbei." Carolin streichelte ihn und redete sanft auf ihn ein. Er kuschelte sich dankbar an sie, und Carolin war froh, dass sie ihn trotz Nicks Warnung begleitet hatte.

„Stell seinen Fuß hier auf den Bock", befahl Linda dann, nachdem sie mit dem Aufnageln fertig war. Sternentänzer war gar nicht begeistert, langsam hatte er vom langen Stillstehen die Nase voll.

„Bist du bald fertig?", fragte Carolin ungeduldig.

„Momentchen noch! Ich muss den Huf erst noch umnieten und raspeln … okay, jetzt kannst du die Hufe fetten. Mach ihm Lackschuhe!"

Carolin griff zum Pinsel.

„In den nächsten Tagen musst du etwas vorsichtiger reiten, denn die Eisen halten erst ganz fest, wenn die Nägel zu rosten begonnen haben. In den ersten Tagen verliert man sie leicht, wenn man nicht aufpasst!"

Hochzufrieden führte sie Sternentänzer zurück. Kurz vor dem Hofeingang blieb sie jedoch wie vom Donner gerührt stehen. Stone war da. Er stand mit dem Rücken zu ihr am Eingang zu Gunnars Büro und unterhielt sich mit Nick.

Verdammter Mist! Was mach ich jetzt nur? Carolin überlegte verzweifelt. Erwischen durfte er sie nicht, so viel war klar. „Komm, Sternentänzer!" Vorsichtig lenkte sie ihn von der Straße ab in Richtung Wald und band ihn an einem Baum neben einem Jägerstand fest. Von dort oben hatte sie einen guten Blick auf Lindenhain.

Nach einer Stunde war Stone immer noch da, und Carolin hockte noch immer auf dem Hochstand. Stone ging auf dem Hof auf und ab. Ab und zu blieb er stehen und scharrte wie ein Pferd ungeduldig mit dem Fuß, als würde er auf etwas warten. Worauf war ja klar. „Der wartet auf dich, Sternentänzer", flüsterte sie. Doch Sternentänzer schüttelte nur unwillig den Kopf, als wollte er sagen: „Ist mir doch egal."

„Wir können uns doch nicht bis morgen früh hier verstecken!" Carolin kletterte hinunter. „Hör zu, mein Lieber." Sie legte die Wange an seinen weichen Hals. „Ich geh jetzt los und hole Nick, der soll dich dann zurückbringen!"

Manche Tage sind etwas Besonderes. Sie scheinen sogar eine eigene Farbe zu haben. Dieser Tag war durchsichtig und dünn, als ob ein hauchfeiner Grauschleier darüberliegen würde. Carolin ahnte, dass etwas passieren würde. Sie spürte es. Sie kehrte gerade von einem frühen Austritt mit Sternentänzer zurück und war glänzender Laune. Die Sonne kam hinter dem Horizont herauf, auf den Wiesen lag der Morgennebel und die Kühe auf der Weide standen darin wie in einem See aus Watte. Erste Vogelstimmen wurden laut. Fridolin, der Hahn, krähte, die Luft roch würzig nach feuchtem Gras und die Welt schien wie verzaubert.

Liebevoll klopfte Carolin Sternentänzers Hals. „Jetzt mach ich dich erst mal richtig schick, danach gibt's dein Lieblingsessen."

Als sie den Feldweg entlangritten, der nach Lindenhain führte, wurde Sternentänzer auf einmal unruhig. Er warf seinen Kopf auf und ab und legte die Ohren an, als habe er vor etwas Angst. Er stieß ein schrilles Wiehern aus und tänzelte unruhig auf der Stelle. Dann blähte er die Nüstern und schnaubte. So aufgebracht hatte Carolin ihn noch nie erlebt. Sie schnalzte leise und zog am Zügel. „Na komm schon", lockte sie. Ihr Herz klopfte auf einmal bis zum Hals. Plötzlich hatte sie Angst und wusste nicht einmal wovor.

Als sie in die Einfahrt zum Hof einbog, kam ihr ein Auto mit einem Pferdeanhänger entgegen. Carolin, die nicht mit Gegenverkehr gerechnet hatte, wich in letzter Sekunde aus. Ihr Herz klopfte immer noch von dem überstandenen Schreck, als sie auf den Hof ritt. Es war wie ein Zeichen, eine Warnung, die Carolin überhörte. Auf dem Hof war weit und breit niemand zu sehen, also stieg sie vom Pferd. Normalerweise war sie nicht so schreckhaft, doch heute hatte sie dieses ungute Gefühl. Deshalb sah sie sich noch einmal um. Doch außer der dicken, alten Katze Eulalia, die über den Hof schlich, war nichts zu entdecken. Kurz darauf sprang ihr Herr Maier entgegen. Laut bellend, wie es sich für einen Hofhund gehörte.

„Du hast Verspätung, Herr Maier", stellte Carolin erleichtert fest. „Du hättest mir eigentlich entgegenkommen müssen." Als Sternentänzer überhaupt nicht zu beruhigen war, wurde langsam auch Carolin immer nervöser. Irgendetwas lag in der Luft. Dann entdeckte sie die Umrisse eines schwarzen Autos, das zwischen den Lindenbäumen parkte. Gerade wollte sie Sternentänzer packen und wegziehen, da öffnete sich plötzlich die Autotür. Stone! Wutentbrannt kam er mit großen Schritten auf Carolin zu.

Er riss ihr die Zügel aus der Hand. „Du schon wieder!" Carolin zuckte zusammen. „Aber …"

„Was habe ich dir gesagt?", schrie er völlig außer sich, seine dunklen Augen blitzten böse.

„Dass ich nicht will, dass du mein Pferd streichelst, erinnerst du dich? Dass du die Hände von meinem

Pferd lässt! Ich dachte, ich hätte mich deutlich genug ausgedrückt!"

Eingeschüchtert nickte Carolin.

„Und was machst du? Kaum bin ich weg, reitest du mit meinem Pferd aus! Machst dich einfach aus dem Staub! Völlig ungeachtet meines Verbots, du freche Göre! Ich hab mir schon gestern so was gedacht. Da warst du doch auch weg mit meinem Pferd, habe ich recht?"

Carolin fröstelte. „Aber …"

„Das wird ein Nachspiel haben, das versprech ich dir! Was ist das nur für ein verantwortungsloser Reiterhof!"

Wie auf das Stichwort kam jetzt Gunnar aus dem Büro herbeigeeilt. „Herr Stone? Was ist denn hier los? Kann ich etwas für Sie tun?"

„Dieses Fräulein da hat sich einfach mein Pferd ausgeliehen, obwohl ich ihr bereits zuvor jeglichen Kontakt untersagt hatte. Ich erwarte, dass Sie etwas unternehmen! Und zwar unverzüglich!"

Gunnar sah Carolin an. Er schien verärgert, schob seinen Cowboyhut in den Nacken und kratzte sich am Kopf. „Ich werde die Angelegenheit überprüfen, Herr Stone. Und so etwas wird selbstverständlich nicht mehr vorkommen."

„Davon gehe ich aus, sonst muss ich mein Pferd auf einem anderen Hof unterbringen! Und ich werde meine schlechten Erfahrungen weitertragen, da können Sie sicher sein", schimpfte Stone weiter mit hochrotem Gesicht.

Gunnar versuchte verzweifelt, ihn zu beschwichtigen. „Aber Herr Stone, das wird nicht nötig sein." Er wandte sich an Carolin. „Alles wird seinen geregelten Gang gehen, das können wir doch Herrn Stone versprechen, oder, Carolin?"

Carolin nickte betreten.

„Bitte, Herr Stone, kommen Sie mit in mein Büro, dann können wir die Angelegenheit regeln."

Bevor Frank Stone Gunnar folgte, wandte er sich noch einmal an Carolin. Seine Augen waren schmale Schlitze vor Wut. „Sternentänzer wirst du nie wieder reiten, dafür werde ich sorgen, du ...", er sah sie verächtlich an, „... du nichtsnutzige Rotznase."

Wie angewachsen blieb Caro stehen. Angstschauer liefen gleich einer kalten Dusche über ihren Rücken, und ihre Hände zitterten.

Eine halbe Stunde später, nachdem Stone in seinem schwarzen Wagen abgezischt war, zitierte Gunnar Carolin in sein Büro. Die Lage war offenbar ernst. Weit und breit war keine Sportzeitschrift zu sehen. Er saß auch nicht am Schreibtisch, sondern stand am Fenster, beide Hände tief in den Hosentaschen versenkt. „Du weißt, dass du Mist gebaut hast, Caro?!"

Carolin senkte betreten den Kopf. „Sorry, Gunnar." Sie schluckte und schluckte und hielt mit aller Macht die Tränen zurück.

„Ich mag dich, Caro, du bist ein liebes Mädel und du kannst gut mit den Pferden umgehen. Aber ich bin nun leider mal auf die Kohle angewiesen, die mir die Gastpferde bringen. Und wenn sich so ein Vorfall rumspricht, kommt keiner mehr. Verstehst du mein Dilemma?"

Carolin nickte.

Gunnar nickte ebenfalls. „Es tut mir sehr leid, Caro, aber ich muss auch deiner Mutter davon erzählen. Herr Stone hat darauf bestanden. Außerdem ist es wohl besser, wenn du dich eine Zeit lang mal … sagen wir, ein bisschen mehr um deine Schule kümmerst."

Wie ein begossener Pudel verließ Carolin das Büro mit gesenktem Kopf. Dann rannte sie los. Sie wusste nicht wohin, sie rannte einfach nur. Sie lief zur Sattelkammer, in der nur wenig Platz war, wenn die ganze Ausrüstung darin war. Es gab viele Pferde auf Lindenhain, die alle eine Menge Sättel und Zaumzeug brauchten. Die Sättel waren ordentlich auf Gestellen aufgereiht. Das Zaumzeug hing an Haken genau darüber. Die Zügel baumelten in einem Gewirr von Lederriemen in der Luft. Carolin starrte darauf. Ihre Gedanken waren genauso durcheinander wie die Zügel. *Sternentänzer wirst du nie wieder reiten!* Wie Donner hallten Stones Worte durch ihren Kopf. Immer wieder. Auch Gunnar war furchtbar zornig gewesen. Was, wenn sie nun nie wieder nach Lindenhain kommen durfte?

„Carolin?"

In der Tür zur Sattelkammer stand Vicky. „Alles klar mit dir?", fragte sie besorgt.

Carolin nickte nur. Sprechen konnte sie nicht mehr.

Vicky betrachtete sie. „Du hast doch was, das seh ich dir doch an!"

Carolin schüttelte den Kopf. „Sei nicht böse, aber ich möchte jetzt allein sein", schnupfte sie mit erstickter

Stimme. Sie fuhr sich mit dem Handrücken über die Nase. Verschwommen sah sie aus den Augenwinkeln, wie Vicky mit den Schultern zuckte und verschwand.

Mit Füßen schwer wie Blei schleppte sie sich nach einer Weile in den kleinen Nebenraum, der als Futterraum benutzt wurde, und holte ihre Sachen.

Nick knatterte ihr draußen mit seinem Motorrad entgegen. „Hab gehört, was passiert ist! Ich hab's befürchtet. Der Typ hat gestern schon Lunte gerochen, als du beim Hufschmied warst." Er klopfte hinter sich. „Setz dich, ich bring dich schnell heim."

„Aber mein Rad!"

„Holst du später mal. Du siehst total daneben aus, sonst baust du noch einen Unfall."

Carolin fühlte sich zu müde und zu erschöpft, um zu widersprechen, und schwang sich hinter Nick auf den Sitz. Anfangs kam es ihr komisch vor, Nick um die Mitte zu fassen, doch dann war es ganz selbstverständlich, dass sie sich an ihn klammerte. Sie lehnte ihre Wange an seinen Rücken, der sich warm und tröstlich anfühlte. Im Fahrtwind ließ sie ihren Tränen dann freien Lauf.

Ines machte gerade den Boden sauber, als Carolin nach Hause kam. Wie besessen scheuerte sie mit dem Schrubber herum. So etwas machte sie nur, wenn sie sehr wütend war. *Sie weiß es schon*, dachte Carolin und ließ den Kopf noch ein bisschen tiefer hängen.

„Hallo, Mam", murmelte sie.

Ihre Mutter sagte kein Wort, sondern schrubbte nur noch heftiger.

„Es tut mir leid", nuschelte Carolin schon mal vorsorglich.

Ines ließ sich auf die Knie fallen und schrubbte weiter. „Tut dir leid. Weißt du, Caro, ich dachte, ich kann mich auf dich verlassen und dir vertrauen. Wir sind ein Team, wir beide, dachte ich. Wir kommen gut klar." Sie hielt einen Moment inne, und in ihren Augen glitzerten Tränen. „Für mich ist das alles auch nicht so einfach, verstehst du? Der Job, du, ich alleine. Deine Pferde sind nicht gerade ein billiges Hobby, aber ich dachte, du bist dort gut aufgehoben. Der Hof ist gut für dich, dachte ich. Und jetzt muss ich erfahren, dass du einfach fremde Pferde nimmst. Dass du ausreitest, ohne zu fragen, und dem Hof einen Riesenärger bereitest. Obwohl du weißt, dass das falsch ist. Ich wollte ja nicht, dass du damit anfängst, aber dein Vater … und jetzt, wenn's Probleme gibt, wo ist er dann? Dann steh ich allein da!"

Carolin fühlte sich so schrecklich, am liebsten wäre sie auf der Stelle im Erdboden versunken.

Ines stand auf und knallte den Schrubber in den Putzeimer. „Deine Nachmittage auf dem Reiterhof jedenfalls sind erst mal gestrichen, Fräulein."

Nein, bloß nicht, dachte Carolin und merkte, wie ihr die Tränen in die Augen stiegen. Sie ließ den Kopf sinken, schlug die Hände vors Gesicht und schluchzte hemmungslos.

Die ganze Welt hat sich verschworen

Ein paar Tage vergingen, an denen nichts Besonderes geschah. Außer, dass Carolin andauernd an Sternentänzer denken musste. Um sich abzulenken, war sie am Wochenende sogar mit Ines ins Museum gegangen. Dinosaurierskelette im Naturkundemuseum gucken. Riesenmonsterteile mit langen Schwänzen und Beinen. Die konnten bestimmt schnell laufen. Und schon wieder dachte sie an Sternentänzer. Sie vermisste ihn schrecklich.

Es regnete in Strömen. Carolin stand im Wohnzimmer, drückte sich am Fenster die Nase platt und beobachtete den Regen. Er prasselte in die dicken Pfützen und hüpfte zurück in die Luft. Carolin seufzte. Jeder Tag ohne Lindenhain war eine endlose Wüste. Sie fragte sich, wie sie das alles durchstehen sollte. Ob sie ihn jemals wieder sehen oder gar reiten durfte? Bei dem Gedanken stieg ein dicker Kloß in ihren Hals.

Ines kam rein. „Na, keine Hausaufgaben?" Sie baute ihren Laptop auf dem Wohnzimmertisch auf.

„Schon gemacht", knurrte Carolin unwirsch.

„Geh doch spielen!"

Carolin drehte sich zu ihrer Mutter. „Wie? Spielen? Ich bin keine fünf mehr!"

„Dann lies doch ein bisschen oder zeichne was."

„Keine Lust", sagte sie und schüttelte den Kopf so schnell, dass ihre kurzen Haare tanzten.

„Du könntest dir eine CD anhören. Oder du könntest an Oma schreiben, die freut sich immer über Post von dir."

„Meine CDs kenn ich schon alle auswendig. Ich kann sie nicht mehr hören! Und ich hab keinen Bock Oma zu schreiben."

Ines ließ nicht locker. „Dann lad dir eine Freundin aus der Schule ein. Luisa war doch schon lange nicht mehr hier", schlug Ines vor. „Ich hol euch auch Kuchen und Eis."

„Die sind alle doof. Da geht's nur um Jungs, Soaps, Boygroups und Klamotten."

Carolin konnte das überhaupt nicht verstehen. Ihr war völlig egal, wie sie aussah, solange man in den Sachen reiten konnte. Meistens trug sie sowieso nur Jeans. Im Sommer mit T-Shirt, im Winter mit Rollkragenpullover. Aber nur die Jeans ohne innere Nähte an den Knien, denn die scheuerten in null Komma nix ihre Beine wund.

Ines ließ nicht locker. „Aber mit ihr hast du dich doch immer gut verstanden."

Carolin schüttelte den Kopf. „Keine Lust."

Ines zuckte mit den Schultern. „Tja, mehr fällt mir auch nicht ein."

Carolin starrte weiter trübsinnig aus dem Fenster. Kein heller Fleck war am Himmel zu sehen. Unaufhörlich klatschte der Regen auf den Boden. Caro hauchte mit ihrem Atem gegen das Fenster und zeichnete in die beschlagene Fläche mit dem Finger ein S hinein. „Ich kann mich gar nicht mehr erinnern, wann ich zum letzten Mal über die Felder geritten bin und die Sonnenstrahlen in meinem Gesicht gespürt habe", seufzte sie sehnsüchtig.

Ines sah sie mitleidlos an. „Aber ich. Vor genau drei Tagen, als du ungefragt das fremde Pferd genommen hast."

„Ach Mam, Sternentänzer, das ist kein fremdes Pferd. Das ist, als ob er zu mir gehört, verstehst du?"

„Sein Besitzer sieht das offenbar ganz anders!"

Carolin hob traurig die Schultern.

Ines stand auf und legte den Arm um sie. „Tröste dich. Bei dem trüben Wetter könntest du sowieso nicht ausreiten."

„Aber ich könnte im Stall die Pferde putzen, bei ihm sein ..." Carolin riss sich los. „Aber das verstehst du sowieso nicht. Außerdem ist es dir doch ganz egal, wie es mir geht."

„Du redest Unsinn, und das weißt du", unterbrach ihre Mutter sie.

Eine Weile hingen sie schweigend ihren Gedanken nach. Ines brütete über ihrem Laptop. „Ach übrigens, Carolin", begann sie dann plötzlich. „Ich werde heute Abend mit Thomas ausgehen."

Aha, dachte Carolin, *daher der plötzliche Sinnes-*

wandel von wegen Freundin einladen und Kuchen kaufen.

Carolin drehte sich zu ihrer Mutter und blitzte sie an. „Mit diesem Langweiler! Schon wieder?"

„Carolin, bitte! Ich war erst drei Mal mit ihm weg."

Carolin schüttelte aufgebracht den Kopf. „Vier Mal. Ich hab mitgezählt. Und einmal war er hier bei uns. Den ganzen Abend."

„Wie findest du ihn eigentlich?", wollte Ines dann wissen.

Carolin überlegte kurz. Sollte sie ihrer Mutter zuliebe lügen? Ein bisschen vielleicht. Sie wusste, Ines würde sich besser fühlen, wenn sie Thomas wenigstens ein bisschen nett fand. Aber das Wetter war zu trübe und ihre Stimmung zu finster, also beschloss Carolin die Wahrheit zu sagen.

„Total doof."

„Du musst ihn nur besser kennenlernen, er ist wirklich nett!", beharrte Ines.

Vergiss es, dachte Carolin und sagte nichts.

Eine ganze Weile standen sie stumm nebeneinander, dann beschloss Carolin, der Sache auf den Grund zu gehen.

„Bist du in diesen Thomas eigentlich verliebt?", fragte sie schließlich.

Ines kicherte verlegen. „Ich weiß nicht so genau. Ein bisschen vielleicht." Carolin gab mit Daumen und Zeigefinger ein Maß an. Etwa so hoch wie einer ihrer abgekauten Bleistiftstummel. „So viel?"

Mam sieht fast aus wie Julia, wenn sie von ihren Jungsgeschichten erzählt, dachte Carolin. Das ließ Übles erahnen.

„So wie in Paps?"

„Das mit deinem Vater war etwas völlig anderes!"

Carolin überlegte. *Sollte sie oder sollte sie nicht die alles entscheidende Frage stellen?* Ja. Sie musste es wissen. „Und … wird dieser Thomas mein neuer Paps?"

Ines sah sie ernst an. „Wär das denn so schlimm?"

Schlimm? Schlimm! Entsetzlich, fürchterlich, schrecklich, eine mittlere Katastrophe! Thomas! Dieser aufgeblasene Besserwisser. Dieser Knallkopf! Carolin schluckte. Thomas! Der mit ihr sprach, als wäre sie drei. Der ihr Überraschungstüten für Vierjährige mitbrachte und erwartete, dass sie sich darüber freute. Der nicht mal ein simples Überraschungsei zusammenbasteln konnte. Der Angst vor Pferden hatte und auf so ziemlich alles allergisch reagierte. Carolins Magen krampfte sich zusammen vor Entsetzen.

Carolin hatte entsetzlich schlecht geschlafen. Albträume hatten sie geplagt. Von Thomas, Stone und Rosanna. Die drei hatten sich gegen sie verschworen; sie in ein finsteres, kaltes Verlies gesperrt und den Schlüssel weggeworfen. Und Ines und Paul hatten nicht nach ihr gesucht. Ihr Pferdewecker klingelte, aber sie zog die Bettdecke über den Kopf. Sie wollte im Bett bleiben.

Heute und den Rest ihres Lebens. Zumal das graue Licht, das sich durch die Vorhänge hindurchschummelte, ein schlechtes Zeichen war. Draußen herrschte dieselbe trübe Suppe, die ihr schon seit Tagen aufs Gemüt schlug. Aber dann stand sie doch auf. Auf dem Weg ins Badezimmer warf sie einen Blick auf das Marmeladenglas mit den Kaulquappen, die sich inzwischen schon alle zu kleinen Minifröschen entwickelt hatten. „Selbst ihr verlasst mich bald", seufzte sie traurig in das Glas. Denn sobald alle zu Fröschen ausgewachsen waren, musste sie sie wieder freilassen.

Lustlos saß sie dann am Frühstückstisch und nagte kurz an ihrem Brötchen. Dann legte sie es auf ihren Teller zurück und schob alles von sich.

„Fertig?" Ines sah sie fragend an. Sie schien glänzender Laune an diesem Morgen, hatte Lockenwickler im Haar und eine giftgrüne Maske im Gesicht.

„Ich mag nicht mehr", knurrte Carolin missmutig.

„Lieber Müsli?"

„Keine Lust."

„Dann eben nicht", sang Ines und tänzelte ins Bad.

Seit der Sache mit Sternentänzer hatte Carolin zu nichts mehr Lust.

Wenigstens war nach der Schule Paps angesagt. *Wir schauen uns ein echtes Pferderennen an*, hatte er beim letzten Mal versprochen, und die Aussicht darauf hob ihre Laune ein wenig.

Doch dann klingelte es an der Tür.

„Machst du bitte mal auf, Carolin!", rief Ines aus dem Bad.

Draußen stand ihr Vater. Hochoffiziell in Anzug und Krawatte. „Hallo, Carolin."

„Paps! Du bist viel zu früh. Ich kann erst nach der Schule los", rief Carolin.

Er ging in die Küche, lehnte sich gegen die Fensterbank. „Carolin, ich muss etwas mit dir besprechen", begann er und fummelte an seiner Krawatte herum.

Carolins Herz sank. Sie glaubte genau zu wissen, was er zu sagen hatte. Automatisch fixierte sie weiter das Brötchen und sah ihn nicht an.

„Es wird nichts mit unserem Wochenende. Rosanna und ich wollen wegfahren, nach Venedig. Da wollte sie immer schon mal hin … und es passt grade so gut … Ich weiß, dass das jetzt doof ist für dich … aber ich kann es nicht ändern. Das Pferderennen läuft nicht weg. Wir können es ja nächste Woche nachholen. Nächste Woche ganz sicher, großes Indianerehrenwort."

Er sprach schnell. Seine Worte überstürzten sich förmlich. Sein Gesicht war bittend und ängstlich zugleich. Er holte tief Luft und kam auf sie zu. Dann legte er die Arme um ihre Schultern. Carolin machte sich ganz steif, und er merkte es auch, doch er ließ sie nicht los.

Sie machte sich von ihm los. „Gib dir keine Mühe. Ich hab schon verstanden. Abschieben willst du mich also!", sagte sie feindselig. „Loswerden. Ich bin dir unbequem geworden, und du kannst mich nicht mehr brauchen. In deinem neuen Leben ist kein Platz mehr für mich, nicht mal am Wochenende." Carolin war jetzt völlig außer sich. Sie wusste, dass sie ihrem Vater Unrecht tat, aber das war ihr egal. Sie wollte ihn nur noch verletzen. „Weil ich eure bescheuerten weißen Möbel schmutzig mache und nach Pferden stinke und Ränder unter den Nägeln habe. Und weil ich den Fraß von Rosanna zum Kotzen finde, deswegen!" Sie war stink-sauer.

„Du weißt ganz genau, dass das Unsinn ist", sagte er langsam.

„Meinetwegen brauchst du gar nicht mehr zu kommen. Bleib doch bei deiner Rosanna, mir doch egal! Ich brauch dich nicht!" Eine Weile schwiegen sie. Sie stand mit hängenden Armen vor ihrem Vater und fühlte sich schrecklich elend, einsam und unglücklich.

„Ich geh dann mal", sagte Paul schließlich. „Ich ruf dich an. Wir sprechen noch mal, wenn du dich beruhigt hast." Und weg war er.

Ines hatte die ganze Zeit im Badezimmer verharrt, jetzt kam sie heraus. Sie zuckte die Schultern. „Mach dir nichts draus! So war er schon immer. Vollkommen unzuverlässig. Sei nicht traurig, Caro."

Carolin war traurig und wütend zugleich, sie rannte die Treppe hoch und legte sich ins Bett. Fühlte sich schrecklich. Sie fühlte ihre Stirn. Bestimmt hatte sie Fieber. Tatsächlich! Außerdem hatte sie schreckliche Bauchschmerzen. Das konnte natürlich auch von der doppelten Portion Schokoeis mit Vanillesoße gestern kommen, aber egal. Krank ist krank!

„Mam, mit geht's so schlecht! Mein Bauch! Mein Kopf! Ich kann nicht in die Schule", krächzte sie ge-quält.

Ines kam, legte kurz die Hand auf ihre Stirn. „Vergiss es!", sagte sie nur und war wieder verschwunden.

Carolin verdrehte gequält die Augen, ließ sich leidend in die Kissen zurücksinken und zog sich die Decke wieder hoch bis zum Kinn. Bestimmt hatte sie doch Fieber. Aber Ines war das auch ganz egal. Sie hatte ja jetzt ihren Thomas. Paps seine Rosanna. *Ich hab niemanden*, bedauerte sich Carolin. Carolin sah sich schon hilflos dahinsiechen, von Fieberkrämpfen geschüttelt, allein gelassen.

„Du musst los, Caro", rief ihr Ines von unten ungerührt zu.

Carolin hievte sich schließlich leidend aus dem Bett. *Am besten, ich laufe weg und komme nie wieder zurück.*

Sie musste schon einen ziemlich erbärmlichen Eindruck machen, denn nach der zweiten Stunde kam die pummelige Tina zu ihr an den Tisch und bot ihr doch glatt ein Gummidrops an. Normalerweise war Tina höchstens unter Androhung der Todesstrafe bereit, ihr Naschzeug zu teilen.

„Du siehst so traurig aus, Caro", nuschelte sie und schob eine Handvoll Drops in ihren Mund.

Carolin knetete das gelbe Gummiteil zwischen den Fingern und musste grinsen, dann schob sie das Drops demonstrativ in den Mund. „Danke, Tina, das wird mir helfen!"

Hochzufrieden steckte Tina ihre Packung in die Anoraktasche. Carolin sollte bloß nicht auf die Idee kommen, dass mehr drin sein könnte als ein Notfall-drops.

Selbst die strenge Deutschlehrerin, Frau Meitenbeet, deren Stimme dem Kreischen einer Kreissäge glich, verschonte sie mit Fragen.

Draußen schien herrlich die Sonne und zauberte Träume von weiten Ausritten mit Sternentänzer in Carolins Kopf. In der vierten Stunde hatte sie Englisch. Carolin behackte ihren Radiergummi so lange mit einem spitzen Bleistift, bis er aussah wie ein Schweizer Löcherkäse. Sie fasste einen Entschluss.

Die rätselhafte Vision

Carolin hatte sich ihren Wecker, bei dem statt des Sekundenzeigers ein Pferd seine Runden drehte, auf drei Uhr morgens gestellt. Wäre gar nicht nötig gewesen, denn sie hatte sowieso kein Auge zugetan. Beim besten Willen nicht! Sie hatte es auf der linken Seite versucht, auf der rechten, auf dem Bauch und auf dem Rücken. War unter die Bettdecke gekrochen und nach einer Weile schwitzend wieder aufgetaucht. Hatte ihr Kopfkissen zusammengeknüllt und gleich darauf wieder platt gedrückt. Alles vergeblich. Es war ungefähr so wie in der Nacht vor ihrem Geburtstag. Oder vor Weihnachten. Vor einem Tag, auf den man sich freute und den man gar nicht mehr abwarten konnte. Leise stand sie auf und tapste barfuß über den Teppich. Eilig schlüpfte sie in ihre Jeans und zog den dunkelsten Pulli, den sie hatte, über den Kopf. Unter ihre Bettdecke schob sie einen Stapel Kleidung, sodass es aussah, als würde sie schlafen.

Wie ein Dieb in der Nacht huschte sie aus dem Haus. Es musste sein. Und wenn sie sie danach für immer bei

Wasser und Brot einsperrten und mit Mathe und Herrn Westfal bis ans Lebensende quälten. Oder Kinoverbot für immer verhängten, in ein Internat schickten – es gab Dinge im Leben, die musste man einfach tun. Einfach riskieren. Ihr Herz klopfte bis an den Hals, als sie ihr Rad vorsichtig aus dem Fahrradständer hob. Es war taghell, der Vollmond klebte wie eine dicke Laterne am Himmel, sie trat in die Pedale wie eine Wilde. Die Vorfreude auf Sternentänzer verlieh ihr Flügel, aber ein bisschen fürchtete sie sich auch.

Auf Lindenhain war alles ruhig. Der dicke Mond spiegelte sich im Kaulquappenteich, alles sah irgendwie unwirklich aus. Herr Maier tapste aus seiner Hundhütte und machte Anstalten, loszubellen, wie es sich für einen richtigen Wachhund gehörte. Doch dann erkannte er Carolin und tapste wieder zurück in sein Häuschen. Eulalia setzte sich kurz auf und putzte ihr rechtes Vorderbein, dann rollte sie sich wieder zusammen und schlief weiter. Nur ab und zu zuckte ihre Schwanzspitze. Hahn Fridolin taumelte schlaftrunken auf dem Misthaufen herum. Krähte einmal kräftig, zog sich dann aber wieder zurück. Als sie die Tür zum Stall öffnete, schlug ihr der vertraute Pferdegeruch entgegen, der beste Geruch der Welt, und sie fühlte sich gleich wieder etwas wohler. Auch hier war kein Mucks zu hören. Nur ab und zu ertönte das Schnauben eines Pferdes und das Rascheln von Hufen im Stroh. Sternentänzer erkannte Carolin bereits an ihrem Schritt, denn er wieherte leise und schnaubte freundlich. Sie lief zu ihm, zog eine Tüte aus der Tasche ihres Anoraks und raschelte damit. Sofort beugte Sternentänzer den Kopf aus der Box und schnupperte daran.

„Hallo du", flüsterte Carolin liebevoll. „Was würdest du zu einem Brötchen sagen?", fragte sie und zog eines hervor, das sie schon seit Tagen in der Tasche aufbewahrt hatte.

Sternentänzer fraß es in einem Happen.

„Ganz schön gierig, mein Süßer!", tadelte ihn Carolin liebevoll. Aber Sternentänzer kümmerte sich nicht um irgendwelche Manieren, er ließ es sich einfach schmecken. Anschließend rieb er seine Nüstern an Carolins Schultern. Sie strich ihm durch die helle Mähne. „Wie gut du dich anfühlst! Hast du mich auch so vermisst wie ich dich?"

Sternentänzer wandte ihr den Kopf zu und sah sie an, als habe er ihre Worte verstanden. Seine großen Augen blickten ruhig und voller Vertrauen. Er schnaubte. „Ich bin so froh, dass ich dich habe", seufzte sie. Er stupste sie an, als wollte er sagen: „Ich doch auch!"

Eine Weile blieb sie einfach so neben ihm stehen. Den Kopf an sein warmes Fell gelehnt, genoss sie es, bei ihm zu sein. Dann begann Sternentänzer auf einmal mit den Hufen zu scharren, sie anzustupsen, immer wieder. „Was ist denn? Was willst du denn?", wunderte sich Carolin.

„Ich weiß nicht warum, aber ich habe das Gefühl, dass du mir was sagen willst?"

Sternentänzer schnaubte heftig, tänzelte hin und her.

„Heißt das ja?"

Wieder schnaubte er, dabei warf er den Kopf hoch und runter.

„Also ja, und was genau willst du mir sagen?"

Sternentänzer zog weiter den Kopf hoch und runter. Dabei tänzelte er aufgeregt hin und her.

„Hm, du willst ausreiten, vermute ich? Ich weiß nicht, Sternentänzer. Sollen wir wirklich? Denkst du nicht, das könnte zu gefährlich sein?"

Sternentänzer ließ sich nicht beruhigen.

„Also gut, du hast gewonnen!"

So leise wie möglich zäumte sie Sternentänzer auf und führte ihn aus dem Stall hinaus auf den Hof. Bei jedem Huftritt zuckte sie zusammen. Sternentänzer bemühte sich zwar, ganz leise aufzutreten, doch in der nächtlichen Stille war jeder Schritt immer noch so laut wie ein Gewehrschuss.

Erst als Lindenhain außer Sichtweite war, griff sie in seine Mähne und schwang sich auf seinen Rücken. Sofort galoppierte der Hengst los.

„Brrrr!" Auf einer großen Wiese hielt sie ihn an, sprang ab und legte sich neben Sternentänzer in das Gras. Sie nahm ein Kleeblatt zwischen die Zähne und guckte in den Sternenhimmel. In der Ferne leuchtete der Polarstern.

„Weißt du eigentlich, Sternentänzer, dass ich früher mal Angst vor Pferden hatte?"

Sternentänzer wieherte kurz, gerade so, als würde er verstehen, was sie sagte.

„Stell dir vor, ich war ein echter Schisser. Balthasar hieß mein erster Versuch und war ein süßes, nettes, gemütliches Shetlandpony mit breitem Rücken und lammfromm. Für mich war er aber mindestens so furchterregend wie ein doppelköpfiges Monster mit acht Beinen."

Die Erinnerung an ihre Anfänge auf dem Pferd stimmten sie heiter. Sie grinste. „Balthasar und ich, wir ritten ganz friedlich über den Hof, als plötzlich ein Motorrad ankam. Balthasar scheute und machte einen Sprung zur Seite. Ich hielt vor Schreck die Luft an, und Balthasar dachte sofort: ‚Achtung, Alarm von oben‘, und legte erst richtig los." Carolin grinste. „An diesem Tag hab ich mir geschworen, ich geh ins Ballett! … Ein Jahr später haben mir meine Eltern Ferien auf einem Reiterhof geschenkt. Ich hab sie gehasst, als sie mich dort zurückließen und weggefahren sind. Aber dann machte es doch Spaß. Und danach waren Pferde für mich so normal wie Goldhamster oder Stubenfliegen."

Carolin schüttelte den Kopf über sich selbst. *Jetzt spreche ich mit Sternentänzer schon wie mit einer Freundin,* dachte sie. *Und ich komm mir nicht mal vor wie ein merkwürdiger Sonderling.*

„Mein erster Ausritt war eine Katastrophe. Ein furchtbares Gehopse. Ich kam mir vor wie auf einem hohen, schwankenden Turm. Ich wurde höllisch durchgeschüttelt und war jeden Moment darauf gefasst, wie ein Mehlsack in die Tiefe zu plumpsen."

Carolin stand auf und klopfte das Gras von ihrem Hintern. „Tja, und heute reite ich auf dem schönsten Pferd der Welt." Sie sah auf ihre Uhr. „Es wird langsam

Morgen. Wir reiten jetzt besser zurück, bevor wir noch auffliegen."

Unterwegs scheute Sternentänzer einmal, als plötzlich ein kleines Kaninchen vor ihm aus dem Gras sprang, doch Carolin hatte die Situation gleich wieder unter Kontrolle. „Schon gut, mein Hübscher, ist ja nichts passiert!"

Sie klopfte liebevoll seinen Hals. „Ach Sternentänzer." Sie seufzte. „Wenn ich bei dir bin, vergesse ich alles. Sogar diesen Thomas. Weißt du, der ist so was von bescheuert. Du würdest den auch nicht mögen. Wie auch, der würde bei deinem Anblick ja sofort rote Flecken bekommen. Ich wünschte echt, ich wüsste, ob dieser Unsympath mein neuer Vater werden soll."

Kaum hatte sie ausgesprochen, ging ein Ruck durch den Körper des Pferdes. Es setzte sich in Bewegung und galoppierte davon. Schnell wie der Wind. Carolin klammerte sich an seiner Mähne fest. Ihr war schwindlig, und ihr Kopf schien sich zu drehen. Sie fühlte sich merkwürdig leicht und abgehoben, wie in einem Kettenkarussell.

Sternentänzer lief schneller und schneller, und Carolin sah Bilder in ihrem Kopf. *Ines, in einem hübschen roten Kostüm. Thomas, mit einem dicken Strauß Rosen in ihrem Wohnzimmer mit dem Gummibaum. Ines knallt die Blumen wütend auf den Tisch, sie schreit Thomas an. Sagt ihm, er soll verschwinden. Sie schickt ihn zur Tür, er will nicht gehen. Doch sie schlägt die Tür hinter ihm zu, packt die Blumen in den Mülleimer, setzt sich an den Tisch und vergräbt das Gesicht in ihren Händen.*

Wie in einem Rausch schoss eine Bilderflut in schneller Reihenfolge durch Carolins Kopf. Schnell, verschwommen, wie durch einen Weichzeichner gefiltert. Dann wurde Sternentänzer plötzlich langsamer. Er keuchte und lief schwerfälliger. Als Carolin die Zügel enger fasste, verlangsamte er gehorsam zum Trab und dann zum Schritt. Nachdenklich klopfte sie seinen schweißnassen Hals. „Was war das denn? Warum bist du denn plötzlich so losgegangen?"

Am nächsten Tag hing Carolin völlig übermüdet und fertig in der Schule. Obwohl es draußen warm war, fröstelte sie. Ihre Beine fühlten sich an wie Pudding, und sie konnte sich nicht konzentrieren. Statt zuzuhören, kritzelte sie Hufeisen und Pferde in ihr Heft. Aber die Pferde strich sie immer wieder durch. Sie bekam die Beine einfach nicht richtig hin, womit die Pferde bei ihr immer so aussahen wie Missgeburten. Als ob es die Lehrer auf sie abgesehen hätten, wurde sie auch noch oft aufgerufen.

„Und was ist deine Meinung dazu, Carolin?"

„Ich … äh?"

„Hättest du wohl die Güte, uns ein wenig mehr Aufmerksamkeit zu schenken?"

„Äh, ja, sicher", stotterte Carolin und unterdrückte mit Mühe ein Gähnen.

Eine halbe Stunde später wiederholte sich das Spiel. Einmal gab sie eine so falsche Antwort, dass die ganze Klasse lachte, was Carolin ausgesprochen unfair von ihren Mitschülern fand.

Mißmutig wanderte ihr Blick zum Fenster. Draußen regnete es. Trübes, trostloses Licht sickerte in das Klassenzimmer. Zwar war der nächtliche Ausritt herrlich gewesen, und im Moment wohl auch die einzige Lösung, aber so konnte es ja wohl nicht weitergehen. Na ja, vielleicht legte sich die Aufregung bald und sie konnte auch wieder tagsüber mit Sternentänzer losreiten. Außerdem rätselte sie immer noch, was mit Sternentänzer los gewesen war. *Warum ist er nur so ausgeflippt? Und was hatte es mit den komischen Bildern in meinem Kopf auf sich?*

Endlich war Schulschluss. Mit müden Schritten trottete sie zu ihrem Rad und schob es nach Hause. Sie war sogar zu erschöpft zum Radfahren.

Mittags verschlang sie eine Riesenportion Kartoffelbrei und sechs Fischstäbchen, musste sich aber große Mühe geben, nicht über dem Teller einzuschlafen.

„Kind, was hast du denn für Augenringe?", fragte Ines besorgt. „Konntest du nicht schlafen?"

„Nein", antwortete Carolin wahrheitsgemäß, dann schleppte sie sich nach oben in ihr Zimmer. Dort waren sämtliche Wände mit Pferdepostern dekoriert. Eine Stute mit Fohlen und eine Herde galoppierender Camargue-Pferde. Ihr schönstes Poster hing an der Tür. Ein weißer Araberhengst in wildem Galopp. Sternentänzer. Zumindest sah das Pferd auf dem Poster beinahe aus wie Sternentänzer. Nur der schwarze Stern auf der Stirn fehlte. Carolin hockte sich an ihren Schreibtisch und packte ihre Hefte aus. Doch statt sich auf ihre Aufgaben zu konzentrieren, blieb ihr Blick immer wieder an dem Poster hängen.

Irgendwann streckte Ines den Kopf ins Zimmer. „Ich geh jetzt einkaufen. Anschließend besuche ich Florentine. Wenn du fertig bist, kannst du gerne nachkommen."

Carolin murmelte vor sich hin. „Florentine? Nee danke." Florentine war Mams Freundin. Total schnieke. Immer voll aufgebrezelt. „Muss sein, von Berufs wegen", behauptete Ines. Schließlich gehörte ihr ja auch „Chez Florentine", die einzige Boutique in Lilienthal. Die Besuche bei ihr waren super spannend. Ines und Florentine hockten herum, tranken Kaffee, unterhielten sich über Männer, Kalorien und den neuesten Klatsch.

Carolin saß immer mit großen Wann-können-wir-denn-wieder-gehen-Augen dabei. Zwischendurch bekam sie ein paar Euro zugesteckt und wurde zum Eiskaufen geschickt. Tödlich!

„Carolin!" Schon wieder Ines.

Carolin verdrehte genervt die Augen „Was ist denn noch?"

„Telefon für dich!"

„Wer denn?"

„Jemand von Lindenhain."

Sofort ließ Carolin den Stift auf ihre Matheaufgaben fallen und rückte den Stuhl so heftig nach hinten, dass er kippte. *War der nächtliche Ausritt etwa aufgeflogen?* Sie rannte aus ihrem Zimmer und stürzte panisch an den Apparat.

Nick war dran. „Ich hab eine gute und eine schlechte Nachricht für dich!"

Warum sprach er denn nicht weiter? Ungeduldig zappelte Carolin am Telefon herum. „Sag schon, mach's nicht so spannend!"

„Du bist auf Lindenhain wieder jederzeit herzlich willkommen", begann Nick.

„Schätze mal, das war die gute Nachricht, und die schlechte?", wollte Carolin wissen, obwohl sie es sich eigentlich schon vorstellen konnte.

Nick seufzte. „Sternentänzer ist total tabu für dich. Tut mir leid, Caro. Ich habe strengste Anweisung, dich zu überwachen. Vom Big Boss höchstpersönlich. Sorry, aber jetzt kann ich dir wohl auch nicht mehr helfen!"

Total tabu! Total tabu! Während sie die Treppe hoch in ihr Zimmer schlich, wiederholte sie im Geiste wieder und wieder diese zwei Worte, als wären sie eine Zauberformel. *Na und?* Sie zwinkerte dem Poster an ihrer Tür zu. *Dann bleiben uns vorläufig eben nur unsere nächtlichen Ausritte, Sternentänzer.*

Am Abend, als sie versuchte einzuschlafen, stellte sie sich vor, dass Sternentänzer ihr gehörte und dass sie die Welt gemeinsam in Erstaunen versetzen würden. *Ich müsste ihn kaufen,* überlegte sie. *Wenn ich eisern mein Taschengeld spare. Nie wieder Eis, Schwimmbad, Pferdezeitschriften? Funktioniert nicht. Bis ich die*

Summe zusammen hätte, müsste ich wahrscheinlich ungefähr 150 Jahre alt werden. Dann stellte sie sich vor, dass ihre Mutter eine Million im Lotto gewonnen hätte und Sternentänzer für sie kaufen würde. Dies war allerdings ziemlich unwahrscheinlich, denn Ines spielte nie Lotto.

Wahrheit oder Täuschung?

Es war einer dieser herrlichen Herbsttage. Die Sonne schien, aber es war trotzdem kalt. Die Luft war klar und frisch. Die Bäume standen da wie nackte Kleiderständer, während auf den Wegen ein dicker Teppich aus herabgefallenen Blättern lag.

Die Pferde prusteten munter, und das Laub raschelte unter ihren Hufen. Sternentänzer konnte sie am Tag nicht reiten, also hatte Carolin mal wieder Marhaba gewählt. Sie klopfte Marhaba auf den Hals und genoss es, auf seinem Rücken zu sitzen. Er ging direkt in Galopp. Er lief weich und leicht, und es fühlte sich gut an. Carolin war erfüllt von einem kribbelnden, freudigen Gefühl. Aber es war nicht das Gleiche. Es war nicht so schön wie auf dem Rücken von Sternentänzer. Und doch konnte sie nicht einmal beschreiben, worin der Unterschied lag. Es war einfach ein Bauchgefühl. Der Wind peitschte ihr ins Gesicht, die Hufe donnerten über den Boden. Es gab Momente, in denen wünschte sie sich mittlerweile, sie hätte dieses Bauchgefühl nicht nur bei Sternentänzer, sondern auch bei jedem anderen Pferd. Dann wäre alles viel leichter.

Es war Samstag, und sie hatte Ines versprochen, nach dem Ritt gleich nach Hause zu kommen. Ines hatte nämlich Karten für Schwanensee besorgt und bestand darauf, mit Carolin ins Theater zu gehen. Carolin konnte sich zwar Lustigeres vorstellen als weiß gekleidete Gestalten, die auf Zehenspitzen herumliefen, doch ihrer Mutter zuliebe hatte sie eingewilligt. Ines war schon fertig. Sie trug ein rotes Kostüm, bei dessen Anblick Carolin für einen Moment stutzte.

Ines bemerkte Carolins Reaktion und drehte sich im Kreis. „Schön, nicht wahr? Habe ich mir heute Morgen erst bei Florentine gekauft, gar nicht teuer, ein echtes Schnäppchen."

Irgendwie bildete sich Carolin ein, das Kostüm schon einmal gesehen zu haben. Vielleicht im Schaufenster von „Chez Florentine"?

„Ich zieh mich schnell um. Bei meinem Pferdedunst fallen sonst die Tänzerinnen vor Schreck in den Schwanensee."

„Gute Idee", meinte Ines nur.

Als Caro aus dem Bad kam, hörte sie von unten laute Stimmen. Neugierig beugte sie sich über das Geländer. Im Wohnzimmer erblickte sie Ines und Thomas. Ines in ihrem neuen roten Kostüm, Thomas mit einem dicken Strauß Rosen. Ines knallte die Blumen auf den Tisch, sie war offenbar wütend, schrie Thomas an. Mit einem „Hau bloß ab!" schickte sie ihn zur Tür. Sie schlug diese hinter ihm zu und packte die Blumen in den Mülleimer. Dann hockte sie sich an den Tisch und stützte das Gesicht in ihre Hände. Carolin umklammerte völlig entgeistert das Treppengeländer. Sie hielt die Luft an und rieb sich die Augen. Es war genau die gleiche Szene, ganz genau die gleiche, die sie schon einmal gesehen hatte. Auf dem Rücken von Sternentänzer. Damals, als er in der Nacht in vollem Galopp über die Wiese gejagt war.

Langsam, Carolin, langsam, mahnte sie sich selbst. *Alles nur Einbildung. Du hast dir das alles nur eingebildet. Du wolltest einfach so sehr, dass Thomas die Kurve kratzt, dass du es dir Tag und Nacht vorgestellt hast. Wunschdenken, nichts weiter. Nur Wunschdenken. Nichts weiter!* Carolin zog sich am Geländer hoch, schüttelte den Kopf über sich selbst und versuchte, den Vorfall zu verdrängen.

In den nächsten Wochen war Hektik angesagt, und das war gut so, denn so blieb wenig Zeit, um nachzudenken. Eine Klassenarbeit stand an. Geschichte. So richtig was zum Büffeln. Carolin verbrachte die Tage in ihrem Zimmer über ihrem Buch. Die meiste Zeit wühlte sie mit den Händen verzweifelt durch ihre Haare. Die vielen Jahreszahlen, Orte und Typen wollten einfach nicht in ihren Kopf. Und der neue Geschichtslehrer, Heribert Herfurter, war bekannt für seine gemeinen Fragen. Sie war in Geschichte sowieso superschwach, und wenn sie die Arbeit auch noch vergeigte … Sehnsüchtig warf sie zwischendurch immer wieder einen Blick auf das Bild von Sternentänzer, das inzwischen in Silber gerahmt auf ihrem Schreibtisch stand.

„Ach Sternentänzer", seufzte sie und strich zärtlich den Rahmen entlang. „Du hast's gut, du brauchst nicht in die Schule."

Carolin hatte die Angewohnheit, alles Unangenehme hinauszuschieben. Und das Lernen gehörte nun mal dazu. So beschäftigte sie sich mit den seltsamsten Dingen, nur um nicht lernen zu müssen. Sie putzte ihr Zimmer, räumte ihre Schränke auf oder bereitete so wie heute Leckerli zu.

Bewaffnet mit all ihren Büchern wanderte sie in die Küche und suchte Weizenkleie, Äpfel und Karotten. Zerkleinerte alles, mischte es zusammen, formte kleine Küchlein und schob sie in den Ofen. Wieder eine halbe Stunde ohne Lernen erfolgreich totgeschlagen! Nach einer Dreiviertelstunde holte sie die Leckerli aus dem Ofen und packte sie in eine kleine Tüte. *Die bring ich Sternentänzer mit*, freute sie sich.

Sie guckte noch fern, mit den Geschichtsbüchern auf den Knien. Dann schlich sie ins Bett, gähnte und kroch unter die Decke. Dabei fiel ihr ein, dass sie vergessen hatte, sich die Zähne zu putzen, doch sie war zu müde dazu. *Morgen ist auch noch ein Zahnputztag!* Nach ein paar Stunden war sie schon wieder putzmunter. Die vielen Becher Limonade, die sie getrunken hatte, um sich von Geschichte abzulenken, zeigten ihre Wirkung. Sie schlurfte ins Bad, konnte danach jedoch nicht wieder einschlafen. Unruhig tapste sie in ihrem

Zimmer auf und ab, setzte sich irgendwann aufs Fensterbrett und sah hinaus. Die Vorhänge wehten in der sanften Brise langsam hin und her. Draußen war es hell. Der Vollmond hing wie eine dicke, fette Laterne am sternenklaren Himmel und hüllte den Garten in ein geheimnisvolles Licht. Es war eine wunderschöne Nacht. Carolin sah auf die Uhr. Zehn Minuten nach eins. Noch acht Stunden bis zur Geschichtsarbeit. Sie streckte sich. *Nie im Leben kann ich jetzt wieder einschlafen*, dachte Carolin und beschloss auszubüchsen. Ganz leise schlüpfte sie in ihre Klamotten und schlich die Treppe hinunter. Eigentlich hätte sie auch trampeln können, denn seit der Szene mit Thomas nahm Ines jeden Abend Baldriantropfen. Zur Beruhigung. In rauen Mengen. Außerdem trug sie ihre rosafarbene Schlafbrille – wegen der Falten. *Selbst ein Elefant würde es schaffen, unbemerkt durch unser Haus zu trampeln*, dachte Carolin grinsend, während sie die Tür hinter sich zuzog. So hatte die Geschichte mit Thomas doch noch einen kleinen Vorteil gebracht.

Sternentänzer sah ihr mit strahlenden Augen entgegen. Gerade so, als habe er auf sie gewartet. Er schien wieder so aufgeregt wie bei ihrem letzten nächtlichen Ausritt vor einem Monat. Nervös warf er den Kopf auf und ab, tänzelte hin und her und stupste sie an. Dann scharrte er mit den Hufen und schien völlig aus dem Häuschen.

„Hallo, mein Schöner." Carolin liebkoste sein Fell. „Kannst du auch nicht schlafen? Hier." Sie kramte die

Tüte mit den Leckerli aus ihrer Anoraktasche. „Hab ich dir mitgebracht. Selbst gebacken."

Sternentänzer schnaubte in ihre Hand, rührte aber kein Leckerli an. Er zerrte und tänzelte immer heftiger und schnaubte dabei immer lauter.

„Was ist denn los mit dir? Hast du Lust, auszureiten? Willst dich austoben, oder?"

Das Schnauben und Tänzeln wurden stärker.

„Aber wir müssen vorsichtig sein, Sternentänzer, das weißt du doch!" Sie trenste ihn und fischte ein paar alte Säcke aus der hinteren Stallecke, die sie um Sternentänzers Hufe band. „Nur bis wir aus dem Hof sind!" Dann führte sie ihn so leise wie möglich aus dem Stall.

Wie auf Wolken schwebte sie auf Sternentänzers Rücken durch die mondverzauberte Landschaft. Sie schloss die Augen und fühlte, wie die weiche, etwas feuchte Nachtluft auf ihrer Haut prickelte. Der gleichmäßige Aufschlag der Hufe war wie Musik für sie. *Ich könnte so glücklich sein, wenn nur nachher diese bescheuerte Klassenarbeit nicht wäre*, dachte sie. Und dann: *Wenn ich nur schon vorher wüsste, was der Herfurter für bescheuerte Fragen stellt.* Kaum hatte sie die Frage auch nur gedacht, ging ein Ruck durch den Körper des Pferdes. Es setzte sich in Bewegung und galoppierte rasend schnell davon. Krampfhaft klammerte Carolin sich fest. Ihr wurde schwindelig. Alles in ihrem Kopf schien sich zu drehen wie in einem Kettenkarussell, und plötzlich sah sie Bilder in ihrem Geist vor sich aufsteigen: *Ihr Klassenzimmer. Heribert Herfurter mit einer hellbeige karierten Krawatte um den Hals und mit einem Stoß Papier in der Hand. Er teilt es aus Auf den Blättern stehen Fragen. Viele Fragen. Nach Jahreszahlen, nach Orten, nach Menschen.*

Wie in einem Rausch schoss die Bilderflut in schneller Reihenfolge durch Caros Kopf. Schnell, verschwommen, als wäre sie durch einen Weichzeichner gefiltert. Dann wurde Sternentänzer plötzlich langsamer. Er keuchte und lief schwerfälliger. Als Carolin die Zügel kürzer fasste, verlangsamte er gehorsam zum Trab und dann zum Schritt. Sie brachte ihn zurück in den Stall und rieb ihn schnell trocken.

Dann setzte sich Caro auf ihr Rad und raste zurück nach Hause. Bevor Ines aufwachte, musste sie wenigstens in ihrem Zimmer sein. Völlig außer Atem und mit wild schlagendem Herzen schlich sie sich nach oben. Mit zitternden Beinen warf sie sich auf ihr Bett. Sie machte kein Auge zu. Wieder einmal! *Sternentänzer, was soll das? Was tust du da?*

Aber dann musste sie doch in einen leichten Schlaf gefallen sein, denn sie schreckte hoch, als sie Ines' Stimme hörte: „Aufstehen, Carolin!"

Carolin gähnte. Aufstehen war gut. Sie war schon so lange auf, dass sie eigentlich schon wieder müde war. In Windeseile schlüpfte sie aus ihren Pferdeklamotten und zog ein frisches T-Shirt und eine Hose aus dem Schrank. Zähneputzen wäre vielleicht auch nicht schlecht. Im Tageslicht wirkten die Ereignisse der Nacht schon viel weniger merkwürdig. *Ich hab einfach total Schiss vor der Arbeit und deshalb verfolgt sie mich,* überlegte sie, während sie ihre Zähne bürstete. *Das ist alles.*

Auf dem Frühstückstisch warteten Rühreier mit frischem Schnittlauch, knackfrische Brötchen, Hefezopf frisch aus dem Ofen, Nutella, Bananenshake. Carolin staunte nicht schlecht.

„Hab ich was vergessen?", wunderte sich Carolin. „Deinen Geburtstag? Meinen?"

Ines räusperte sich. „Es soll nur eine kleine Entschuldigung sein", sagte sie betreten. „In den letzten Wochen habe ich wenig Zeit für dich gehabt. Ich hab dich vernachlässigt. Aber das ist nun vorbei."

Carolin musterte Ines skeptisch. „Was meinst du damit?"

„Es ist aus mit Thomas", stieß sie hervor und schluckte tief.

„Aha", stieß Carolin hervor. „Warum das denn?"

„Der gemeine Mistkerl hat mich betrogen, stell dir vor, er hatte neben mir noch was anderes laufen", brach es aus Ines hervor.

„Soso." Carolin nickte.

„Ich hab's ihm auf den Kopf zugesagt, und der Typ leugnet auch noch." Sie schüttelte den Kopf mit einer Mischung aus Unglauben und Verzweiflung in den Augen. „Ich dachte, er wäre ein anständiger Kerl. Dabei trifft er sich mit mir und mit seiner Ex gleichzeitig. Er hatte nicht mal den Mut, es mir selbst zu sagen. Von Florentine musste ich es erfahren!"

Carolin jubilierte. Gut, ein ganz kleiner mitfühlender Teil von ihr erklärte sich solidarisch traurig. Aber nur ein ganz kleiner. „Du findest einen anderen Freund. Der blöde Langweiler hat dich gar nicht verdient", sagte sie dann in einem so sanften Ton, wie eine Mutter ihrem Kind eine Gute-Nacht-Geschichte erzählt.

Ines strich die Tränen weg, die in ihren Augen glitzerten. „Zum ersten Mal, seit dein Vater weg ist, war ich wieder glücklich, zumindest ein bisschen", schluchzte sie und schnäuzte in eine Serviette.

„Ach Mam", seufzte Carolin. „Das wird schon wieder."

„Verzeihst du mir, Schätzchen?"

„Natürlich", gewährte Carolin großzügig.

„Schön, dass ich so eine verständnisvolle und brave Tochter habe." Sie streichelte über Carolins Haare. „Ich weiß, wie schwer es dir gefallen ist, auf das Reiten zu verzichten."

Oh mein Gott, betete Carolin inständig, *lass sie nur kein Stroh in meinem Haar entdecken.*

Mit großem Appetit machte sie sich über das Luxusfrühstück her. Ein ganz klein wenig schämte sie sich dann aber doch, denn verdient hatte sie es ja streng genommen gar nicht.

Im Klassenraum herrschte Alarmstimmung. Es ging zu wie im Bienenstock. Alles sauste und schrie hektisch durcheinander. Julia hatte immer noch das Geschichtsbuch vor der Nase und starrte auf die Buchstaben wie

ein hypnotisiertes Kaninchen. Heike hing mit übereinander geschlagenen Beinen hinter ihrem Tisch und
zog mithilfe eines Taschenspiegels ihren Lippenstift
nach. Annette schrieb ihr ganzes Handgelenk voll.
Luisa spitzte noch schnell einen Stift nach dem anderen, und Tina brachte ihre Schokoriegel in Stellung.
Nur Carolin sah der Arbeit emotionslos entgegen. Sie
hatte getan, was sie konnte, und wenn die falschen
Fragen kamen, dann hatte sie eben Pech gehabt.

„Guten Morgen, die Herrschaften. Alle anwesend?
Gut. Dann wollen wir gleich starten."

Herr Herfurter teilte die Blätter mit den Fragen aus.
Carolin kramte ihren Glücksstift aus dem Federmäpp-
chen. Schmal, silbern, mit einem Aufkleber von Lindenhain. Als sie auf das Prüfungsblatt sah, erstarrte
sie. Ihr Herz flatterte wie ein aufgeschreckter Vogel,
der orientierungslos gegen die Gitterstäbe seines Kä-
figs flog. „Das gibt's doch nicht!", murmelte sie immer
wieder. „Das kann doch gar nicht wahr sein." Dort
standen exakt die Fragen, die sie in der Nacht zuvor bei
ihrem Austritt mit Sternentänzer gesehen hatte.

„Ruhe bitte! Ab sofort läuft die Zeit, meine Herrschaften", drohte Herfurter.

Carolin wagte gar nicht, ihn anzusehen. *Wenn er
jetzt ... nein ... das konnte gar nicht sein.* Und es war
doch so. Herfurters Krawatte war grottenhässlich. Hellbeige kariert.

Die Indianerlegende

Irgendetwas ausgesprochen Merkwürdiges ist hier im Gange, dachte Carolin und jagte mit ihrem Bike nach der Klassenarbeit nach Hause. In der Schule hatte sie schlimme Bauchschmerzen vorgetäuscht, und Herr Herfurter, Vater zweier Kinder, etwas rundlich, dunkle Anzüge, scheußliche Krawatten, hatte zum Glück ein Einsehen gehabt.

Das kann kein Zufall sein. Nicht zwei Mal hintereinander. Und es muss etwas mit Sternentänzer zu tun haben. Irgendetwas ist mit ihm los. Aber was? Die Gedanken purzelten nur so durch ihren Kopf. „Ist Sternentänzer ein Zauberpferd?", murmelte sie vor sich hin. *Unsinn! Zauberpferd, ach was, Blödsinn,* verbesserte sie sich in der nächsten Minute selbst. *So was gibt's doch nur im Märchen.* Oder fing sie selbst langsam an durchzudrehen? Die Aufregung, der Stress in letzter Zeit. Es wäre ja kein Wunder! Eine Frage in ihren Gedanken, der schnelle Galopp, das Gefühl, in einem Kettenkarussell zu sitzen, die Bilder in ihrem Kopf: Genau so war es jedes Mal geschehen. Statt in die Breitensteinstraße bog Carolin in den Peterbergweg ein und ging in die Bücherei. Sie holte sich eine Tasse heiße Schokolade aus dem Automaten und ließ sich hinter einem Computer nieder. Mit zittrigen Fingern machte sie sich auf die Suche.

Zwei Stunden und drei Tassen heiße Schokolade später war sie nicht viel schlauer. Sie hatte die verschiedensten Stichwörter zu Pferden eingegeben, aber nichts gefunden. Mit einem tiefen Seufzer fuhr sich Carolin mit allen zehn Fingern durch die Haare.

„Kann ich dir vielleicht helfen?", erkundigte sich ein Junge, der am Nebencomputer saß, freundlich.

„Siehst ein bisschen durch den Wind aus", grinste er breit über sein rundes, sommersprossiges Gesicht, das von leicht abstehenden Ohren und roten Haaren eingerahmt wurde.

Carolin schielte zur Seite. *Oh nee*, dachte sie, *Sebastian. Ausgerechnet!* Der größte Streber ihrer Schule. Er ging zum Glück in die Parallelklasse. Wegen seiner dicken rostbraunen Brille nannten ihn alle nur Glupschauge. Selbst in der Pause steckte er seine Nase noch in Bücher. „Danke, nein!", wollte Carolin abwehren, doch dann besann sie sich. Sebastian war zwar ein Streber, aber mit Computern kannte er sich prima aus.

„Na ja! Vielleicht …"

„Na los, sag schon!" Sebastian war gleich ganz Feuer und Flamme.

„Ich weiß nicht!"

„Ist kein Problem, echt! Ich helf dir gern!", sagte er eifrig.

„Ich suche etwas, weiß aber eigentlich selbst nicht so ganz genau was …"

„In welche Richtung denn?" Sebastian schob seine Brille hoch bis zur Nasenwurzel. „Ich finde alles!"

Carolin holte tief Luft. „Es geht um Pferde. Um besondere Pferde."

„Wie besonders?" Sebastian grinste. „Mit fünf Beinen und zwei Köpfen, oder was?"

„Nee. Nicht körperlich. Eher … mit besonderen … Gaben, mit Magie …", erklärte Carolin und kam sich so dämlich dabei vor, dass sie schnell noch anfügte: „Brauch ich für … für ein Referat, ein Referat über besondere Pferde."

„Referat?" Sebastian sah sie ganz aufgeregt an. „Sollt ihr ein Referat machen? Wir vielleicht auch? Hab ich was versäumt?"

„Keine Sorge, ist für mich privat. Für meinen Pferdehof."

Beruhigt wandte sich Sebastian wieder dem Computer zu. „Besondere Gaben … okay, mal sehen. Ich geb mal das Stichwort *Pferde* bei der Suchmaschine ein. Mal sehen, was kommt!" Während Carolin für Kakao-Nachschub sorgte, surfte Sebastian durch die Seiten. „He! Lies mal!", rief er auf einmal und grinste über das ganze Gesicht. „Ein begabtes Pferdchen hätten wir hier schon mal!"

„Lies vor!" Carolin war viel zu aufgeregt.

„Jojo, das sprechende Pferd, die Zirkusattraktion! Als Direktor Fliegenpilz ihn fragte: ‚Wie viel ist drei und vier?', stampfte Jojo sieben Mal mit dem Huf, und wenn die Antwort auf eine Frage ‚Ja' lautete, nickte er mit dem Kopf. War sie ‚Nein', schüttelte er ihn von der einen Seite zur anderen."

„Na ja", machte Carolin enttäuscht. „Nicht gerade das, was ich wollte!"

Sebastians Grinsen wurde noch breiter. „Vor allem weil Jojo gar nicht wusste, was man ihn fragte. Er beantwortete nur die Zeichen, die Direktor Fliegenpilz heimlich machte. Alles nur ein billiger Trick!"

Carolin seufzte. „Na toll."

Unermüdlich öffnete Sebastian Seite für Seite. Doch meistens waren es nur irgendwelche Tipps zum Kauf und Verkauf und zur Pflege von Pferden.

„Hör mal, Carolin, hier steht eine Geschichte von einem Araberhengst, der einen Indianerstamm gerettet hat."

Araberhengst? Carolin horchte auf. „Und weiter?"

„Er muss die Leute wohl vor einer herannahenden Windhose gerettet haben, indem er völlig konfus und aufgebracht durch das Dorf galoppierte."

„Klick weiter, wir sind auf der richtigen Spur! Araber ist gut."

„Hier: Die Ursprünge der Araber reichen bis ins 7. Jahrhundert zurück. Sogar bis zum Propheten Mohammed. Nachdem dessen Kamelreiter im Jahre 625 gegen feindliche Reitertruppen nicht bestehen konnten, begann er mit der Zucht von schnellen, ausdauernden Pferden. Eine Legende erzählt, der Prophet habe seine Pferde nach einer Schlacht alle freigelassen. Nachdem sie tagelang ohne Wasser in der Nähe eines Baches eingepfercht waren, strebten sie durstig dem Wasser zu, als sie freigelassen wurden. Dann kam es zu einem neuen Angriff, und Mohammed rief sie zurück, bevor sie trinken konnten. Nur fünf Stuten folgten trotz ihres Durstes seinem Ruf. Diese fünf sollen die Stammmütter der Araberrasse geworden sein."

„Hm", machte Carolin nur. Half auch nicht wirklich weiter.

„Hier, ich bin beim Surfen in der Antike gelandet. Hör mal: Kaiser Caligula liebte sein Pferd so sehr, dass er ihm einen Sitz im römischen Senat einräumte." Er grinste vor sich hin. „Man erzählte sich, dass das Pferd besser regierte als die Senatoren, weil es kein Schmiergeld genommen hat."

Carolin fuhr sich enttäuscht mit allen zehn Fingern durch die Haare. „Sieht wohl schlecht aus!"

Sebastian suchte weiter, bis er auf einmal ganz zappelig wurde. „Das hier, Carolin, guck mal, das hört sich doch schon viel besser an!"

„Der altisländische Gott Wotan hatte einen achtbeinigen Schimmel, auf dem er in die Schlacht mit Riesen und anderen finsteren Gestalten ritt."

Carolin schüttelte enttäuscht den Kopf. „Das wird wohl nichts."

Sebastian blickte sie über seine Brillengläser an. „Nur nicht aufgeben. Wer suchet, der findet."

Carolin grinste. „Na dann, suchen wir eben weiter."

„Hier, wie findest du das?"

Carolin beugte sich über seine Schulter. „In den 20er-Jahren bis zu ihrem Tod 1957 sorgte eine Stute namens

Lady Wonder für Furore: Das Pferd des Ehepaars Fonda in Richmond, Virginia, betätigte sich als Gedankenleserin und Wahrsagerin. Gelegentlich soll es sogar der Polizei bei der Vermisstensuche geholfen haben. Das vierbeinige Orakel antwortete mithilfe einer hölzernen Pferdekommunikationsmaschine, die aus großen Buchstaben bestand, welche Lady Wonder mit der Nase herunterdrückte."

„Wow! Glaubst du so was?", staunte sie.

Sebastian nickte bedächtig. „Kann schon sein."

„Meinst du, das ist möglich?"

„Natürlich", nickte Sebastian hochzufrieden über seinen Fahndungserfolg. „Ich glaube, dass all den alten Sagen, Legenden und Mythen ein wahrer Kern zugrunde liegt." Er rückte erneut seine Brille zurecht. „Ich habe zum Beispiel mal gelesen, dass ganz früher die Menschen glaubten, manche Tiere hätten göttliche Eigenschaften. Die Kreter etwa beteten den Minotaurus an, einen Gott, der zur einen Hälfte ein Mensch und zur anderen Hälfte ein Stier war. Oder menschliche Eigenschaften: Im trojanischen Krieg bekam Achilles von den Göttern ein Gespann unsterblicher Pferde. Sie zogen seinen Streitwagen, und als er im Kampf starb, sollen die Pferde wie Menschen Tränen geweint haben." Während er sprach, klickte er weiter. „Boah, das hier ist ja auch heftig!"

„Was denn?"

„Bei den Kelten. Wenn da ein Pferdebesitzer starb, wurde das Pferd auch getötet, aufrecht in eine Grube gestellt, und der Tote wurde sitzend auf ihm bestattet."

Carolin sah ihren Schulkameraden beeindruckt an. „Cool."

Sebastian genoss sichtlich Carolins Bewunderung und legte los: „Es ist noch nicht lange her, dass die Menschen an eine magische Welt glaubten, in der sich Götter in Tiere verwandelten. Wie Pegasus."

„Was du alles weißt!"

Sebastians Ohren glühten vor Freude so rot wie sein T-Shirt. „Es gibt viele Dinge zwischen Himmel und Erde, von denen unser Verstand nicht zu träumen wagt. Ungeheuer, riesenhafte Reptilien, Drachen, prähistorische Wesen." Er redete sich richtig in Rage. „Elfen, Zwerge, Kobolde und Dämonen."

„Und Zauberpferde!"

„Warum nicht auch Zauberpferde!" Sebastian sah auf seine Uhr. „Mist, schon so spät! Ich muss los. Sonst gibt's Ärger daheim. Meine Eltern nehmen es nämlich ganz genau. Wenn du weitermachen willst, guck einfach die Links auf dieser Seite durch. Scheint mir ganz passend." Er schielte sie über den Brillenrand an. „Und wenn du noch was wissen willst, frag mich einfach!" Er machte eine kleine Pause. „Von mir aus, ich meine, wenn du willst, können wir uns auch morgen wieder hier treffen!"

Carolin lächelte. Er sah so süß verlegen aus. „Danke, Sebastian!"

Als er weg war, klickte sie Seite für Seite durch, bis ihre Augen brannten und die freundlichen Damen von der Bücherei langsam begannen, ihre Stifte zur Seite zu legen. Sie seufzte und klickte den letzten Link an. Es war eine Seite über alte Indianerlegenden. *In einer stürmischen Vollmondnacht schlägt ein Blitz in eine jahrhundertealte Eiche ein, und eine Sternschnuppe fällt vom Himmel. Im gleichen Moment wird ein wunderschöner Schimmel mit einem kleinen schwarzen Stern auf der Stirn geboren,* las sie dort. Schimmel, schwarzer Stern, das könnte sich um Sternentänzer handeln! Carolin atmete hektisch, ihr Herz raste, sie war völlig außer sich.

„Du da, hallo", rief ihr eine dicke Bibliothekarin zu.

Carolin schreckte hoch. „Ja, was?"

„Wir wollen gleich schließen!"

„Moment, Moment noch, bitte, bitte!!! Ganz kurz!" Carolin schickte ihr einen flehenden Blick zu. „Es geht um Leben und Tod!"

„Ja, ja, aber schnell! Es gibt hier keine Extrawürste."

Naytukskie Kukatos, was in der Indianersprache ‚Der Stern' bedeutet, ist schön wie der junge Morgen, stark wie ein Bär, schnell wie der Wind und schlau wie ein Fuchs. Er verfügt über außergewöhnliche Kräfte, er kann in die Zukunft blicken. Schnell spricht sich die Kunde herum, und jeder ist bestrebt, das wunderschöne Pferd zu besitzen. Doch Unzählige sind an ihm gescheitert. Denn seine magischen Kräfte erfährt nur, wer sein Vertrauen besitzt.

„Wir wollen jetzt schließen!" Der Ton der Dicken wurde schärfer. „Kannst ja morgen wiederkommen. Wir haben jeden Tag von zehn bis 19 Uhr geöffnet."

„Tut mir leid, ja, ja, sofort!", rief Carolin und druckte im Gehen noch rasch die Seite aus. Dabei nahm sie sich vor, künftig ein bisschen netter zu Sebastian zu sein.

Der Feind hört mit

Am nächsten Morgen wachte Carolin voller Erwartung
auf. Sie fühlte sich kribbelig von den Haarspitzen bis
zu den kleinen Zehen. Alles fiel ihr wieder ein. Die Bücherei, Sebastian, die Indianerlegende. Zu wissen, zu
glauben, dass Sternentänzer magische Kräfte besitzen
könnte, war größer als alles andere. Und unheimlich.
So unheimlich, dass sie davon beinahe Bauchweh bekam. Nur noch ein paar Stunden, bis sie reiten konnte.
Immer wieder tastete sie in der Jeans nach dem Zettel
aus der Bücherei. Noch nie in ihrem Leben war ihr ein
Schulvormittag so unendlich lange vorgekommen.
Ausgerechnet heute hatten sie auch noch bis halb zwei
Unterricht! Und wegen dieser dummen Pute von Julia
dauerte es noch länger. Am Ende der Stunde musste
die unbedingt noch mit der Zeichenlehrerin eine Diskussion über Renaissancekostüme anfangen. Carolin
hätte sie am liebsten erwürgt.

So schnell ihr Drahtesel sie trug, radelte sie dann
nach Lindenhain. „Nick!", schrie sie schon von Weitem so laut über den ganzen Hof, dass Herr Maier er-

schrocken in sein Häuschen floh. Besonders tapfer war er ohnehin nicht. Er hatte Angst vor Pferden, vor Fremden und manchmal sogar vor Eulalia. Nicht gerade der perfekte Wachhund also.

„Nick! Verdammt! Wo bist du? Ich muss dir was erzählen!", kreischte Carolin.

„Hier!", kam seine Stimme von irgendwoher.

„Wo hier?"

„Im Privatstall!"

Sie rannte so schnell in den Stall, dass sie beinahe auf einem Pferdeapfel ausgerutscht wäre.

„Nick", keuchte sie völlig außer Atem. „Ich muss dir was erzählen."

Nick striegelte gerade hingebungsvoll Fernanda, eine Shetland-Schönheit, die zwei Boxen neben Sternentänzer einquartiert war. „Sieht sie nicht wunderbar aus?" Mit der Kardätsche in der Hand trat er einen Schritt zurück und legte den Kopf schräg, um das Werk besser betrachten zu können, das er an Fernanda vollbracht hatte. „Bildschön, oder? Wie lackiert sieht sie aus", schwärmte er.

Carolin lehnte sich gegen die Box. „Nick, es ist superwichtig!"

Nick ging hochzufrieden um Fernanda herum. „Spuck's schon aus!"

„Es geht um Sternentänzer."

Nick drehte die Augen zum Himmel. „Nicht schon wieder, Caro! Was nicht geht, geht nicht. Tut mir ja auch leid, aber … Es gibt auch noch andere Pferde auf der Welt. Langsam nervst du!"

Wenn Carolin nicht immer noch völlig außer Atem so laut gekeucht hätte, hätte sie die Geräusche in Sternentänzers Box möglicherweise gehört und die Stimme gesenkt. Doch so sprach sie lauthals und wild keuchend weiter. „Sternentänzer ist kein normales Pferd. Er hat eine besondere Gabe. Er hat ein unglaubliches Geheimnis. Er …" Sie holte noch einmal tief Luft. „Er kann in die Zukunft blicken."

Nick sah sie an wie ein Auto. „Jep! Und Fernanda hier hat auch ein Geheimnis: Sie spricht sechs Sprachen und schlägt dabei Purzelbäume. Und da wir schon mal dabei sind, Geheimnisse zu enthüllen: Marhaba kann singen und sogar tanzen, aber nicht immer. Nur an geraden Tagen."

Carolin stampfte mit dem Fuß auf. „Das ist überhaupt nicht komisch. Du musst mir glauben!"

Nick striegelte seelenruhig weiter. „Du hast einen Sternentänzer-Tick, das hab ich schon gemerkt, aber dass du gleich so schräg abgehst?" Er schüttelte den Kopf.

Carolin zerrte am Ärmel seines Pullis. „Kein Scherz, Nick. Es geht um eine alte Indianerlegende, die besagt, dass …"

„Indianerlegende. So ein Unsinn!"

„Darin wird von einem Schimmel mit einem kleinen schwarzen Stern auf der Stirn erzählt. Der Schimmel kann in die Zukunft blicken, und das ist Sternentänzer. Ich meine, das kann Sternentänzer auch!"

Nick hörte auf zu putzen und sah sie an. „In die Zukunft blicken? Glaubst du das wirklich?"

„Ja, ich hab es doch selbst miterlebt!", nickte Carolin und gestand ihm ihre beiden merkwürdigen Erfahrungen mit Thomas und der Geschichtsarbeit.

Nick fuhr sich mit einer Hand durch die struppigen Haare, mit der anderen putzte er weiter. Er war so überrascht, dass er sie nicht einmal wegen der Ausritte tadelte. „Ich weiß nicht …!"

„Ich konnte es ja auch nicht glauben, aber es gibt keine andere Erklärung! Es ist gleich zwei Mal passiert!"

Endlich hörte Nick auf zu striegeln. Er legte die Stirn in Falten. „Klingt total unwahrscheinlich", sagte er dann.

„Unwahrscheinlich!" Carolin wurde puterrot im Gesicht. „Na und? Es ist auch total unwahrscheinlich, dass jemand sechs Richtige im Lotto hat. Und trotzdem gewinnt immer mal wieder jemand! Oder … oder dass ein Flugzeug abstürzt und trotzdem … Oder dass ich jemals eine Zwei in Mathe haben könnte und trotzdem hatte ich schon mal eine …" Carolin war außer sich und schnaufte vor Aufregung wie eine Luftpumpe.

„Na ja, so gesehen …"

„Es ist wahr, Nick. Ich wollte es auch nicht glauben, aber es ist verdammt noch mal wahr!"

Nick zuckte mit den Schultern.

„Was meinst du damit? Du glaubst nicht daran? Dann lass es, dann halt nicht …"

Nick starrte einen Ballen Heu an. Er sagte nichts, sondern blickte nur nachdenklich vor sich hin.

Carolin trat wütend gegen das Heu. „Du glaubst mir also nicht?", versuchte sie es wütend noch einmal.

„Darauf gibt es wohl keine Antwort", meinte Nick dann und zuckte erneut mit den Schultern.

„Doch, schon!", sagte Carolin.

Er sah sie an. „Vielleicht hab ich auch einfach nur Angst."

„Angst? Wieso denn Angst? Wovor denn?", wiederholte Carolin erstaunt und sah Nick an, wie er dastand. Groß, breitschultrig, kräftig und von Angst sprechend.

„Vielleicht hab ich einfach nur Angst, es könnte wahr sein", gestand er dann leise.

Dann hockten sie Rücken an Rücken aneinander, kauten Strohhalme und waren so vertieft in ihre Gedanken, dass sie nicht bemerkten, wie zwei Boxen weiter eine Tür vorsichtig geschlossen wurde und eine dunkle, mächtige Gestalt davonschlich.

Sternentänzer wird verschleppt

Eigentlich hätte Carolin schon auf dem Schulweg wissen müssen, dass ihr ein schrecklicher Tag bevorstand. Ihr Bahnschranken-Orakel versagte nämlich. Die Schranke klappte genau vor ihrer Nase runter. Und dann verlor sie auch noch ihren Glücksstein. Eine kleine, runde Bernsteinkugel, die ihr Vater ihr zum Geburtstag geschenkt hatte. Was konnte ein Tag schon bringen, wenn er so anfing?

Im Englischunterricht pickte Miss Peggy Strawberry – Strawberry wie Erdbeere – beim Vokabelabfragen ausgerechnet Carolin heraus. Obwohl sie den Kopf so weit wie möglich eingezogen hatte. Natürlich hatte sie völlig vergessen, die Vokabeln von Kapitel sechs zu lernen. In der Pause verteilte Annette dann auch noch Einladungskarten für ihre Geburtstagfeier. Inklusive Kuchen und Kino. Alle aus der Clique bekamen eine Einladung. Nur Carolin nicht.

„Ich hab gedacht, du hast sowieso keine Zeit", behauptete sie dann auch noch. „Wegen deiner Pferde."

Nie im Leben wäre Carolin auf das Fest gegangen. Sie

konnte Annette nicht ausstehen. Aber trotzdem. Eine Einladung hätte sie schon gerne gehabt.

„Wenn du Carolin nicht einlädst, dann komm ich auch nicht", sagte Luisa dann solidarisch.

„Ich auch nicht", schloss sich überraschenderweise Tina an. Was für sie sicher ein großes Opfer war, denn Geburtstagsfeten bedeuteten Kuchen ohne Ende.

„Also, ich finde es auch nicht Ordnung, dass Carolin nicht eingeladen ist", meinte dann auch Heike.

Julia zuckte mit den Schultern. „Wenn keiner geht, dann geh ich natürlich auch nicht!"

„Aber …", stotterte Annette und blickte von einer zur anderen.

„Nee, schon okay. Annette hat recht. Ich hätte eh keine Zeit gehabt." Carolin sah die Mädels dankbar an und beschloss, künftig doch ein bisschen mehr Zeit mit ihnen zu verbringen. Sie freute sich diebisch über die Reaktion ihrer Freundinnen. In einem unbeobachteten Moment streckte sie der doofen Annette die Zunge raus.

Als sie am Mittag aus der Schule kam, duftete es schon im ganzen Haus nach mit Hackfleisch gefüllten Paprikaschoten. Carolin lief das Wasser im Mund zusammen. Wenn Ines kochte, dann lecker. Auch wenn ihre Kreationen manchmal recht eigenwillig waren und Carolin als Versuchskaninchen herhalten musste.

Hackfleischbällchen mit Harissa zum Beispiel, einer arabischen Soße, die Ines im Supermarkt entdeckt hatte. Beim ersten Bissen zum Feuerspeien scharf, aber richtig gut, wenn man sich erst mal daran gewöhnt hatte. Oder Curryhuhn mit Banane. Aber bei gefüllten Paprikaschoten bestand keine Gefahr. Die schmeckten einfach nur gut und waren genau das Richtige nach so einem verkorksten Tag.

„Hallo, Mam."

„Hi, Caro." Ines stand in Jeans und Pulli am Herd und rührte in der Soße. „Bin gleich so weit, deck doch schon mal den Tisch."

Wenn es schnell gehen musste oder es nur Pizza gab, dann aßen sie an dem kleinen Katzentisch in der Küche. Doch wenn Ines richtig groß kochte, wurde im Wohnzimmer serviert. Mit Tischdecke und Serviette und allem Drum und Dran.

Erwartungsvoll sah Carolin der großen, dampfenden Pfanne entgegen, die Ines ins Zimmer balancierte.

„Mhhhm, lecker!" Genüsslich schaufelte sich Carolin die Gabel voll. Doch kaum hatte sie den Bissen im Mund, spuckte sie ihn gleich in hohem Bogen wieder zurück auf den Teller. „Igitt, pfui Teufel! Mam, was ist denn das?"

„Wieso?"

Carolin schob den Teller weit von sich. „Es schmeckt einfach widerlich. Probier doch selbst!"

Ines kostete eine Gabel voll. „Bäh", machte sie dann und schüttelte sich. „Echt eklig. Schätze, ich hab Salz und Zucker verwechselt!"

War ja klar, an so einem Tag …

Schon auf dem Weg nach Lindenhain hatte Carolin ein merkwürdig flaues Gefühl im Magen. Es war nur undeutlich, nur eine Ahnung, dass dieser Tag anders sein würde als andere. Sie zuckte die Schultern. *Was für ein Unsinn!*, dachte sie.

Auf dem Hof war alles ruhig. Gespenstisch ruhig. Carolin ließ das Rad die Einfahrt hineinrollen, dann lehnte sie es gegen die Stallmauer. Eine schreckliche Vorahnung ließ sie zum Stall laufen. Sie rannte hinein. Drinnen war es totenstill. Kein Schnauben, Rascheln oder fröhliches Wiehern zur Begrüßung. Die Tür zu Sternentänzers Box stand sperrangelweit offen. Von ihm keine Spur. Carolins Herz schlug bis zum Hals. Die Box war leer. Das war nicht unbedingt ungewöhnlich. Er konnte auf der Weide sein oder unterwegs. Und trotzdem stand Caro wie versteinert da. Ihr Kopf fühlte sich schrecklich leer an. Sie konnte nicht denken, sich nicht rühren. „Sternentänzer, Sternentänzer, verdammt noch mal, wo steckst du?", stammelte sie immer wieder.

Auf dem Hof kam ihr Nick entgegen. „Nick, wo ist Sternentänzer?", fragte sie atemlos, stemmte die Hände in die Hüften und nagte an ihrer Unterlippe. Wie immer, wenn sie versuchte, logisch zu denken.

Nick zuckte mit den Schultern. „Sorry, Caro. Stone lässt ihn gerade abholen." Er deutete auf einen großen Transporter mit heruntergelassener Laderampe. Zwei Männer, breit wie Wandschränke, waren gerade dabei, Sternentänzer auf die Rampe zu zerren. Oder besser, einer zerrte, während der andere schob. Sternentänzer wieherte schrill und stieg, tänzelte wie wild auf der Rampe herum und warf seinen Kopf wütend hin und her.

Die Männer zogen ihn so brutal zurück, dass er beinahe ausgerutscht und seitlich von der Laderampe gestürzt wäre. Carolin sah, wie einer der Männer den anderen anschrie, aber der Wind riss die Worte von seinen Lippen. Ihr Herz krampfte sich zusammen. Sternentänzer stand jetzt zitternd still. Sie wollte loslaufen, Sternentänzer helfen, doch Nick hielt sie am Pulli zurück.

„Lass mich machen. Sollen wir helfen?", schrie er den Männern schließlich zu, denn auch er konnte die Quälerei nicht mehr länger mit ansehen.

Die Männer warfen Carolin und Nick einen abweisenden Blick zu und kamen ein paar Schritte näher. Sie trugen Jeans, Stiefel und blaue Arbeitsjacken und sahen äußerst ungemütlich aus. Einer der beiden hatte eine dicke, fleischige Narbe quer über dem Kinn, der andere ein bleiches Totenschädelgesicht.

„Wer seid ihr denn?", fragte der mit der Narbe.

„Ich arbeite hier, und es sah so aus, als ob Sie beim Verladen des Pferdes Hilfe gebrauchen könnten", sagte Nick schnell.

Der Mann musterte Nick verächtlich von oben bis unten. „Kümmer du dich um deinen eigenen Mist! Mit dem blöden Gaul werden wir schon allein fertig. Da brauchen wir keine kleinen Jungs dazu." Die Männer wandten sich um und gingen schnell zum Transporter zurück.

Carolin starrte Nick an. Alle Farbe war aus ihrem Gesicht gewichen. Sie klammerte sich an seinen Arm, als könne sie sich kaum noch auf den Beinen halten. „Wo bringen die Sternentänzer hin?", stotterte sie hilflos.

„Keine Ahnung. Gunnar wusste nur, dass Stone ihn abholen lassen will."

„Aber … aber das geht doch nicht!" In Carolins Kopf begann sich alles zu drehen. Wie eine Wilde begann sie, mit ihren Fäusten auf Nicks Brust einzuhämmern. „Was wird mit meinem Sternentänzer? Stone entführt ihn! Wir müssen die Polizei holen! Wir müssen sie aufhalten!"

Nick legte den Arm um sie und drückte sie an sich. „Keine Chance! Es ist sein Pferd, Kleine. Er kann damit tun und lassen, was er will!"

„Aber hast du die beiden Typen gesehen, Nick! Die sahen aus wie aus der Geisterbahn!", schluchzte sie. Der Gedanke, dass Sternentänzer ihnen nun ausgeliefert war und von ihnen gequält wurde, raubte ihr fast den Verstand.

„Wird schon nicht so wild sein", versuchte Nick, die schluchzende Carolin zu trösten. Doch wenn er ehrlich war, musste er sich eingestehen, dass auch er ein verdammt schlechtes Gefühl hatte.

„Wo bringen sie Sternentänzer bloß hin?", schluchzte Carolin.

Nick zuckte nur ratlos mit den Schultern.

„Was, wenn sie ihn zum Zirkus bringen?" Carolins Stimme zitterte vor Angst.

„Wieso Zirkus?"

„Wieso nicht Zirkus?", heulte Carolin und erzählte von dem kleinen fahrenden Zirkus Lilliputto, der am

118

Ortseingang auf der Wiese hinter dem Friedhof gastierte. „Ich hab mal von einem Wanderzirkus gelesen. Der hatte so wenig Geld, dass der Direktor immer mal wieder Pferde von den Weiden stahl, um sie an seine Raubtiere zu verfüttern." Beim Gedanken, dass Sternentänzer im Maul eines Löwen landen könnte, heulte Carolin auf. „Oder sie misshandeln ihn, oder sie töten ihn." Carolin sah Sternentänzer schon in einer gewaltige Blutlache liegen, sein herrliches weißes Fell beschmutzt. „Oder sie verkaufen ihn weiter, auf Pferdemärkten im Ausland. Dorthin transportieren sie ihn ohne Futter und Wasser, eingesperrt in einem engen Lastwagen. Oder an irgendeinen dubiosen Reitstall, oder …" Ihren nächsten Gedanken wagte sie kaum auszusprechen. „Oder an einen Schlachthof", flüsterte sie starr vor Entsetzen. Mit jedem Gedanken verstrickte sie sich weiter in ihr Netz aus Angst. „Wir müssen Sternentänzer retten!"

„Jetzt mach aber mal halblang." Nick drückte das zitternde, leichenblasse Bündel an seine Brust. „Du siehst Gespenster. Sternentänzer ist ein klasse Pferd, und die werden den Teufel tun, ihm Schaden zuzufügen."

Doch so ganz glaubte nicht einmal er seinen Worten.

„In den Hungerstreik werde ich treten", schluchzte Carolin an Nicks Brust. „Nie, nie wieder werde ich was essen. So lange, bis Sternentänzer wieder da ist." Bei dem Gedanken, dass sie immer magerer werden würde, bis man sie schließlich als blassen Schatten auf einer Trage ins Krankenhaus einliefern würde, weinte sie umso heftiger.

Nick packte sie an der Schulter und rüttelte sie. „Komm wieder runter, Caro. Das würde Sternentänzer auch nichts helfen!"

„Versprich mir, dass du herausfindest, auf welchen Reiterhof er gebracht wird", stieß Carolin von Heulkrämpfen geschüttelt hervor. Nick schaute in Carolins große, rote, tränennasse Augen und konnte nur noch nicken.

Auf der Suche

Im Zirkus Lilliputto war Sternentänzer nicht. Eigentlich war das Carolin schon vorher klar gewesen, doch sie wollte einfach etwas tun, selbst wenn es völlig sinnlos war. Sie blätterte also fünf Euro fünfzig hin und kaufte sich ein Ticket für eine Vorstellung in dem kleinen Rundzelt mit dem gestreiften Dach. Genervt ließ sie die Aufführung über sich ergehen, denn sie interessierte sich nur für die Tiershow in der Pause. Nach dem Schlangenbändiger war endlich die erste Hälfte der Vorstellung vorbei. Per Lautsprecher wurde die Tiershow angekündigt. Im Raubtierkäfig gähnte ein gelangweilter Löwe vor sich hin. Daneben tapste eine Löwin, wohl seine Gefährtin, auf und ab. Beide waren so dünn, dass man die Rippen zählen konnte. Ein doppelhöckeriges Kamel rupfte Grasbüschel aus dem Boden. Eine Frau mit langen dunklen Haaren und mindestens dreißig Hula-Hoop-Reifen um die Taille zeigte hüftschwingend ihre Künste und hielt jedem, der vorbeikam, einen alten Schlapphut hin. Dazwischen turnte ein Trapezmädchen im rosa Trikot. Aber wo waren nur die Pferde? Sie standen im letzten Zelt. Eng zusammengepfercht, fast Schulter an Schulter, und vor die Mäuler hatte man ihnen Hafersäcke gehängt. Sie sahen erbärmlich aus. Das Fell war schorfig und unsauber, auf der Haut erkannte man Narben und in den Mähnen und Schweifen verfilzte Haarbüschel.

Bei ihrem Anblick zog es Carolin vor Mitleid das Herz zusammen, doch gleichzeitig war sie erleichtert, dass Sternentänzer nicht darunter war. Um ganz sicherzugehen, überprüfte sie auch die nähere Umgebung, doch leider, oder zum Glück, erfolglos.

Carolin hatte schon die ganze Zeit bemerkt, dass ihr jemand hinterhergeschlichen war. *Wahrscheinlich haben die vom Zirkus gemerkt, dass ich hier nur rumschnüffeln will,* dachte sie und wollte zurück ins Zelt an ihren Platz gehen.

„Gib mir deine Hand, Mädchen", hörte sie auf einmal eine Stimme hinter sich. Sie drehte sich um. Da stand eine alte Frau mit einem langen grauen Zopf, kohlrabenschwarzen Augen und runden Ohrringen. Sie trug ein weites, buntes Kleid, darüber eine Schürze.

Ohne auf Carolins Reaktion zu warten, nahm sie deren Arm in ihre Hand, auf der die dunklen Adern wie dicke schwarze Würmer lagen.

„Du hast etwas verloren, Mädchen, hab ich recht?", sagte sie und sah Carolin mit ihren kohlrabenschwarzen Augen an.

„Äh, ja", stotterte Carolin überrascht.

„Und du suchst es!"

Carolin nickte. *Wohl irgendwie klar, dass man sucht,*

was man verloren hat, dachte sie und wollte ihre Hand wegreißen.

„Warte noch, Mädchen", schnurrte die Alte. „Gib mir einen Euro!"

Carolin hatte keine Lust, der Alten einfach so einen Euro hinzublättern, zumal schon das Ticket für den Zirkus ein dickes Loch in ihre Taschengeldkasse gerissen hatte.

„Gib mir einen Euro, du wirst es nicht bereuen." Die Alte blieb standhaft.

Inzwischen hatte im Zelt wohl schon die Vorstellung begonnen, denn außer Carolin und der alten Frau war draußen niemand mehr zu sehen.

Carolin kramte in ihrer Hosentasche, beförderte einen Euro zutage und drückte ihn der Frau in die Hand. Einfach nur, um ihre Ruhe zu haben.

„Danke, Mädchen." Die Alte fuhr Carolins Hand Linie für Linie mit ihren langen, knochigen Fingern nach. „Du wirst finden, wonach du suchst", murmelte sie dann und schloss die Augen. „Und noch viel, viel mehr, als du dir vorstellen kannst. Aber sei auf der Hut. Wo viel Licht ist, ist auch viel Schatten." Damit ließ sie Carolins Hand los, öffnete die Augen und sah sie lange an. „Viel Glück, Mädchen. Du wirst es brauchen!" Dann verschwand die Alte.

Endlich, dachte Carolin und schlüpfte zurück ins Zirkuszelt. *Wenn ich schon so viel Eintritt bezahlt habe, kann ich mir die Vorstellung ja auch ansehen.* Doch während sie zwei schwarz gelockten Männern mit Pomadenfrisur beim Messerwerfen zusah, geisterten immer wieder die Worte der seltsamen Alten durch ihren Kopf. Eigentlich war Carolin eher der realistische Typ. Sie glaubte nur, was man sehen, anfassen, schmecken, hören und riechen konnte. Alles andere hielt sie für Humbug. Bis zu dem Tag, an dem Sternentänzer in ihr Leben getreten war. Aber eines stimmte sie einigermaßen fröhlich. Immerhin hatte die Alte gesagt: „Du wirst finden, was du suchst."

Nick hockte auf der Holzbank unter der Linde, als sie nach der Zirkusvorstellung auf den Reiterhof radelte. Er blätterte in einem Haufen Papier. Eulalia schnurrte um seine Beine.

„Im Zirkus war Sternentänzer nicht", rief sie ihm gleich die Neuigkeit entgegen.

„War mir schon klar", nickte er.

„Hätte doch sein können!"

„Sternentänzer ist kein x-beliebiges Pony. Er ist ein Rassepferd, das man nicht einfach so ganz unauffällig in einem Zirkus unterbringen kann. Das fällt doch sofort auf."

„Na ja …" Carolin war froh, dass Herr Maier, eifersüchtig auf Eulalia, angeschlichen kam und auch um ein paar Streicheleinheiten bettelte.

„Also." Nick holte tief Luft und deutete auf den Berg Papier, den er in der Hand hatte. „Ich hab mir Gunnars Unterlagen mal vorgenommen."

„Ja, und?", drängelte Carolin, während sie Herrn Maier hinter den Ohren kraulte, der sich gleich genüsslich auf den Rücken rollte und alle viere von sich streckte.

„Hast du herausgefunden, wohin sie Sternentänzer gebracht haben?"

„So einfach ist das auch wieder nicht!"

„Also nicht?!" Carolin nickte traurig.

„Moment, Moment, ich hab immerhin eine heiße Spur, oder besser zwei." Nick zog einen Zettel aus seiner Jeans.

„Was denn für eine Spur?"

„Gunnar muss über alle Pferde, die kommen und gehen, Buch führen. Schon wegen der Steuer. Da kann nicht jemand einfach mal so antanzen und ein Pferd wegholen. Ich hab also zwei Namen und Adressen gefunden von Kunden, die wohl in den letzten Tagen Kontakt zu Lindenhain hatten und sich für Pferde interessiert haben. Und vielleicht hat Stone denen Sternentänzer ja verkauft."

Carolin sah ihn enttäuscht an. „Ist das alles? Konntest du nichts Genaueres rausfinden?"

Nick zuckte mit den Schultern. „Besser als gar nichts, oder?"

„Gib mal her." Sie nahm Nick den Zettel aus der Hand. „Jochimsbauer", las sie vor. Es war gar nicht so einfach, Nicks krakelige Handschrift zu entziffern.

„Joachimsbauer", korrigierte er. „Der Zweite heißt Scheiderwind, Giacomo Scheiderwind."

„Komische Namen. Und jetzt?"

„Wir rufen die Auskunft an, besorgen uns die Nummern und los geht's!"

Joachimsbauer war schnell gefunden. Es gab genau zwei davon. Einen Herbert und einen Peter.

Nick zog sein Handy heraus. „Dann ruf ich da am besten mal an."

„Loslosloslos!"

„Peter Joachimsbauer", meldete sich gleich jemand am anderen Ende der Leitung.

Carolin hielt die Luft an und drückte beide Daumen.

Nick räusperte sich. „Schönen guten Tag, Herr Joachimsbauer. Ich möchte Sie höflichst um eine Auskunft bitten."

„Ja?"

„Sie haben doch ein Pferd gekauft?"

„Ich? Ein Pferd? Nee, nie im Leben, ich hab einen Heidenrespekt vor großen Tieren. Ein Pferd gekauft? Niemals! Aber wer will das wissen? Sind Sie vom Fernsehen? Bereiten Sie eine Talkshow vor? Einen Hund hab ich, hilft das auch weiter?"

Nick warf Carolin einen vielsagenden Blick zu.

„Nein, tut mir leid, das war dann wohl eine Verwechslung, vielen Dank. Entschuldigen Sie bitte die Störung!", beendete Nick rasch das Gespräch.

„Mist! Versuch gleich den Nächsten! Diesen, diesen Herbert Joachimsbauer."

„Der wohnt direkt in Lilienthal, da könnten wir eigentlich auch gleich mal vorbeifahren."

Am Anger 6 war ein hübsches Bauernhaus mit geraniengeschmückten Fenstern am Ortsrand. Hinter dem Haus

126

war ein riesiger Stall zu sehen. Man hörte Kühe muhen, und Schweine grunzen. Es sah vielversprechend aus. Bestimmt gab es hier auch Pferde. Carolin wurde ganz kribbelig. An der Haustür gab es keine Klingel.

Carolin sah Nick an. „Wir klopfen?"

„Wir klopfen", nickte Nick. Sie klopften sogar mehrmals, doch niemand schien sie zu hören.

Carolin drückte probehalber die Klinke herunter, und zu ihrer Überraschung öffnete sich die Tür und ließ den Blick frei auf einen langen, düsteren Hausflur.

„Komm!", winkte sie Nick aufgeregt zu.

„Mann, Caro, wir können da nicht einfach so reingehen. Das ist Hausfriedensbruch. Die können die Bullen rufen …"

„Feigling", zischte Carolin ihm zu. Um Sternentänzer zu finden, würde sie jedes Risiko eingehen. „Mehr als rauswerfen können sie uns nicht!"

Bevor Nick etwas erwidern konnte, stellte sich Carolin in den Hausflur, legte die Hände an den Mund und rief: „Hallo! Ist hier jemand? Hallo!", und kam sich dabei ziemlich doof vor. Nick war draußen vor der Tür geblieben und beobachtete von Weitem, was da vor sich ging. Auf einmal wurde direkt neben Carolin eine Tür aufgestoßen, und sie fuhr erschrocken zusammen. Auf der Schwelle stand ein großer Mann mit kurzen dunklen Haaren in Jeans und T-Shirt.

„Äh, tut mir leid, äh … dass ich, äh … ja … ich …", stotterte Carolin los.

„Was willst du denn?", fragte der Mann nicht unfreundlich.

Beim warmen Klang seiner Stimme fasste Carolin neuen Mut. „Sind Sie Herr Joachimsbauer? Herbert Joachimsbauer?"

Der Mann nickte. „Bin ich."

„Haben Sie … äh … haben Sie auf Ihrem Hof auch Pferde?"

Der Mann nickte wieder. „Hab ich."

„Haben Sie auch Araber?"

Wieder nickte der Mann nur. „Hab ich auch."

Dem musste man ja wirklich jedes Wort aus der Nase ziehen. „Haben Sie die neu gekauft?"

Jetzt nickte der Mann nicht einmal mehr, er sah sie nur noch fragend an. „Worum geht's eigentlich?"

Jetzt griff Nick ein. „Haben Sie vielleicht auch einen weißen Araber?"

Bittebittebitte, sag ja! Carolin schickte ein Stoßgebet nach dem anderen gen Himmel.

Jetzt nickte der Mann wieder. „Ja, hab ich auch."

Yippieiih! Carolin machte vor Freude sogleich einen Luftsprung. Volltreffer! Sie hatten Sternentänzer gefunden!

Am liebsten wäre sie dem wortkargen Herrn Joachimsbauer, der noch immer auf der Schwelle stand und verständnislos von Carolin zu Nick und wieder zurück blickte, um den Hals gefallen.

Doch die Antwort auf Nicks nächste Frage machte all ihre Freude wieder zunichte. „Haben Sie den weißen Araber auf dem Pferdehof Lindenhain gekauft?"

Diesmal schüttelte der Mann den Kopf. „Hab ich nicht."

Carolin schielte zu Nick. Vielleicht log der Mann ja, vielleicht wollte er aus irgendwelchen Gründen nicht sagen, dass er das Pferd von Lindenhain hatte. Bestimmt war das so. Sie fasste all ihren Mut zusammen. „Dürfen wir diesen weißen Araber mal sehen?"

Wenn er jetzt Nein sagt, dann ist alles klar, dachte Carolin, *dann ist es Sternentänzer. Dann müsste man vielleicht die Polizei …?*

Doch der Mann nickte wieder. „Ja, sicher. Wenn dann diese dämliche Fragestunde aufhört. Kommt mit."

Er stiefelte aus dem Haus und marschierte Richtung Schuppen. Nick und Carolin folgten ihm. Es bestand noch eine ganz kleine, winzig kleine Chance, dass es doch Sternentänzer war. Die Chance war zwar gering, aber es gab sie noch. Allerdings nicht mehr lange.

Im hinteren Teil des Stalles befand sich eine Pferdebox. „Butterfly" stand mit Kreide auf einer Schultafel geschrieben und war wohl der Name des Pferdes. „Hier, bitte." Er öffnete die Box, und Carolin wurde ganz schlecht vor Enttäuschung. Es war ein weißer Araber, wunderschön, elegant, stolz, aber es war nicht Sternentänzer.

Tieftraurig zogen sie wieder ab und fuhren zurück nach Lindenhain. Sie holten sich eine Dose Cola und setzten sich auf die Bank.

„Tja", seufzte Nick, „dann bleibt uns jetzt nur noch dieser Giacomo Scheiderwind." Er zog seinen Zettel aus der Tasche. „Nur dummerweise hab ich den über die Auskunft nicht gefunden."

129

„Na toll, und wo sollen wir den jetzt suchen?"

„Wir könnten Gunnar fragen, aber erstens ist er auf einer Pferdeauktion in Madrid, und zweitens müsste ich ihm dann allerhand erklären."

„Na und? Dann lass dir doch was einfallen. Wie ich Gunnar kenne, hat er sicher irgendeine Notfallnummer dagelassen." Carolin sah Nick an. „Bitte, Nick, versuch's wenigstens. Bitte!"

Nick legte den Arm um sie. „Wenn du mich so ansiehst, kann ich dir gar nichts abschlagen. Außerdem interessiert es mich ja auch, wo unser Sternentänzer abgeblieben ist!"

Carolin machte sich los. „Dann ruf an, los, schnell, ruf an!"

Nick stand auf. „Ich ruf vom Büro aus an."

Nach ein paar Minuten kam er wieder zurück. Schon von Weitem schwenkte er einen Zettel.

„Ich hab's", rief er.

Carolin blickte ihm erwartungsvoll entgegen. „Und?"

„Giacomo Scheiderwind ist Schausteller."

„Schausteller?", wiederholte Carolin entgeistert. Sie holte tief Luft. „Nick, denkst du, was ich denke?"

Sie sah den armen Sternentänzer schon vor sich, wie er mit quengelnden Kindern auf dem Rücken im Kreis marschieren musste. Stundenlang ohne Pause, ohne etwas zu fressen und ohne einen Schluck Wasser, im Lärm und Trubel eines Jahrmarkts.

Nick nickte. „Doof!"

Carolin sprang auf. „Wir müssen zu dem Typen hin! Jetzt gleich."

„Moment", bremste Nick sie. „Gunnar wusste natürlich nicht auswendig, auf welchem Fest der Typ mit seinen Pferden gerade ist."

Carolin ließ mutlos die Schultern sinken. „Und wie sollen wir das bitte jemals herausfinden? Von einem Fest zum anderen tingeln?"

Nick grinste breit. „Nicht verzagen, Nick fragen! Ich suche alle Infos über den Schaustellerverband heraus."

„Mann, Nick!" Carolin seufzte erleichtert. „Dann lass uns gleich anfangen!"

„Nee." Nick schüttelte den Kopf. „Morgen früh."

„Ich halt das nicht so lange aus, Nick! Ich dreh am Rad! Ich werd verrückt!"

„Es hat keinen Sinn, Caro. Wer weiß, wo die Festwiese ist?! Vielleicht ewig weit weg? Dann kommen wir an und es ist stockfinster! Morgen, Caro."

Carolin war zwar enttäuscht und traurig, doch sie musste einsehen, dass Nick recht hatte.

Eine heiße Spur

Es wurde eine scheußliche Nacht. Eigentlich schon ein
scheußlicher Abend, denn Ines merkte natürlich, dass
Caro völlig neben sich zu stehen schien und mit einer
Leichenbittermiene durch die Wohnung schlich. Sie
wollte nicht einmal Fischstäbchen, ihr Lieblingsgericht,
essen. Ines bohrte und bohrte, belauerte Carolin mit
Argusaugen und schlich ihr ständig hinterher.

„Schatz, was ist denn mit dir los?", fragte sie ständig
mit sorgenvollem Mutterblick.

„Nichts, Mam, gar nichts. Mir geht's gut", versicherte
Carolin mit nicht zu überhörendem Zittern in der Stimme, was ihre Mutter natürlich merkte.

„Ach komm, du hast doch was, ich kenne dich
doch."

„Nein, nein, alles in Ordnung", versicherte Carolin
und schüttelte den Kopf so heftig, als müsste sie eine
ganze Horde Hornissen verjagen, die um ihre Ohren
herumschwirrten.

„Du hast kein Vertrauen zu mir. Offenbar bin ich eine
schlechte Mutter", sagte Ines dann mit enttäuschtem

Gesicht und den Tränen nahe. Dadurch fühlte sich Carolin gleich noch schlechter. Irgendetwas musste sie jetzt sagen. „Es ist nur … in der Schule, es läuft alles nicht ganz so gut", sagte sie dann, was aber die völlig falsche Ausrede war, wie sich gleich zeigte.

„Aber du hast doch Ferien?", wunderte sich Ines.

Caro fuhr zusammen. Daran hatte sie gar nicht mehr gedacht. Es waren ja gerade Herbstferien. Es war aber auch wirklich kein Wunder, dass sie langsam die Kontrolle über ihr Leben verlor.

„Äh, na ja, aber bald ist wieder Schule, und schon vorher war alles so schwierig, und da mache ich mir jetzt schon so meine Gedanken. Es wird ja bestimmt nicht leichter in der nächsten Zeit …"

Wieder voll daneben! Ines stand auf und stemmte die Hände in die Hüften. „Siehst du, das kommt davon. Weil du nur noch bei den Pferden rumhängst und dich nicht mehr um deine Hausaufgaben kümmerst. Das musste ja so kommen! Das muss im nächsten Schuljahr aufhören, hörst du, Carolin!"

Volles Eigentor. Carolin drehte die Augen zum Himmel. „Mann, Mam, so schlimm ist es auch wieder nicht. Ich krieg das schon hin."

„Hinkriegen, was heißt das: hinkriegen? Es geht um deine Zukunft Carolin! Hinkriegen reicht nicht!"

„Ja, ich kümmere mich darum", stöhnte Carolin und machte Anstalten nach oben zu gehen. „Am besten, ich fange gleich an zu lernen "

Oben schloss sie die Tür hinter sich und ließ sich auf ihr Bett fallen. Noch drei Stunden bis zum Schlafengehen, und eine ganze Nacht bis zum nächsten Morgen. *Was mach ich denn jetzt nur?*, überlegte Carolin. Lernen war nicht nötig, denn sie war in der Schule gar nicht so schlecht. Sie holte sich ein Pferdebuch aus dem Regal, doch sie konnte sich nicht konzentrieren. Unruhig stand sie wieder auf und tigerte nervös auf und ab. Dabei blickte sie immer wieder aus dem Fenster, starrte kurz in den Himmel und beobachtete, wie die Wolken langsam vorbeizogen. Allerdings wurde sie dabei nur noch kribbeliger. Sie las ein bisschen, dann hockte sie sich in den Fensterrahmen, zog die Beine an und guckte erneut in den Himmel. Es war eine wunderschöne, sternenklare Vollmondnacht. Eine Sternentänzer-Nacht. „Ach Abendstern", seufzte sie. „Kannst du mir nicht sagen, wo Sternentänzer ist?" Ob Nick in der Zwischenzeit den Festplatz ausfindig gemacht hatte?

Nick hatte. Als endlich die Nacht vorbei war, radelte Carolin, noch bevor Ines aufgestanden war, wie der Blitz nach Lindenhain. Von Nick war auf dem Hof weit und breit keine Spur zu sehen. Gerade jedoch, als sie anfangen wollte zu schimpfen wie ein Rohrspatz, knatterte er mit seinem Motorrad um die Ecke.

„Hier." Er hielt Carolin einen Helm hin. „Wir fahren gleich los. Ich kann nicht lange wegbleiben, sonst zieht mir Gunnar die Ohren lang bis zum Nordpol!"

„Na, dann los!" Carolin setzte sich dicht hinter ihn und klammerte sich an seiner Lederjacke fest. „Und wohin?"

„Fahrenhausen. Festwiese. Dort muss der Typ mit seinem Reitkarussell im Moment sein."

134

„Ist das weit?"

„Eine gute Stunde mit dem Motorrad."

Carolin war heilfroh, als sie endlich ankamen. Es war ziemlich frostig auf dem Motorrad gewesen. Der Fahrtwind blies ihr scharf ins Gesicht. Außerdem war es anstrengend, sich an Nick festzuhalten. Die Muskeln in ihren Oberschenkeln brannten so, als wäre sie fünf Stunden ausgeritten.

Der Festplatz in Fahrenhausen lag am Ortsrand auf einer großen Wiese. Lautsprecher verbreiteten schon am Morgen Discomusik. In der Luft hing der Geruch von gebrannten Mandeln, Bratwürsten und Zuckerwatte. Und über allem thronte die Gondel eines Riesenrads. Eine Achterbahn rumpelte vorbei, aus der Geisterbahn kamen spitze Schreie und vor dem Autoskooter drängelten sich ein paar Halbstarke. Wegen der Herbstferien war der Rummelplatz schon früh am Tag gut besucht.

Nachdem Nick sein Motorrad am Rande der Wiese abgestellt hatte, marschierten sie mit strammen Schritten durch die Reihen. Auf einmal blieb Nick abrupt stehen. „Warte mal", sagte er.

„Was denn?"

„Was wollen wir denn machen, wenn wir ihn tatsächlich finden?", fragte er.

„Mitnehmen natürlich!"

„Wie denn? Wie sollen wir ihn denn transportieren? Ans Motorrad binden? Außerdem wäre es Diebstahl!"

Carolin war fest entschlossen. „Mir doch egal."

Nick schüttelte den Kopf. „Hör mal, Carolin. Du versprichst mir, dass du nichts Unüberlegtes tust, okay?"

Das konnte Carolin nun wirklich nicht versprechen. Zum Glück hatte sie gerade das Pferdekarussell entdeckt und konnte sich so ganz bequem um eine Antwort drücken. „Da vorne ist es, schau!"

Am Rand des Festplatzes war das Karussell aufgebaut. Eine kleine, runde Bühne mit rotem Dach, auf dem mit glänzend goldener Farbe in großen Buchstaben stand: „Pferdereiten für Groß und Klein". Sechs Pferde trotteten im Kreis. Mit hängenden Köpfen und traurigen Augen. Wie Automaten gingen sie keuchend im Kreis, ohne den Kopf zu heben oder die Ohren zu spitzen. Tiere ohne Kraft und Lebensfreude.

In der Mitte stand ein muskulöser Mann mit einem dicken Schnurrbart. Eine Hand hatte er tief in der Hosentasche vergraben, während er die andere dazu gebrauchte, laut mit der Peitsche zu knallen.

Jetzt war die Runde vorbei. Doch der nächste Schwung Kinder stand schon bereit. Den Pferden wurde nicht einmal eine kleine Pause gegönnt.

Als alle Pferde wieder mit Kindern beladen waren, startete die nächste Runde.

„Mann, sieh dir mal das gescheckte Pony an", raunte Carolin. „Das arme Tier bricht doch jeden Moment zusammen!"

Sein Rücken hing durch, und die Hufe sahen schlimm aus. Ein Hufeisen fehlte, das Fell war struppig, und beim nächsten Pony war der Rücken kahl gescheuert. Die Augen schimmerten trüb bei allen.

Auf einem Pferd saß ein viel zu großer Junge, dessen Füße schon fast auf dem Sägemehlboden schleiften. Er versuchte immer wieder, das Pferd anzutreiben, indem er mit den Absätzen seiner Cowboystiefel gegen dessen Hinterbeine schlug.

„Hallo, Sie!", rief Carolin dem Mann in der Mitte bei der nächsten Pause zu.

Er reagierte nicht.

„Hallo!"

Dann kam er doch und musterte sie misstrauisch. „Was?"

Als er so vor ihr stand und sie mit düsterem Blick ansah, bekam Carolin doch Angst vor der eigenen Courage. Verschüchtert zog sie den Kopf ein.

„Was?", wiederholte er böse.

Carolin nahm all ihren Mut zusammen. „Haben Sie noch mehr Pferde?", fragte sie schließlich.

„Und was geht dich das an?", knurrte er.

„Nichts, nichts, gar nichts, ich …"

„Ich schreibe eine Arbeit. Ein Referat, über … über Pferde und Jahrmärkte", kam ihr Nick zu Hilfe. „Und da recherchieren wir so ein bisschen … so ganz allgemein … so …"

„Nick will nämlich später mal Veterinär werden", stimmte Carolin schnell ein.

„So, so!" Der Bösewicht schien schon etwas milder gestimmt. „Und was recherchiert ihr bei mir?"

„Na ja, wie viele Pferde es braucht, um so ein Karussell in Schwung zu halten …"

„Genau", stimmte Carolin ein. „Schließlich ist der

Jahrmarkt ja bis spätabends geöffnet, da müssen die Pferde doch mal ausgewechselt werden, oder? Und Sie müssen sich doch auch mal eine Pause gönnen, bei einem so anstrengenden Job! Ist doch bestimmt anstrengend, oder?"

„Tja", murmelte der Typ geschmeichelt. „Schon. Schon. Muss man im Blut haben, um durchzuhalten. Kann nicht jeder!"

„Und? Haben Sie noch mehr Pferde?", hakte Carolin nach.

„Klar. Die stehen da hinten!"

Der Lautsprecher kündigte die nächste Runde an. Alle Pferde waren wieder mit einer Ladung Kinder bepackt, und die Musik fing an zu dudeln. Der Mann ging zurück in die Runde und knallte mit der Peitsche.

Carolin verdrehte genervt die Augen. „Jetzt sind wir auch nicht schlauer!"

„Caro. Ich glaub nicht, dass er Sternentänzer hat."

„Und woher willst du das wissen? Er hat noch andere Pferde, das hast du ja gerade gehört!"

„Sei doch nicht immer so ungeduldig!"

Carolin stampfte wütend mit dem Fuß auf. „Jede Minute ist kostbar, verstehst du das nicht?!" Sie deutete auf die Pferde, die vor sich hin trotteten. „Wenn ich mir vorstelle, dass Sternentänzer so ein erbärmliches Schicksal droht!"

„Carolin, komm runter! Ich glaub echt nicht, dass jemand ein Pferd wie Sternentänzer hier verheizt."

Carolin funkelte ihn wütend an. „Denkst du, die Pferde haben schon immer so ausgesehen? Meinst du nicht, die waren auch mal schön und stark? Genau wie Sternentänzer?"

„Die armen Tiere, hast ja recht!"

„Sie haben ihnen jeglichen Willen gebrochen." Als sie bemerkte, dass Nick auf ihre Seite schwenkte, beruhigte sie sich ein wenig. „Meinst du, die können sich jemals wieder aufrappeln?"

„Tja", schnaufte Nick. „Schätze schon. Wenn die Tiere ein paar Sommer auf einer Wiese stehen dürften und einfach nur vor sich hin grasen könnten …"

„Was sie wohl nie können werden …"

„So sieht's aus", sagte Nick betroffen.

„Kann man den schmierigen Typen nicht drankriegen? Wegen Tierquälerei?"

Nick zuckte resigniert mit den Schultern. „Der Begriff Tierquälerei ist leider dehnbar wie Kaugummi."

Die Musik war zu Ende. Eine hellbraune Haflingerstute hielt bei Carolin. Die streichelte ihren Hals und verscheuchte die Fliegen, die sich hartnäckig in ihren dunklen Augen eingenistet hatten. Dann hüpfte Carolin mit einem Satz über das Geländer und stürzte auf den Peitschenmann zu.

„Sorry! Sagen Sie, würden Sie uns Ihre Ersatzpferde vielleicht mal zeigen?"

„Warum?" Er zog misstrauisch die Augenbrauen zusammen.

„Nur so."

Er zuckte mit den Schultern. „Meinetwegen", sagte er und peitschte die nächste Runde ein.

Danach übergab er die Peitsche an einen Kollegen

und deutete mit einer Kopfbewegung an, dass sie ihm folgen sollten. Er führte sie über zertretenes Gras bis zu einem Geländewagen mit einem Hänger.

„In dem Hänger sind meine Besten. Zwei Araber, Mondlicht und Sternschnuppe", kündigte er an.

Sternschnuppe? Carolins Beine begannen zu zittern.

„Dann wollen wir mal", sagte er gemächlich und öffnete die Tür. Carolins Herz klopfte wie ein Presslufthammer. Umso größer war die Enttäuschung.

„Oh", machte Nick, der es zuerst wagte, einen Blick hineinzuwerfen.

Carolin drängelte ihn zur Seite. Sternentänzer war nicht dabei. Da standen zwei Araber. Alte, abgehalfterte schwarze Araber, die schon bessere Zeiten erlebt hatten. Carolin war so enttäuscht, dass ihr die Tränen über die Wangen kullerten. Wieder nichts! Und das war definitiv die letzte Chance gewesen.

Das Versteck im Wald

Der Herbst hielt Einzug mit Stürmen und kürzeren Tagen. Nach der Pleite mit dem Jahrmarkt wusste Carolin nicht mehr, wo sie Sternentänzer suchen sollte. Sie hatte keine Ahnung, was sie noch tun konnte. Es gab Tage, an denen war sie voller Zuversicht, dass sie ihn wiederfinden würde. Und es gab Tage, an denen hatte sie so große Angst, ihn nie wiederzusehen, dass sich alles in ihr zusammenkrampfte. Ihre Sehnsucht nach ihm war so stark, dass es wehtat. Sie wurde immer blasser und stiller. Ines schleppte sie vor Sorge sogar zum Arzt, der natürlich nichts fand und nur ein paar Vitamin- und Eisentabletten verschrieb. Bis eines Tages Nick von einer heißen Spur erzählte, die in den Wald führte.

Die Sonne war bereits halb hinter dem Horizont verschwunden. Durch eine Schneise im Wald fuhren sie mit den Fahrrädern hinab zu einem See, an dem ein Campingplatz mit vielen Wohnwagen lag. Als sie dem Weg weiter folgten, legte Nick Carolin die Hand auf die Schulter.

141

„Ganz leise", ermahnte er sie. Carolin zuckte zusammen, als es im Unterholz raschelte, aber es war nur ein Reh, das das Weite suchte. Sonst war alles still. Feuchtigkeit senkte sich herab und legte sich wie eine kühle Decke über das Gras.

„Und hier soll Sternentänzer versteckt sein?", fragte Carolin leise.

„Das sagt zumindest mein Freund vom Campingplatz", bestätigte Nick. „Irgendwo da hinten gibt es eine alte Scheune oder einen alten Schuppen. Normalerweise steht das Ding leer, und mein Freund kommt manchmal mit seiner Freundin hin. Du weißt schon …"

„Ich weiß", nickte Carolin, hatte aber keine Ahnung, wovon er sprach.

„Jedenfalls wollte er sich gestern wieder mit ihr dort treffen, aber da stand ein Pferd drin. Er hat mich gleich angerufen, weil er dachte, es sei von Lindenhain ausgebüxt. Und der Beschreibung nach muss es sich um Sternentänzer handeln."

„Und wenn es wieder nur Fehlalarm ist?" Carolin wagte kaum, es auszusprechen.

„Wenn du umdrehen willst …"

„Nein, nein, wir müssen jeden Strohhalm nutzen, und wenn er noch so dünn ist", beeilte sie sich zu sagen. Sie klapperte mit den Zähnen vor Aufregung und Kälte. Sie fühlte ein Flattern im Magen und einen dicken Kloß im Hals. Und irgendwo tief drinnen hatte sie ein Gefühl, als ob …

Der Weg führte weiter leicht bergab an Feldern vorbei. Sie mussten höllisch aufpassen, denn in den

142

ausgefahrenen Traktorspuren lagen immer wieder dicke Steine, um die sie herumsteuern mussten. Einmal schaffte es Carolin nicht rechtzeitig. Das Rad rutschte ihr weg, und sie stürzte auf den Wegrand.

Nick bremste sofort, um ihr aufzuhelfen, doch Carolin war schon wieder auf den Beinen.

„Nix passiert", beruhigte sie Nick. „Ich muss mir nur eine Erklärung einfallen lassen, warum meine frisch gewaschene Hose schon wieder so dreckig ist."

Sie näherten sich einer Ansammlung von Büschen, die ihnen den direkten Blick auf den Uferweg und einen kleinen Holzbau mit großer Schiebetür verwehrten, der versteckt zwischen Schilf und Ufer stand. Bei den Büschen blieben sie stehen und spähten zu der Scheune. Die Räder legten sie dort ab und liefen geduckt weiter.

„Keiner da!", flüsterte Nick und näherte sich vorsichtig der Scheune.

Carolin folgte ihm dicht auf den Fersen. Sie konnte es kaum erwarten, Sternentänzer endlich wieder in die Arme zu schließen.

Nick legte warnend einen Finger auf die Lippen. Sie duckten sich und schlichen an eines der winzigen Fenster heran. Carolin richtete sich vorsichtig auf und blickte hinein. Was sie sah, ließ ihren Atem stocken. Nick hatte sich getäuscht. Es war jemand da.

Stone stand breitbeinig vor Sternentänzer und hielt die Peitsche in der Hand. Neben ihm der Typ mit der fleischigen Narbe, der Sternentänzer von Lindenhain abgeholt hatte. Stone zog die Peitsche über den Boden, dicht neben Sternentänzers Beinen. „Komm schon, du blöder Gaul, zeig mir, was du kannst", hörten sie seine tiefe, brutale Stimme. „Zeig mir deine Tricks!"

Zack! Zack! Zack, knallte er mit der Peitsche auf den Boden. Carolin zuckte bei jedem Schlag zusammen. Ihr Herz raste. Sternentänzer schnaubte ängstlich, und seine Hufe trampelten nervös auf dem harten Scheunenboden.

Carolin kauerte sich zusammen und drückte sich ängstlich gegen die Holzwand. Dabei machte sie sich so klein, wie sie nur konnte, und umklammerte ihre Knie. Wieder knallte die Peitsche. *Zack! Zack!*

„Wie willst du's? Soll ich tanzen, singen, ein Zauberwort sagen?" Er klatschte mit der Peitsche ein zweites Mal auf den Boden. „Bitte schön. Abrakadabra! Simsalabim. Na, los! Bei der Kleinen funktioniert's doch auch!"

„Hat wohl keinen Sinn, Chef", hörten sie eine zweite Stimme. Die von dem Narbenmann.

„Ich krieg das blöde Vieh noch klein, das schwör ich dir! So wahr ich Frank Stone heiße …"

Sternentänzer schüttelte stolz sein Haupt und verzog keine Miene.

„Hab's doch mit eigenen Ohren gehört, wie sie's diesem Stallburschen erzählt hat!" Abermals holte Stone mit der Peitsche aus, doch diesmal ließ er sie direkt auf Sternentänzers Rücken niedersausen.

Carolin zuckte zusammen, schluckte und schloss die Augen. Ihr Magen krampfte sich zusammen. Sie konnte es nicht mehr ertragen. Heiße Tränen brannten in ihren Augen. *Du widerlicher Tierquäler, du abscheu-licher, widerlicher Tierquäler.*

Zack! Zack! Zack! „Wird's bald, du blöder Gaul!"

„Was genau hat die Kleine denn dem Stallburschen erzählt?", knurrte der Narbenmann.

„Was weiß denn ich!"

„Hättest ruhig besser hinhören sollen!"

„Halt's Maul."

Sternentänzer hatte die Ohren angelegt und blickte starr vor sich hin.

Eine Weile war Stille, dann sprach wieder der Narbenmann. „Ist doch ganz einfach, Chef!"

„Was?" Wieder knallte die Peitsche.

„Wenn wir's nicht selber rausfinden, müssen wir uns eben die Kleine vorknöpfen. Hähähä, und wie man Menschen zum Reden bringt, weiß ich ja."

Carolins Herz rutschte in die Hose, als sie diese wüste Drohung hörte.

Wütend warf Stone die Peitsche in die Ecke. „Halt dich da raus. Ich will keinen Ärger. Hast du verstanden? Du lässt die Kleine in Ruhe! Vorerst jedenfalls!"

„Komm schon, wir müssen weg, bevor er uns entdeckt!", flüsterte ihr Nick zu.

Doch Carolin konnte sich nicht mehr bewegen, konnte ihren Blick nicht von Sternentänzer lösen. Am liebsten wäre sie zu ihm gegangen und hätte ihr Gesicht in sein seidenweiches Fell gedrückt. Ganz egal, was danach passieren würde.

Mit einem entschlossenen Griff packte Nick Carolin am Arm und riss sie weg. Sie griffen ihre Räder und radelten, so schnell es nur ging, den ganzen Weg zurück bis zum Campingplatz. Dann fiel die Spannung von ihnen ab. Carolin brach in Tränen aus. „Wir müssen zurück, Nick", schluchzte sie. „Wir können Sternentänzer da nicht lassen! Die bringen ihn um!"

„Bist du verrückt? Die Typen sind gemeingefährlich!"

„Dann geh ich eben allein", sagte Carolin und war wild entschlossen, wieder umzudrehen.

Nick packte sie am Arm. „Das wirst du nicht, Caro! Wenn die dich erwischen, machen sie Hackfleisch aus dir!"

Carolin riss sich los. „Ich muss Sternentänzer aber helfen."

„Wir werden ihm helfen", versuchte Nick, sie zu beruhigen. „Aber lass uns doch erst einmal einen Plan machen."

Carolin konnte nicht aufhören zu schluchzen.

„Plan, Plan, während du deinen doofen Plan machst, wird Sternentänzer gequält!", stieß sie unter Tränen hervor. „Ich will keinen Plan, ich will Sternentänzer retten, verstehst du!"

Wie von Sinnen wälzte sich Carolin in der Nacht in ihrem Bett hin und her. Einerseits war sie unsagbar glücklich, dass sie Sternentänzer nun endlich gefunden hatte. Anderseits machte sie der Gedanke daran, wie Stone ihn quälte, halb wahnsinnig. Jede einzelne graue Zelle lief auf Hochbetrieb. Doch es fiel ihr einfach keine Lösung ein. Sternentänzer einfach mitnehmen? Entführen? Und dann, wohin mit ihm? In ein anderes Versteck bringen, das noch weiter weg war? Stone würde ihn suchen und finden. *Und wenn er Sternentänzer nicht findet, sucht er mich. Und wenn er mich nicht findet, dann meine Mutter. Oder meinen Vater. Und schlägt sie so lange, bis sie verraten, wo ich bin.* Es gab nur eine einzige Möglichkeit: Sternentänzer musste ihr helfen. Sie spürte die Zeit verrinnen, als ob eine Zeitbombe in ihrem Körper ticken würde. Kurz vor Mitternacht beschloss sie, nicht länger zu warten.

Barfuß tappte sie über den Flur und schaute beim Vorübergehen in Ines' Zimmer. Ines hatte ihre Baldriantropfen genommen und die Schlafmaske über die Augen gezogen. Eine Weile stand sie vor Ines' Zimmer und lauschte den friedlichen Atemzügen ihrer Mutter. Im schwachen Licht, das durch das Fenster fiel, packte sie Taschenlampe und ein Seil in ihren Rucksack und schlich nach unten. Die Treppe knackte unter ihren Schritten.

„Pst, Treppe!", flüsterte sie und versuchte, ihr Gewicht auf das Geländer zu übertragen, um die Stufen zum Schweigen zu bringen. Unten zog sie ihre Gummistiefel an, machte sehr leise die Haustür auf und flitzte zu ihrem Rad.

Es war eine mondlose, eiskalte Nacht, und Carolin war froh, dass sie ihren dicken Daunenanorak angezogen hatte. Es war unheimlich, obwohl es derselbe Weg war, den sie tagsüber bereits mit Nick gefahren war. Doch tagsüber fürchtete sie sich nie. Auch bei Voll-

147

mond sah alles hell und friedlich aus. Jetzt schien der Weg schwarz und bedrohlich. Die großen Bäume sahen aus wie Ungeheuer. „Ihr macht mir keine Angst", flüsterte Carolin.

Alles war so anders im Dunkeln und sah aus, als ob jemand es angestrichen hätte. Sogar das grüne Gras am Wegrand wirkte schwarz. Kein Laut war zu hören. Carolin pfiff leise vor sich hin. Auf diese Weise kam sie sich nicht ganz so allein vor. So gab es immerhin ein Geräusch, das ihr Gesellschaft leistete. War sie denn noch nicht bald da? Tagsüber war es ihr nicht so weit erschienen. Plötzlich knackte ein Zweig. Irgendwo dicht bei ihr stieß eine Eule einen Schrei hervor und flatterte auf. Carolin trat heftiger in die Pedale. „Ganz ruhig", versuchte sie sich selbst einzureden. „Ganz ruhig! Eulen sind überhaupt nicht gefährlich! Für Menschen zumindest nicht." Sie raste, so schnell sie konnte, durch den dunklen Wald. Sie hatte eine Gänsehaut. *Wenn bloß Nick bei mir wäre*, dachte sie.

Nach einer Weile musste Caro ihr Tempo verlangsamen. Sie war völlig außer Atem. In einiger Entfernung konnte sie jedoch endlich die Umrisse des Schuppens erahnen. Sie stieg ab und schob das letzte Stück.

Ganz vorsichtig drückte Carolin gegen die schwere Holztür. Nichts. Verschlossen. „Verdammter Mist", fluchte sie. „War ja klar. Warum hab ich daran nicht gedacht? Bin ich denn total bescheuert? Carolin Baumgarten! Bist du wirklich davon ausgegangen, dass hier einfach alles offen steht?" Sie schüttelte den Kopf über ihre Ignoranz. „Und jetzt?"

148

Carolin blickte sich um und entdeckte hoch oben ein schmales Fenster, das einen Spalt offen stand. Sie hatten wohl vergessen, es zu schließen, weil es so weit oben war, dass man eigentlich nicht hinkonnte. Außerdem war es fast zu schmal, um durchzuschlüpfen. Fast. Doch da war dieser alte Baum, der dicht neben der Mauer stand. Und ein Ast, der direkt vor das obere Fenster führte. Sie streifte ihre Gummistiefel ab, packte den untersten Ast und schwang sich darauf. Wenn sie etwas gut konnte, dann klettern. *Wenn es bloß etwas heller wäre und ich mehr sehen könnte!* Tapfer krallte sie ihre Finger in die Rinde und tastete sich voran, als sie sich auch schon den Kopf an einem Ast stieß. Carolin fluchte leise, fasste sich jedoch gleich und kletterte weiter. Bald saß sie direkt vor dem Fenster. Angespannt versuchte sie auf dem dicken Ast, auf dem sie saß, weiterzurutschen. Sie musste näher an das Fenster herankommen.

„Sternentänzer", rief sie leise. „Sternentänzer!"

Drinnen war nichts zu hören. *Ist er vielleicht gar nicht mehr hier? Haben sie ihn vielleicht schon weggebracht?* Sie zog sich weiter über den Ast und verlor dabei fast das Gleichgewicht. „Oh nein!" Sie stöhnte. Es war weit bis zum Boden.

Jetzt war sie etwa so weit gekommen, wie sie dem Ast zutraute, sie tragen zu können. „Sternentänzer!", rief sie noch einmal.

Plötzlich hörte sie ein leises Wiehern. „Sternentänzer!", rief sie erleichtert und lehnte sich nach vorne, um das Fenster aufzustoßen.

Es knarzte. Fast wäre sie über einen Bretterhaufen gefallen, der gleich an der Tür lag. Sternentänzer drückte sich in die hinterste Ecke des Holzverschlags und blickte mit leeren Augen vor sich hin. „Sternentänzer", flüsterte Carolin. Als das Pferd ihre Stimme hörte, legte es seine Ohren an und wieherte. „Mein Sternentänzer!"

Carolin trat vor ihn und strich ihm über die Nüstern, die aufgeregt bebten. Sie merkte gar nicht, dass ihr die Tränen über die Wangen rannen. Sie legte die Arme um Sternentänzers Hals und zog seinen Kopf an sich.

„Ich befrei dich, das versprech ich dir", hauchte sie. „Pssst! Leise, Sternentänzer. Niemand darf uns hören."

Er blähte die Nüstern und blies ihr Haferstreu ins Gesicht.

Sie legte den Arm auf den Pferderücken. „Es wird alles gut, hab keine Angst. Es wird alles gut!", wiederholte sie immer wieder, mit der Absicht, neben dem Pferd auch sich selbst zu beruhigen.

Auf einmal hörte sie Lärm und blieb stocksteif stehen. Sie spürte, wie ihr Blut in der Halsschlagader hämmerte. Aber dann erkannte sie das Geräusch. Es war nur der Wind. Als sie wieder etwas ruhiger geworden war, band sie Sternentänzer los und führte ihn zur Stalltür, die sich von innen öffnen ließ. „Hör zu, Süßer. Du musst mir helfen, damit ich dir helfen kann." Sie schwang sich mit einem geschmeidigen Satz auf seinen Rücken und griff mit beiden Händen in seine Mähne. „Lauf los, Sternentänzer."

Darum musste sie ihn nicht lange bitten. Er legte die Ohren an und startete durch. Carolin schloss die

Augen. „Ich wünschte, ich wüsste, wie wir Stone das Handwerk legen können." Sie drückte sich ganz fest an Sternentänzer, doch nichts geschah. Kein Ruck, kein wilder Galopp, kein Kettenkarussell in ihrem Kopf. *Es funktioniert nicht*, dachte Carolin verzweifelt. *Warum nur? Noch mal. Du warst lange eingesperrt, und ich bin nervös. Wir versuchen's noch mal.* Carolin setzte sich zurecht.

„Ich wünschte, ich wüsste, ob Stone bestraft wird."

Wieder nichts. Enttäuscht ließ Carolin den Kopf sinken. Einen dritten Versuch wollte sie nicht wagen, denn der aufkommende Wind wurde immer heftiger, und es regnete schon. Sie trabte zurück zu dem Bretterverschlag, sprang von Sternentänzers Rücken und band ihn wieder an der Stelle fest, wo sie ihn gefunden hatte. Verzweifelt drückte sie ihren Kopf gegen sein weiches, warmes Fell. „Ach, Sternentänzer, was sollen wir denn nur tun? Wo sind nur deine magischen Kräfte geblieben?"

Sternentänzer wieherte leise und stupste sie an. Wieder und wieder, als wolle er ihr irgendetwas sagen. Draußen donnerte es indes in immer kürzeren Zeitabständen. Der Wind heulte, und die Blitze zuckten jetzt von allen Seiten. Der Himmel war dunkel. Blauschwarze Wolkenberge türmten sich hinter Tannenwipfeln. Der Donner rollte, als würde gleich die Welt untergehen. *Bis nach Hause schaffe ich es sowieso nicht mehr*, dachte sie. Außerdem wollte sie Sternentänzer in dem Unwetter nicht allein lassen. Sie kauerte sich neben ihn und betete inständig, dass keiner der blendend weißen Blitze in den Schuppen einschlagen möge und dass Ines genug Baldriantropfen genommen hatte, um nicht aufzuwachen. Ab und zu wagte sie sich ans Fenster. Die Blitze konnte man längst nicht mehr zählen, und der Donner war zu einem ununterbrochenen Grollen geworden. Himmel und Erde schienen verbunden in einem unaufhörlichen Flammen und Krachen. Draußen vor dem Fenster leuchteten ständig Blitze. Dann trommelten plötzlich harte Geschosse wie Schrotkörner gegen das Glas – es hagelte, was das Zeug hielt. Carolin fühlte sich klamm und kalt. Ihre Finger krallten sich in Sternentänzers Mähne, und sie flüsterte ihm zu, er solle sich nicht fürchten. Doch merkwürdigerweise spürte Carolin selbst keine Angst. Es war unbehaglich, aber sie fürchtete sich nicht. Aus einem unerfindlichen Grund hatte sie das Gefühl, dass sie bei Sternentänzer in Sicherheit war.

War das Schlaf gewesen oder eine Ohnmacht? Plötzlich schreckte sie auf und wusste im ersten Moment gar nicht, wo sie sich befand. Doch als sie Sternentänzers warme Nüstern fühlte, fiel ihr alles wieder ein. Sie stand auf, was gar nicht so einfach war, denn ihre Sachen fühlten sich ganz hart an, und wenn sie tief durchatmete, stach es in den Bronchien. Sie sah aus dem Fenster. Es regnete nicht mehr so stark, der Donner verlor sich in der Ferne und sogar ein Streifen klaren Himmels kam zum Vorschein. Schweren Herzens verabschiedete sie sich von Sternentänzer und machte sich auf den Heimweg. Doch da wartete eine Überraschung auf sie.

Sternentänzers Geheimnis

Die letzten Meter schob Caro das Rad, weil sie keinen unnötigen Lärm machen wollte, aber auch, weil sie der kühle Fahrtwind nur noch mehr schlottern ließ. Das Licht hatte sie vorsichtshalber auch ausgemacht. Alles war still, bis auf das Klappern ihrer Zähne. Doch sie hätte sich alle Vorsichtsmaßnahmen sparen können. Als sie zur Haustür ging, erschrak sie fast zu Tode. Auf den Stufen vor dem Haus kauerte reglos eine dunkle Gestalt. Carolin rieb sich die Augen. Es war ihre Mutter. Unter einem riesigen gelben Regenschirm in dicken rosafarbenen Pantoffeln.

Sie sah Carolin erzürnt und traurig zugleich an. Die beiden steilen Sorgenfalten auf ihrer Stirn waren tief wie die Schluchten des Grand Canyon.

„Wo warst du, Carolin?", fragte sie gefährlich leise.

Carolin zuckte zusammen. „Ich … ich …", stotterte sie. Damit hatte sie nun wirklich nicht gerechnet.

„Ich habe die ganze Nacht auf dich gewartet", sagte Ines wieder ganz leise und bedrohlich.

„Ich …"

Dann stand ihre Mutter auf und schlurfte ins Haus. „Verdammt, Carolin, wo warst du? Ich hab mir solche Sorgen gemacht! Ich wach auf, kann nicht schlafen, will mir einen Melissentee machen und sehe, dass deine Zimmertür sperrangelweit offen steht." Jetzt schrie sie. „Kannst du dir vorstellen, was das für ein Schock für mich war? Was ich mir für Sorgen gemacht habe? Ich wollte schon die Polizei rufen! Es blitzt, es donnert, es regnet, und du bist nicht da ..." Die Worte kamen wie aus einer Maschinenpistole.

Carolin zog den Kopf ein und folgte Ines ins Haus. Verdammter Mist! Ausgerechnet jetzt! Wo sie so nahe dran war, Sternentänzer zu befreien.

„Also, Fräulein, sag, wo warst du?", schrie Ines. Ihre Stimme überschlug sich. Jetzt war sie beinahe schon hysterisch.

Wenn ihre Mutter *Fräulein* sagte, war die Lage todernst. Carolin schlotterte. Ihre Zähne klapperten so schnell, dass sie kaum einen Ton herausbrachte. Das Wasser tropfte ihr noch immer aus den Haaren und in den Anorakkragen. Erst jetzt merkte sie, dass sie völlig durchnässt war, und bekam einen Hustenanfall.

Der Hustenanfall schien Ines wieder etwas ruhiger zu stimmen. Sie zog ihr die Jacke von den Schultern und schickte sie ins Bad. „Zieh das nasse Zeug aus, sonst holst du dir noch den Tod! Und geh unter die Dusche! Ich koch dir inzwischen einen Tee."

Während sie aus ihren nassen Klamotten schlüpfte, überlegte Carolin fieberhaft. Was sollte sie Ines sagen? Die Wahrheit? Die ganze Wahrheit? Das würde ihre Mutter nie glauben. Außerdem würde sie Carolin dann für den Rest des Lebens zu Hausarrest verurteilen. Sie stellte sich unter die Dusche, ließ das warme Wasser über ihr Gesicht prasseln. Das tat richtig gut. *Die Wahrheit zu sagen ist unmöglich!* Einmal musste sie noch zu Sternentänzer. Um jeden Preis. Von unten hörte sie schon den Teekessel singen. *Denk nach, Carolin!* Doch ihr Kopf war wie leergefegt.

„Wo bleibst du denn!" Ines' Tonfall war immer noch streng, aber nicht mehr ganz so verbittert wie zuvor. Carolin machte, dass sie hinunterkam. Sie wollte Ines nicht noch zusätzlich verärgern.

Ihre Mutter stand mit ihren Pantoffeln am Fenster und sah todtraurig aus. „Was mach ich bloß falsch mit dir? Wenn wir zwei das nicht auf die Reihe kriegen, Carolin, dann musst du ins Internat", sagte sie, als Carolin mit hängendem Kopf ins Zimmer trottete und sich in ihrem flauschigen Bademantel in Pauls ehemaligen Lieblingssessel kuschelte. Carolin blieb vor Schreck beinahe das Herz stehen.

Internat? Nein! Nie im Leben!

„Oder du gehst zu deinem Vater, das wäre auch eine Möglichkeit", wütete sie weiter.

In die weiße Wohnung mit den weißen Sachen zu Allergie-Rosanna. Caro zuckte zusammen. *Nein danke!*

„Also, Carolin, wo warst du?" Ines' Stimme wurde immer biestiger.

Carolin drückte sich so tief in den Sessel, dass sie beinahe eins wurde mit den Polstern, und entschloss sich doch zur Wahrheit. „Ausreiten."

Ines schlurfte in ihren Pantoffeln auf den Sessel zu. „Ausreiten? Bist du denn von allen guten Geistern verlassen?", wetterte sie.

Statt einer Antwort flüchtete sich Carolin in einen dicken Hustenanfall.

„Es schüttet, es ist stockfinster, es ist mitten in der Nacht, und das Fräulein geht ausreiten?" Sie wedelte mit der flachen Hand vor Carolins Gesicht herum.

Der nächste Hustenanfall erreichte wohl Ines' Mutterherz, denn sie wurde versöhnlicher. „Das hat heute wohl keinen Sinn mehr. Geh ins Bett. Wir sprechen morgen. Tja, morgen ist gut." Sie sah auf ihre Uhr. „Es ist halb vier." Sie schüttelte den Kopf über ihre missratene Tochter. „Ich glaub's einfach nicht, Carolin! Los, verzieh dich! Geh ins Bett! Ich will dich nicht mehr sehen!"

Das ließ sich Carolin nicht zwei Mal sagen. Wie der Blitz rannte sie nach oben und kuschelte sich in ihre Decke. Ihre Gedanken waren bei Sternentänzer. *Warum nur hat Sternentänzers Magie nicht funktioniert? Gehört vielleicht eine Art Zauberspruch dazu? Oder ein Zauberwort, das ich bisher zufällig immer dazu gesagt habe? Oder habe ich mir am Ende doch alles nur eingebildet?* Sie fiel in einen unruhigen Schlaf, geschüttelt von Hustenkrämpfen und Albträumen. Was genau sie geträumt hatte, wusste sie am Morgen nicht mehr. Aber sie war traurig, als sie erwachte.

Schlapp und hustend wie eine Schwindsüchtige schlich Carolin in die Küche.

„Mam?" Nichts. Auch im Wohnzimmer keine Spur von Ines. Sie war weg. Carolin untersuchte alle Marmeladegläser. Nichts. Dorthin klebte Ines sonst immer einen Zettel mit einer Nachricht, wenn sie weg war, ohne es ihr vorher zu sagen. *Merkwürdig*, dachte Carolin. *Keine Standpauke? Kein Theater? Nichts? Kein gutes Zeichen! Vielleicht schmiedet Mam bereits grässliche Rachepläne und sammelt schon mal Adressen von Internaten ein? Besichtigt schon das erste? Bespricht mit Paps und Rosanna den Umzug?*

Egal! Sternentänzer war jetzt wichtiger. Carolin rannte nach oben und durchkramte hektisch ihre Hosentaschen. Wo hatte sie das Papier aus der Bücherei bloß hingesteckt? Die Bibliothekarin hatte so gedrängelt, dass sie es einfach schnell irgendwohin gepackt hatte. Aber wohin? In ihre Jeans! Wo war die? Im Wäschekorb! Carolin raste ins Bad und untersuchte den Wäschekorb. Glück gehabt, die Jeans war noch da! Zittrig fingerte sie das zerknüllte Papier raus, aber dummerweise hatte sie in einem unachtsamem Moment einen Kaugummi darin eingewickelt und bekam es nicht mehr auseinander. Verdammt! *Das kommt von deinen doofen Kaugummis, liebe Carolin.* Wie oft hatte sich Ines schon darüber aufgeregt, dass sie die überall herumliegen ließ! Wie oft war ihr, Carolin, das völlig egal gewesen! *Und jetzt? Wasser? Hilft nichts gegen Kaugummi.* Sie zerrte an den rosafarbenen Gummisträngen, zog sie hoch in die Luft wie Mozzarella auf der Pizza. Nichts zu machen. Irgendwie musste der dämliche Kaugummi doch wegzukriegen sein? Mit Putzmittel? Sie inspizierte Ines' Giftschrank. *Bodenreiniger? Abflussfrei? Terpentin könnte funktionieren.* Doch ausgerechnet die Flasche war natürlich leer. *Verdammt, dann muss ich noch mal in die Bibliothek!* Aber wie sollte sie auf die Schnelle ohne Sebastians Hilfe den Link wiederfinden?

Als sie völlig verzweifelt durch das Wohnzimmer schritt, fiel ihr Blick auf einmal auf Ines' Nagellackentferner. „Total giftiges Zeug", pflegte Ines immer zu sagen. „Es gibt nichts, was das nicht wegätzt." Ganz vorsichtig machte sich Carolin mit Nagellackentferner und einem spitzen Messer an die Arbeit und schaffte es, den Zettel zu befreien.

In einer stürmischen Vollmondnacht schlägt ein Blitz in eine jahrhundertealte Eiche ein, und eine Sternschnuppe fällt vom Himmel. Im gleichen Moment wird ein wunderschöner Schimmel mit einem kleinen schwarzen Stern auf der Stirn geboren. ... Er verfügt über außergewöhnliche Kräfte, er kann in die Zukunft blicken. ... Doch Unzählige sind an ihm gescheitert. Denn seine magischen Kräfte erfährt nur, wer sein Vertrauen besitzt.

Wieder und wieder las Carolin die Zeilen, bis sie vor ihren Augen verschwammen. Die letzte Nacht war ziemlich stürmisch gewesen, doch das hatte nichts geholfen. Außerdem waren die anderen Nächte, in denen Sternentänzers Magie funktioniert hatte, klar gewesen. Sternschnuppen hatte Carolin zum letzten Mal in ihrem Urlaub mit Ines auf Griechenland gesehen, und Eichen gab es rund um Lindenhain wenige. Dort wuchsen fast nur Linden. Blieb die Vollmondnacht. Je länger Carolin darüber nachdachte, desto klarer wurde es ihr: Sternentänzers Magie funktionierte nur in Vollmondnächten.

Und gestern war ganz sicher keine Vollmondnacht gewesen. Aber wann dann? Gestern war der Himmel so wolkenverhangen gewesen, dass sie nicht einmal wusste, ob der Mond zu- oder abnehmend war. Sie ging wieder nach unten und holte sich Ines' Mondkalender. Bloß gut, dass ihre Mutter einen Mondfimmel hatte. Sie schwor darauf, ihre Haare nur an bestimmten Tagen schneiden zu lassen. „Die wachsen dann besser", behauptete sie, obwohl Carolin keinen Unterschied feststellen konnte.

„Der Mond lenkt alles Leben der Erde. Der Mond entscheidet, wann in den Meeren Ebbe und Flut ist. Der Mond lenkt die Körper der Menschen", las Carolin in der Einleitung. „Und der Mond entscheidet, was mit Mams Haaren geschieht", grinste sie. Am Freitag war wieder ein dicker, runder Ball im Kalender eingezeichnet. Das Zeichen für Vollmond. Sie hatte also genau sechs Tage Zeit.

Ihre Mutter kam zurück. Carolin hörte den Schlüssel. Mit dem Fuß kickte sie den Mondkalender unter das Bett, zog sich die Decke bis zum Kinn und versuchte, so leidend wie möglich auszusehen.

Ines öffnete die Tür einen Spalt und sah ins Zimmer. Prompt täuschte Carolin einen Hustenanfall vor.

Ines stürzte sofort an ihr Bett und legte ihr die Hand auf die Stirn. „Du hast Fieber. Du hast dir gestern eine dicke Erkältung eingefangen."

Wie zur Bestätigung verfiel Carolin erneut in einen heftigen Hustenanfall.

„Unverantwortlich! Sonst sagst du immer, du seist kein Baby mehr, und dann benimmst du dich wie eines. Auszureiten mitten in der Nacht bei schwerem Gewitter. Ich mag gar nicht daran denken, was da hätte passieren können!" Ines schob die Decke zur Seite und hockte sich an den Bettrand. „Aber gut." Sie machte eine bedeutungsschwangere Pause. „Ich habe mich jedenfalls heute Morgen mit deinem Vater getroffen", erzählte sie, während sie Carolin liebevoll über die Haare strich.

Also doch!

„Wir waren beide in der letzten Zeit zu sehr mit unseren eigenen Problemen beschäftigt", gestand Ines ein, ohne aufzuhören, über Carolins Kopf zu streicheln. „Wir – dein Vater und ich – haben beschlossen, dass sich das ändern wird."

Carolin schielte unter der Decke hervor. Kurz keimte Hoffnung in ihr auf. „Du und Paps, ihr kommt wieder zusammen?", fragte sie erwartungsvoll.

Ines hörte auf, sie zu streicheln, und legte ihre Hände in den Schoß. „Nein, das geht nicht mehr mit uns. Das ist vorbei. Aber wir wollen versuchen, wenigstens unsere Verabredungen mit dir einzuhalten."

Carolin zog die Decke zurück über ihre Augen. *Na toll!*

„Na, dann schlaf erst mal." Sie drückte Carolin einen Kuss auf die Stirn. „Ach!" Bevor sie ging, drehte sie sich noch einmal kurz um. „Die Haustür wird künftig abgeschlossen, und den Schlüssel bewahre ich unter meinem Kopfkissen auf. Also besser, du verlegst deine Reitstunden wieder auf den Tag!"

Verflixt und zugenäht! Carolin boxte mit der Faust in ihr Kopfkissen. Wie sollte sie denn dann zu Sternentänzer kommen?

Die Wahrheit über Stone

„Guten Morgen, die Herrschaften. Wir schreiben heute einen Test." Mathelehrer Studienrat Westfal knallte seine abgegriffene Ledertasche auf das Pult und zog einen Stapel Papier hervor.

Carolin fuhr sich entsetzt mit allen zehn Fingern durch die Haare. Ausgerechnet heute! Verzweifelt brütete sie über den Aufgaben. Die Zahlen verschwammen vor ihren Augen. Es kam ihr vor, als wären erst fünf Minuten vergangen, als der Studienrat auf seine Armbanduhr blickte und sagte: „Bitte fertig werden, die Herrschaften!" Nicht nur sie, sondern der größte Teil der Klasse stöhnte entsetzt auf. Den wenigsten reichte die Zeit, um die Aufgaben zu lösen. Jeder tat noch einmal, was er konnte. Julia schrieb wie besessen die letzte Aufgabe von Heike ab. Tina und Luisa tauschten hinter vorgehaltener Hand Ergebnisse aus, dann schob Luisa Carolin ihr Blatt hin. Doch leider zu spät.

„Bitte abgeben!" Studienrat Westfal sammelte die Blätter ein. Dann verstaute er die Arbeiten sorgfältig in seiner Aktentasche und verließ mit langen Schritten das Klassenzimmer.

Heike drehte sich gleich zu Tina, die in Mathe ein echtes Ass war.

„Was hast du bei der zweiten Aufgabe raus?"

„Zwölf Millionen dreihundertsechzehn", erklärte Tina.

Heike verdrehte die Augen. „So ein Mist, ich hab ein anderes Ergebnis!"

„Muss ja nicht heißen, dass meins richtig ist!", tröstete Tina sie, doch jeder wusste, dass Tinas Ergebnisse meistens richtig waren.

„Hoffentlich doch", rief Luisa in Carolins Richtung. „Wenn nämlich Tinas Ergebnis stimmt, dann stimmt unseres auch."

„Meinetwegen!" Carolin hörte kaum hin. Sie hatte es ohnehin nicht mehr geschafft, rechtzeitig von Luisa abzuschreiben. Aber der Test war ihr sowieso schnurzpiepegal. In der Pause kaufte sie sich eine Schokomilch, stellte sich zu den anderen und hing ihren Gedanken nach.

„Habt ihr gestern den genialen Film im Dritten gesehen?", fragte Tina.

„Das große Fressen, oder was?", zog Julia sie auf.

„Das tragische Ende des Modepüppchens …", gab Tina zurück. „Nein! ‚Drei Freunde auf der Flucht', einen amerikanischen Thriller."

„Hab ich gesehen", mischte sich Heike ein. „Fand ich ganz schön fies, wie die Mutter sie einfach eingesperrt hat, nur damit sie den Typen nicht mehr treffen konnte."

„Also ich fand den Typen auch ziemlich eklig, die Mutter hatte recht", mischte sich Luisa ein. Dann stieß sie Carolin in die Seite. „Hast du den Film auch gesehen? Hallo, Carolin? Jemand zu Hause?"

Carolin schreckte hoch. „Welchen Film? Nein, glaub ich nicht."

„Ich fand's total mutig, wie die sich einfach heimlich abgeseilt hat. Ein paar Knoten ins Leintuch und raus aus dem Fenster, echt cool!"

Plötzlich war Carolin ganz Ohr. Ein paar Knoten ins Leintuch und raus aus dem Fenster. Wie Schuppen fiel es ihr von den Augen. *Das Fenster! Warum habe ich daran nicht schon früher gedacht!?*

In den nächsten Tagen zählte Carolin die Minuten. Bis Freitagnacht. In einem Anflug von Kreativität knotete sie ein paar Bettlaken aneinander. Warum sollte das, was im Fernsehen immer klappte, nicht auch im wirklichen Leben funktionieren? Ihr Zimmerfenster lag zwar im ersten Stock, war aber nicht viel höher als ein Apfelbaum. Es ging ja nur um ein kurzes Stück. Das musste doch zu schaffen sein! Dann durch den Garten und über den Gartenzaun. Der Plan war nicht ganz ungefährlich, aber sie durfte diese Vollmondnacht auf keinen Fall ungenutzt verstreichen lassen. Eins war klar, wenn Ines ihr auf die Schliche kam, war der Ärger vorprogrammiert. Dann war wohl tatsächlich Internat angesagt. *Aber ich muss alles auf eine Karte setzen*, dachte Carolin, während sie ihr geliebtes Betttuch mit den Wildpferden in lange, gleichmäßige Streifen riss.

Sie lag unter der Bettdecke und starrte im Licht der Taschenlampe ihren Wecker an. Tausend Gedanken schossen durch ihren Kopf. *Was, wenn sich der Kalender irrt? Nein, Kalender irren sich nicht!* Der Sekundenzeiger mit dem schwarzen Pferd drehte eine Runde nach der anderen. Ticktackticktack. *Und wenn doch? Nur nicht einschlafen. Wenn ich jetzt einschlafe, dann ist alles ruiniert,* dachte sie. *Ich darf jetzt einfach nicht einschlafen!*

Kurz vor zwölf, gerade als ihre Lider tief und schwer wurden, sprang sie mit einem entschlossenen Satz aus dem Bett. Beinahe wagte sie es nicht, aus dem Fenster zu sehen. *Bitte, Mond, sei da, sei voll! Ja!!!* Hinter den Bäumen lugte der große gelbe Mond hervor. Prall und rund. Wie es Ines' Kalender versprochen hatte.

Caro holte ihre Leintuchleiter unter dem Bett hervor. Ihr Herz hämmerte wie wild, als sie daran hinunterkletterte. Sie glitt auf den Boden und schlich leise über den Kies. Wenn Ines sie jetzt erwischte, dann war alles aus.

Ihre Muskeln schienen vor Anspannung zu vibrieren, als Carolin rasch die dicke Schnur um Sternentänzers Hals löste und den Hengst ins Freie führte. Sie schwang sich auf seinen Rücken und atmete tief ein.

„Los, Sternentänzer, lauf!" Sie drückte sich an ihn. „Ich wünschte, ich wüsste, ob Stone bestraft wird." Kaum hatte sie die Frage vor sich hin gemurmelt, ging ein Ruck durch den Körper des Pferdes. Es setzte sich in Bewegung und galoppierte davon. Schnell wie der Wind. Carolin klammerte sich fest. Sie fühlte sich schwindelig. Alles um sie herum schien sich zu drehen, als säße sie in einem Kettenkarussell. Schließlich sah sie Bilder in ihrem Kopf. *Stone im Auto, davor zwei Polizisten. Sie kontrollieren ihn. Holen ihn aus dem Auto, legen ihm Handschellen an und führen ihn ab. Ein Stück Papier mit seinem Gesicht drauf, aber mit einem anderen Namen. Heller, Jakob Heller, steht unter dem Gesicht.*

Wie in einem Rausch schoss die Bilderflut wieder in schneller Reihenfolge durch Carolins Kopf. Schnell, verschwommen, wie durch einen Weichzeichner. Dann wurde Sternentänzer plötzlich langsamer. Er keuchte und lief schwerfälliger, verlangsamte zum Trab und dann zum Schritt.

„Ich muss dich zurückbringen, Sternentänzer", flüsterte sie in seine weichen Ohren, als sie merkte, dass er kurz vor dem Schuppen scheute. „Ich weiß, dass du nicht willst. Aber es muss sein! Sonst wird Stone misstrauisch! Ich verspreche dir, dass es nur noch für kurze Zeit ist! Ich hol dich da raus!" Sie öffnete vorsichtig die breite Tür, führte den Schimmel hinein und rieb ihn rasch trocken.

„Jakob Heller, Jakob Heller", wiederholte sie dabei immer wieder.

Sie musste zu Nick. Jetzt. Sofort. *Mist!*, fiel Carolin dann ein. *Ich weiß ja nicht mal, wo Nick überhaupt wohnt!* In der letzten Zeit hatte sie die spannendsten, die schönsten und die schlimmsten Minuten ihres Lebens mit ihm geteilt, und eigentlich wusste sie gar nichts von ihm. Sie konnte seine Adresse nicht mal im

Telefonbuch nachschlagen, da sie seinen Nachnamen nicht kannte. Er war einfach Nick von Lindenhain. Seit sie ihn kannte. Der Nick von den Pferden. *Ob Nick eine Freundin hat?*, rätselte Carolin. So wie sein Kumpel vom Campingplatz? Sie nahm sich vor, all das herauszufinden. Später, wenn Sternentänzer gerettet war. Sie schob ihren Ärmel zurück und sah auf die Uhr. Vier Uhr. Noch vier Stunden warten? Niemals! Sie war viel zu aufgewühlt. Andererseits, wenn sie jetzt gleich zur Polizei ging, würden die Beamten zuallererst ihre Mutter alarmieren. Ines bekam Ärger und sie Hausarrest. Auch keine gute Lösung.

Widerwillig fuhr sie zurück nach Hause. Sie kletterte in ihr Zimmer und tigerte auf und ab wie ein wildes Tier im Käfig. *Unglaublich, wie sich die Minuten in die Länge ziehen können*, dachte Carolin. Und was, wenn ihre Entscheidung falsch war? Wenn sich Frank Stone alias Jakob Heller heute Nacht – gerade jetzt – aus dem Staub machte und ins Ausland absetzte? Sie fuhr sich durch ihre Haare, knetete die Finger und zerbrach sich den Kopf. Mit jeder Minute wurde Carolin nervöser.

Sternentänzer in Gefahr

Zum Glück war Wochenende. Keine Schule. Sie lauschte von oben, bis sie hörte, dass ihre Mutter den Frühstückstisch deckte, dann schoss sie hinunter.

„Ich dachte mir, wir unternehmen heute mal was zusammen", plauderte Ines. „Wir können zum Beispiel
zusammen in den Zoo gehen. Dort soll es junge Braunbärenbabys geben. Das haben wir schon lange nicht
mehr gemacht."

Carolin sah ihre Mutter völlig entgeistert an.

Zoo? Braunbärenbabys? Seit einem halben Jahr ha-
ben wir an den Wochenenden nichts mehr gemeinsam
unternommen, und ausgerechnet heute, am wichtigs-
ten Wochenende in meinem Leben, will meine Mutter
in den Zoo???

Ines interpretierte Carolins überraschtes Gesicht als
Ausdruck größter Freude. „Ich weiß, ich hatte in der
letzten Zeit ein bisschen viel mit mir selbst zu tun. Das
wird sich ändern, ich versprech's dir. Und gleich heute
fangen wir damit an!"

„Äh, Mam, tut mir leid! Ich kann heute nicht in den

Zoo!" Carolin beeilte sich mit dem Frühstück. Dick schmierte sie Marmelade auf ihren Toast und stopfte ihn auf einmal in den Mund.

„Gott, Kind! Iss mal ein bisschen langsamer, sonst erstickst du mir noch!", rief Ines auch prompt.

„Tut mir leid, aber ich bin in Eile!"

Ines sah Carolin prüfend an. „Bist du noch krank? Du gefällst mir gar nicht in letzter Zeit. Du hast Augenringe bis zu den Kniekehlen und siehst immer völlig übermüdet aus." Ines zog die Augenbrauen hoch, während sie sprach. Das bedeutete, dass sie keine Diskussionen duldete.

Wenn du wüsstest!, dachte Carolin und konnte ein Gähnen nur mühsam unterdrücken. Lange hielt sie diesen Rhythmus in der Tat nicht mehr aus.

„Bestimmt brütest du was aus. Also, keine Widerrede! Ein gemütlicher Spaziergang durch den Zoo ist da gerade das Richtige."

„Geht nicht, Mam! Ich … ich hab schon was vor. Es ist sehr wichtig." Bevor Ines etwas sagen konnte, stand Carolin auf und schnappte sich ihren Anorak. „Sehr, sehr wichtig! Ich erzähl dir alles später!" Und schwupp war sie zur Haustür raus.

Carolin war noch nie bei der Polizei gewesen. Verschüchtert stand sie vor dem großen, grauen Bau und überlegte. *Wohin eigentlich?* Es gab eine Mordkommission, so viel wusste sie aus dem Fernsehen. Ein Sonderkommando. Kommissar Rex. Alles nicht sehr hilfreich. Carolin drückte die schwere Tür auf und beschloss, dem ersten Beamten einfach ihre Geschichte zu erzählen.

Herr Dieter, Eberhard Dieter, hieß er. Das las sie zumindest auf seinem Namensschild. Er war so breit wie hoch, hatte ein freundliches Gesicht, eine glänzende Glatze, fröhliche wasserblaue Augen. Herr Dieter ließ Carolin Platz nehmen und bestellte ihr erst mal eine Tasse Kakao. Dann legte sie los und erzählte die ganze Geschichte. Nein, nicht die ganze! Sternentänzers magische Kräfte ließ sie unerwähnt. „Ich habe Stone im Schuppen bei einem Gespräch mit seinem Freund belauscht und so den Namen Jakob Heller erfahren", log sie.

„Tja", seufzte Herr Dieter, als sie fertig war. „Das ist ja eine ganz wilde Geschichte."

Carolin sah ihm ganz tief in die wasserblauen Augen. „Sie ist wahr! Und Sie müssen diesen Tierquäler fangen, bevor es zu spät ist!"

„Aber es ist sein Pferd, oder?"

„Ja, schon, aber …"

Herr Dieter zuckte mit den Schultern. „Tja, weißt du: Wenn es sein Pferd ist, können wir nicht viel tun. Wenn es entführt worden wäre oder gestohlen, aber so …"

„Und weil es sein Pferd ist, kann er es einfach so quälen?"

„Tja."

Sie sah ihn flehentlich an. „Können Sie denn gar nichts tun? Bitte, Herr Wachtmeister, bitte!"

„Tja, ich kann dir da wohl leider keine allzu großen Hoffnungen machen."

Carolin sackte augenblicklich in sich zusammen wie ein Punchingball, der einen Schlag von einem Profiboxer abbekommen hatte. Sie war den Tränen nahe. Die Polizei war ihre letzte Hoffnung gewesen. Die allerletzte.

Herr Dieter hatte dann wohl Mitleid mit ihr, denn er klatschte sich behäbig auf seine kräftigen Schenkel und drehte sich zu seinem Computer. „Dann wollen wir doch mal nachsehen."

„Wie war noch der Name? Vielleicht finden wir ja was!"

„Frank Stone", murmelte Carolin.

Herr Dieter gab den Namen ein. „Nichts. Gegen einen Frank Stone liegt nichts vor. Nicht einmal ein Verkehrsvergehen. Scheint ein unbescholtener Bürger zu sein."

„Dann versuchen Sie doch mal Jakob Heller." Während er tippte, hielt sie die Luft an, kniff die Augen zu und drückte ihre Hände so fest zusammen, dass die Fingerknochen weiß hervortraten.

Herr Dieter pfiff durch die Zähne. „Bingo! Dein Jakob Heller scheint ja tatsächlich ein ganz schlimmer Finger zu sein."

Carolin ließ ihre Hände wieder locker und atmete so tief durch, dass die Luft fast durch ihren ganzen Körper zu fluten schien.

„Einbruch, Versicherungsbetrug, Diebstahl, da kommt eine ganz schöne Palette zusammen."

„Jetzt können wir doch was machen, oder?", fragte Carolin bange.

„Tja, so gesehen sieht die Lage wohl etwas anders aus."

Carolin juchzte, sprang auf und drückte Herrn Dieter einen dicken Kuss auf seine Glatze. „Sie sind der Beste!"

Etwas verlegen rieb sich Herr Dieter über seinen Kopf. „Moment, Moment! Nun müssen wir erst mal feststellen, ob dieser Heller und dieser Stone tatsächlich ein und dieselbe Person sind. Und dazu", er bückte sich und holte Papier für den Drucker aus einer Schublade, „druck ich dir jetzt mal unseren Steckbrief aus." Er hielt Carolin das Blatt hin. „Ist er das?"

Es war Frank Stones fieses Gesicht. Das würde sie unter hunderttausend Gesichtern sofort erkennen. Darunter stand Jakob Heller. Und es war haargenau das Blatt, das Carolin bei ihrem Ritt mit Sternentänzer gesehen hatte. Sie nickte. „Das ist er."

Herr Dieter hob den Telefonhörer hoch. „Tja, dann wollen wir uns mal an die Arbeit machen", murmelte er.

„Und was kann ich tun?", fragte Carolin.

„Du hast uns sehr geholfen, aber den Rest erledigen wir."

„Und was tun Sie?", fragte Carolin und zappelte unruhig auf ihrem Stuhl herum wie ein Fisch auf dem Trockenen.

Er grinste. „Na gut, bevor du mir hier noch stundenlang weiterzappelst, weihe ich dich besser ein."

Carolin sah ihn erwartungsvoll an.

„Die Fahndung nach Jakob Heller läuft ohnehin, doch nun werden wir ihn, dank deiner Mithilfe, auch unter seinem anderen Namen suchen."

Carolin erinnerte sich an gestern Nacht. „Auch auf den Straßen?"

„Natürlich auch dort! Tja, und dann werden wir sämtliche Pferdehändler in der Umgebung unterrichten, sollte in den kommenden Wochen ein Pferd …"

„Ein wunderschöner weißer Araber mit einem kleinen schwarzen Stern auf der Stirn", unterbrach ihn Carolin.

„Sollte also irgendwo ein weißer Araber angeboten werden, werden wir zuschnappen."

„Und ich? Was kann ich tun?", fragte Carolin eifrig. „Ich könnte mich auch bei ein paar Pferdehändlern umhören …"

Herr Dieter sah sie streng an. „Das wirst du schön bleiben lassen! Dieser Heller ist gefährlich. Es ist Sache der Polizei, ihn zu fassen. Das ist nichts für kleine Mädchen, hast du verstanden?"

Carolin nickte folgsam.

„Du schreibst mir noch auf, wie du heißt und wo du wohnst, dann kannst du nach Hause gehen." Er schob ihr einen Zettel hin. „Hier!" Dann wählte er eine Nummer. „Hier Eberhard. Hallo, Hermann, gibst du mal folgende Fahndung raus: Gesucht wird ein Frank Stone, ich buchstabiere … ja, ich weiß … ja, danke!"

„Und Sternentänzer?"

„Sobald wir den Herrn gefasst haben, werden wir weitersehen."

Klang ja nicht gerade besonders ermutigend. Carolin schrieb ihren Namen und ihre Adresse auf, dann schlich sie sich aus dem Zimmer.

Weil sie nicht wusste, was sie anstellen sollte, und so nervös war wie eine Braut vor der Hochzeit, ging sie dann doch noch mit Ines in den Zoo. Eigentlich liebte Carolin den Zoo. Schon an der Kasse roch es nach Abenteuer, fand sie. Sie mochte alle Tiere. Sogar dicke, haarige Vogelspinnen, dinosaurierähnliche Riesenechsen und Haie – die aber nur hinter Glas. Auch die Braunbärenbabys waren allerliebst und kuschelig, doch Carolin sah überall nur Sternentänzer. Eigentlich sollte sie nun ruhig und gelassen sein und alles Weitere der Polizei überlassen, doch sie fühlte eine merkwürdige Unruhe in sich. Als hätte sie eine böse Vorahnung. Nach dem Zoobesuch versuchte sie, sich mit einem Fernsehfilm abzulenken, aber die Unruhe blieb. Sie hatte das Gefühl, als ob Sternentänzer in höchster Gefahr schwebte. Als ob er sie brauchte.

Nein, unmöglich, sie hielt es nicht mehr aus! „Mam, kann ich noch kurz nach Lindenhain?"

Die Miene ihrer Mutter war undurchdringlich. Sie blätterte durch die Bunte und las Klatschgeschichten.

„Nein!", sagte Ines, ohne auch nur aufzusehen.

„Bitte, Mam!", flehte Carolin.

Ines schüttelte den Kopf über der Zeitung. „Vergiss es!"

Verdammt! Ines machte auf eiserne Lady. „Mam, hör zu. Es ist sehr wichtig, bitte, nur ganz kurz. Ich versprech dir, ich werde künftig immer folgen. Ich werde den Rest meines Lebens nur noch tun, was du sagst!"

Wider Willen musste Ines grinsen. „Kann ich das schriftlich von dir bekommen?"

„Bitte, Mam!"

„Es ist schon spät, Carolin! Und verdient hast du's ja auch nicht gerade, so, wie du dich in der letzten Zeit benommen hast!"

„Bitte, bitte, bitte", bettelte Carolin und sah sie mit einem Hundeblick an. „Ich bleib auch nicht lange. Bitte, Mam."

Ines steckte den Kopf wieder in ihre Zeitschrift. „Also gut, aber zum Abendessen bist du wieder zurück!"

„Ich danke dir!" Sie drückte ihrer Mutter ein Küsschen auf die Wange und flitzte los.

Wie der Blitz jagte Carolin auf ihrem Rad nach Lindenhain. Vor lauter Eile hätte sie beinahe noch Herrn Maier umgefahren, der friedlich über die Einfahrt trottete.

„Nick!!! Wo bist du? Nick!" Keine Spur. *Immer wenn man ihn braucht, ist der Knallkopf nicht da!*

„Nick!"

„Hallo, Caro." Vicky kam mit Marhaba von der Weide. „Gibt's schon was Neues von Sternentänzer?"

Carolin schüttelte den Kopf. „Nein, nichts. Weißt du, wo Nick ist?" In diesem Moment kam er mit der Mistgabel aus dem Privatstall geschlurft. „Was gibt's denn?"

„Nick, du musst mitkommen! Los, schnell!", keuchte Carolin.

„Wohin denn?"

„Zu Sternentänzer! Zum Schuppen!"

Nick verdrehte die Augen. „Was ist denn nun schon wieder?"

„Sternentänzer ist in Gefahr. Ich spüre es! Wir müssen ihm helfen!"

Er hob die Mistgabel. „Caro, siehst du nicht? Ich hab zu tun! Es gibt auch noch andere Pferde auf Lindenhain, nicht nur Sternentänzer. Und es gibt jede Menge Arbeit."

„Bitte komm doch mit, ich hab so ein ungutes Gefühl!", flehte Carolin.

„Du und deine komischen Gefühle ..." Nick zog eine Grimasse. „Deine seltsamen Gefühle haben mich in letzter Zeit ziemlich oft durch die Gegend gejagt. Und jetzt nervst du mich sicherlich so lange, bis ich nachgebe."

Carolin verlegte sich aufs Bitten und schaute Nick flehend an.

„Bitte, bitte, Nick! Ich nerv dich nie wieder! Nur dieses eine Mal noch!"

Nick wackelte mit der Mistgabel vor ihrer Nase hin und her. „Du weißt aber schon, dass ich eigentlich fürs Saubermachen bezahlt werde, oder?"

„Wenn ich mich getäuscht haben sollte, mach ich den Stall sauber, versprochen."

„Die nächsten fünf Wochen?"

„Sogar die nächsten zehn!"

Nick warf die Mistgabel zur Seite. „Na gut, aber wir nehmen das Motorrad!"

Je näher sie zu Sternentänzers Versteck kamen, desto unruhiger wurde Carolin. Plötzlich schrie sie auf. „Oh mein Gott, Nick, schau, der Schuppen!"

Dort, wo der Schuppen stehen musste, stieg hinter den Baumwipfeln eine unheilvolle Säule aus grauem Rauch in die Höhe.

„Fahr schneller!", kreischte Carolin verzweifelt.

Nick gab Gas und donnerte über Wurzeln und dürre Äste. Das Motorrad hüpfte in die Höhe wie ein Gummiball, und Carolin musste sich mit aller Kraft an Nick festkrallen. Kurz vor dem Schuppen sprang sie vom Sitz und rannte um den Bretterverschlag herum, dem Rauch entgegen. Das lose Stroh zwischen dem Schuppen und dem Zaun stand in Flammen. Das Feuer breitete sich aus und kroch näher und näher an das Gebäude heran.

„Was sollen wir denn nur machen?", schrie sie verzweifelt inmitten der grauen Rauchwolke, während sich das Feuer jede Sekunde weiter ausbreitete. Der Rauch biss ihr in Nase und Augen.

„Sei vorsichtig, Caro!"

„Sternentänzer!", schrie sie hysterisch. „Er ist da drin, er verbrennt! Wir müssen ihn rausholen." Sie fühlte ein eiskaltes Kribbeln zwischen den Schulterblättern und öffnete den Mund, brachte aber kein Wort mehr über die Lippen.

„Da vorne ist ein Bach!", schrie Nick.

„Aber wir haben keine Eimer", brüllte Carolin zurück.

177

„Zieh deine Jacke aus, halt sie ins Wasser und schlag sie dann auf das Feuer! Und halt dir das T-Shirt vor die Nase!"

Es war wahnsinnig heiß. Sie schlug und stampfte, keuchte und hustete. Die Augen tränten vom Rauch, und sie triefte vor Schweiß. Unerbittlich wuchs das Feuer immer weiter. Gelbe Schwaden krochen drohend immer näher an die Rückwand des Gebäudes heran. Mit der Kraft der Verzweiflung rannten Carolin und Nick vor und rückwärts über die heiße Asche und schlugen mit ihren nassen Jacken auf das Feuer. Schon bald zeigten ihre Bemühungen erste Erfolge. Nach und nach wurden die Flammen weniger. Eine nach der anderen zischte und erstarrte und kam ganz knapp vor dem Schuppen zum Stillstand.

Ein Gefühl der Erleichterung überkam Carolin. „Gott sei Dank!"

Der Rauch wurde langsam vom Wind verweht, aber der beißende Geruch von nasser Asche stach weiter in ihre Nasen.

„Sternentänzer! Wir müssen ihn da rausholen!", schrie Carolin hektisch und warf sich mit voller Wucht gegen die Tür, doch sie ging nicht auf. Verzweifelt trommelte sie mit den Fäusten dagegen.

„Allein schaffst du das nie!" Nick half ihr.

Nach drei Versuchen fielen sie mitsamt der Tür in die Scheune und sahen sich um, so gut es bei dem Qualm möglich war.

„Oh mein Gott!", flüsterte Carolin entsetzt. „Was …? Nick?!"

Nick fluchte. „Verdammter Mist, alles umsonst!"

Panisch durchsuchte Carolin jede einzelne Ritze, obwohl es ihr klar war, dass es hier keinen Ort gab, an dem Sternentänzer sein konnte. Er war weg. Das Versteck war leer.

Carolins schönstes Weihnachten

Die Nachricht kam an einem Freitag im Dezember. Der Winter hatte sich auf die Stadt gesenkt. Fast unmerklich wurde es jeden Tag kälter. Zuerst rutschte das Thermometer nur nachts unter den Gefrierpunkt. Die Pferde auf Lindenhain staksten über gefrorenen Boden und beim Saubermachen musste man höllisch aufpassen, dass man auf den Eisflächen nicht ausrutschte. Auch das Radfahren wurde langsam anstrengend. Nicht nur, dass die Finger am Lenker festfroren und sich die Nase zum Eiszapfen verwandelte, man musste auch höllisch aufpassen, wo man hinfuhr. Allerdings hatte Carolin sowieso nicht mehr viel Freude an Lindenhain, seit Sternentänzer weg war. Eigentlich hatte sie an gar nichts mehr richtig Freude. *Wie viele Wochen ist es her, dass ich zuletzt auf dem Pferd gesessen habe? Vier? Sechs?* Sie wusste es selbst nicht mehr. Es war, als habe sich ein grauer Schleier um ihre Seele gelegt.

Langsam näherte sich der Heiligabend. Der Himmel war schmutzig grau, die Straßen ganz matschig vom vielen Schneeregen und die erleuchteten Läden waren mit Tannenzweigen, Glas- und Lichterketten geschmückt. Die Menschen liefen vollgepackt mit Paketen von einem Laden in den nächsten. Überall duftete es nach Lebkuchen. Alles wartete auf den ersten richtigen Schnee, denn Weihnachten ohne Schnee war wie Ostern ohne Eier, doch er kam nicht. Wenn man älter wird, erwartet man immer, dass man sich nicht mehr so auf Weihnachten freut. Es gibt die üblichen Süßigkeiten, Bonbons, Schokolade, Mandarinen, ein paar Reithandschuhe, vielleicht derbe Winterschuhe, ein verschließbares Tagebuch, klappbare Hufkratzer oder ein Halstuch mit Pferdeköpfen. Aber irgendwie überkam er einen dann doch, der Weihnachtskoller. Und am letzten Schultag vor den Weihnachtsferien gab es vor Unterrichtsbeginn wie immer nur ein Thema.

„Ich bekomm ein Snowboard zu Weihnachten", prahlte Julia. „Und einen todschicken Anzug in Metallicrosa! Und in den Ferien fahren wir nach St. Moritz zum Skifahren, cool, oder?"

„Ich pfeif auf Weihnachten", knurrte Tina. „Das kann mir echt gestohlen bleiben! Meine Mutter hat mal wieder der Diätwahn gepackt. Immer an Feiertagen bekommt sie ihren Rappel, echt nicht zu fassen. Am Heiligen Abend gibt's vegetarische Küche, und auf den Weihnachtsteller kommen statt Plätzchen nur Müsliriegel und Mandarinen. Echt toll! Alle anderen essen Gänsebraten und Vanillekipferl und Geleebananen und Schokoweihnachtsmänner, und ich sitz da mit Blumenkohl, Kohlrabi und grünem Tee mit Ingwergeschmack …"

Luisa grinste und legte den Arm um sie. „Arme Tina!
Dann kommst du einfach zu uns. Meine Mutter hat gebacken wie ein Weltmeister! Plätzchen ohne Ende!"

„Prima!" Tinas Miene hellte sich etwas auf.

„Mein Bruder bringt seine neue Freundin mit", erzählte Heike. „Valentina heißt sie und kommt aus To-
ronto. Ich bin echt gespannt, wie die so drauf ist!"

„Wahrscheinlich eine richtig doofe Zicke", motzte
Julia.

„Und du?" Luisa stupste Carolin an, die schweigend
mitgelaufen war.

„Ich? Nichts. Ich feiere mit meiner Mutter, wie immer.
Und am ersten Feiertag gibt's Ente bei meinem Vater
und seiner Tussi."

„Weißt du schon, was du zu Weihnachten kriegst?",
wollte Luisa wissen.

Carolin zuckte mit den Schultern. „Keine Ahnung."
Carolin konnte Weihnachten in diesem Jahr gestohlen
bleiben. Weihnachten und alles andere auch. Seit je-
nem verhängnisvollen Abend im Schuppen hatte sie
nichts mehr von Sternentänzer gehört. Immer wieder
hatte sie Herrn Dieter auf der Polizeiwache angerufen.
Nichts! Die Antwort war immer wieder die gleiche:
„Die Fahndung läuft, du wirst benachrichtigt!" Wie
wurde man benachrichtigt? Schriftlich? Den Briefkasten
zu inspizieren war das Erste, was Carolin tat, wenn sie
von der Schule kam. An den Samstagen lauerte sie dem
Postboten sogar höchstpersönlich auf. Telefonisch?
Wann immer das Telefon klingelte, spitzte sie die Ohren. Nichts. Weder schriftlich noch telefonisch.

Es war, als hätten sich Stone und Sternentänzer in Luft aufgelöst. *Was ist mit Sternentänzer? Ist er tot? Lebt er? Wenn ja, wo ist er? Hat er sich bei dem Brand verletzt?* Sie konnte an nichts anderes mehr denken. Es war die Ungewissheit, die sie beinahe wahnsinnig machte. Und es war wie verhext.

Dieser Freitag im Dezember war ein Tag, an dem alles gründlich danebenging. Anfangs. Sie hatte schlecht geschlafen, abgrundtief schlechte Laune, schon zum Frühstück mit Ines gestritten und zu allem Überfluss den Englischtest verhauen. Er war Miss Strawberrys Weihnachtsgeschenk. „Good morning, we are writing a test." Es war einer dieser Tage, an denen man nichts Gutes mehr erwartete.

Die Wandlung begann damit, dass an diesem Freitag im Dezember die Bahnschranke weit offen stand, als Carolin von der Schule nach Hause fuhr. Die Kälte pikste wie kleine Nadelstiche auf ihrer Haut. Beim Fahren hauchte Carolin Nebelwolken in die Luft wie ein kleiner Drache. Es war zwar frostig, aber die Sonne schien, und Carolin beschloss, gleich nach dem Essen nach Lindenhain zu fahren.

„Hallo, Mam!" Ines war nicht da. Am Marmeladenglas klebte ein Zettel: „Bin bei der Arbeit, komme erst später, mach dir einen schönen Tag, Küsschen, Mam."

Daneben stand ein Teller mit Wurst- und Käsebroten und ein Teller mit Apfelschnitzen und Bananenstücken. Carolin schob sich ein paar Apfelstücke in den Mund. Sie hatte keinen großen Hunger. Sie ging in ihr Zimmer und schlüpfte in ihre alten Jeans. Als sie ein paar Leckerli in die Hosentasche stecken wollte, fiel ihr der Zettel in die Hand.

In einer stürmischen Vollmondnacht schlägt ein Blitz in eine jahrhundertealte Eiche ein, und eine Stern-schnuppe fällt vom Himmel. Im gleichen Moment wird ein wunderschöner Schimmel mit einem kleinen schwarzen Stern auf der Stirn geboren. ... Er verfügt über außergewöhnliche Kräfte, er kann in die Zukunft blicken. ... Doch Unzählige sind an ihm gescheitert. Denn seine magischen Kräfte erfährt nur, wer sein Ver-trauen besitzt.

„Ach Sternentänzer", murmelte sie. „Wenn ich nur wüsste, wo du bist!" Sie seufzte und steckte den Zettel zurück in die Hosentasche. Dabei stieß sie tief unten in der Tasche auf etwas Hartes.

„Das ist doch ... mein Glücksstein!" Merkwürdig, sie konnte sich gar nicht daran erinnern, dass sie ihn je-mals in die Hosentasche gesteckt hatte!

Vorsichtig ließ Carolin ihr Fahrrad die Einfahrt zu Lin-denhain hineinrollen und holperte über ein paar ge-frorene Pfützen.

Am Radständer kam Eulalia angestiefelt und schlich um ihre Beine. Carolin nahm sie hoch und kraulte sie zwischen den Ohren.

184

„Na, du, hast ganz kalte Pfötchen bei der Kälte? Und deine Ohren sind auch schon tiefgefroren. Weißt du was? Ich an deiner Stelle würde mit Herrn Maier verhandeln, ob er dir ein Plätzchen in seiner Hundehütte überlässt." Eulalia schnurrte zustimmend, dann hüpfte sie von Carolins Arm und lockte sie zur Bank unter der großen Linde. Dort lag ein armes blutiges Mäuschen. Eulalia schnurrte um ihre Beine, als wollte sie sagen: „He, freust du dich denn gar nicht über mein Geschenk für dich?"

Im Stall streckte ihr Nick gleich die Mistgabel entgegen. „Endlich kommt Verstärkung", ächzte er und schob die Ärmel seines Overalls hoch. „Kannst du dich mal um die letzte Box kümmern? Wir bekommen einen Neuzugang."

Es war Sternentänzers Box gewesen. Früher. Jetzt stand sie leer. Nicht einmal die Kreideschrift mit seinem Namen war noch zu lesen. Es war, als hätte es ihn nie gegeben.

Und manchmal, dachte Carolin, während sie die Boxenwände sauber machte, *manchmal frage ich mich auch schon, ob ich mir das alles nicht eingebildet habe.* Nachdenklich schaute sie sich in der Box um. Ein bisschen roch es noch nach Sternentänzer, bildete sie sich zumindest ein.

„Ratet mal, was das hier ist?" Gunnar kam mit einem Lächeln so breit wie die Pferdekoppel in den Stall und schwenkte einen Briefumschlag.

Carolin und Nick sahen ihn neugierig an.

„Deine Einberufung zur Bundeswehr?", grinste Nick.

„Halt, nein, ich weiß. Die Unterlagen für das Aufgebot. Du wirst die arme Vicky endlich heiraten!"

„Sehr witzig!"

„Eine Einladung?", riet Carolin.

„Kalt."

„Sie haben Sternentänzer gefunden?", setzte Carolin hoffnungsvoll nach.

Gunnar schüttelte bedauernd den Kopf. „Leider noch nicht."

„Mach's nicht so spannend!", rief Nick.

„Erinnert ihr euch noch an Wildfang?" Gunnar sah von einem zum anderen.

Nick nickte. „Klar. Du meinst diesen schwarzen Araber, der letztes Jahr hier war? Der den ganzen Hof aufgemischt hat? Der kaum zu bändigen war?"

Gunnar nickte. „Genau der."

„Was ist mit ihm? Ist ihm was passiert?", erkundigte sich Nick besorgt.

„Und ob!" Gunnar wedelte mit dem Umschlag durch die Luft. „Das hier sind die Züchterprämien. Ein Sieg und vier zweite Plätze im Springen."

Nick war platt. „Ach nee!"

„Doch." Gunnar klopfte Nick auf die Schulter. „Gut gemacht, Junge. Der Besitzer wollte ihn schon verkaufen, aber du hast Wildfang damals gezähmt. Dank deiner Arbeit räumt er jetzt die Preise ab."

„Na ja", versuchte Nick abzuwinken und bekam vor Freude ganz rote Ohren.

„Und wisst ihr, was das für Lindenhain bedeutet?" Er beantwortete seine Frage gleich selbst. „Jede Menge

186

Publicity. So was spricht sich schnell rum. Und das wiederum bedeutet: Mehr Gastpferde, und das wiederum bedeutet: wieder mehr Euros." Er schnaufte tief durch und sah mit ernstem Gesicht von einem zum anderen. „Ich wollt's ja eigentlich nicht an die große Glocke hängen, aber die Lage ist zurzeit alles andere als rosig. Aber damit", er wedelte wieder mit dem Umschlag, „damit kommen nun wieder bessere Zeiten für Lindenhain!"

„Carolin, Besuch für dich! Kommst du mal runter?", rief Ines.

Es war neun Uhr abends, Carolin lag schon im Bett und war kurz davor, einzuschlafen, als Ines' Stimme sie aufschreckte. *Besuch? Jetzt? Um die Zeit? Das kann nichts Gutes bedeuten.*

Carolin zog sich rasch einen Bademantel über ihren Schlafanzug und stürmte nach unten. Dort bot sich ihr ein merkwürdiges Bild. Auge in Auge standen sich Ines in ihrem Tigernegligee mit Haaren, die einem Vogelnest glichen, und ein olivgrüner Herr Dieter mit Pistole im Gürtel gegenüber.

„Mam! Wirst du verhaftet?", kicherte Carolin. „Du siehst ja auch echt verboten aus."

„Unsinn", murmelte Ines und angelte sich rasch ihren Trenchcoat vom Kleiderständer. „Der Herr von der Polizei will zu dir."

„Hallo, Carolin!" Herr Dieter nickte ihr freundlich zu.

„Guten Tag." Ein kleines flaues Gefühl machte sich in ihrer Magengegend breit. *Ist etwas passiert? Mit Sternentänzer? Hat Stone sich gerächt?*

„Tja, dank deiner Hilfe haben wir Frank Stone heute Nachmittag während einer Ringfahndung festnehmen können. In einer Raststätte nahe der Autobahn. Du kannst nun unbesorgt sein."

„Gott sei Dank!" Carolin wäre dem Mann in Grün am liebsten um den Hals gefallen, so erleichtert war sie über seine Nachricht. „Geht's ihm gut? Ich meine, was ist mit Sternentänzer?"

„Das Pferd? Ja, natürlich", nickte Herr Dieter, „das hatte er bei sich. In einem Anhänger."

„Yipeyipeeyeaheeehhh!" Carolin hüpfte vor Freude in die Luft wie ein Gummiball. Doch dann hielt sie einen Moment inne. „Und wie geht's ihm? Ist er verletzt?"

„Wer? Das Pferd?"

„Natürlich!!! Wer sonst?" *Stone bestimmt nicht!*

Herr Dieter lächelte. „Gut. Alles noch dran."

„Und wo ist er jetzt?" Carolins Nerven waren zum Zerreißen gespannt.

„Auf dem Revier."

„Sternentänzer?"

„Frank Stone natürlich."

„Und wo ist Sternentänzer?"

„Noch bei uns in der Aufbewahrung. Morgen früh werden wir ihn auf den Reiterhof Lindenhain bringen."

Jetzt konnte Carolin nicht mehr anders. Sie stellte sich auf die Zehenspitzen und drückte dem Mann einen dicken Kuss auf die Wange.

„Danke, Herr Wachtmeister! Dankedankedanke!",
jauchzte sie begeistert.

„Dann ist ja alles geklärt", sagte Herr Dieter und setzte seine Mütze auf. „Ach, auf die Festnahme war übrigens eine Belohnung von 5000 Euro ausgesetzt." Er machte eine bedeutungsvolle Pause. „Die nun ja wohl dir zusteht."

Carolin sah ihn mit großen Augen ungläubig an.
„5000 Euro!? So viel???"

„Exakt", schmunzelte Herr Dieter.

„Hast du das gehört, Mam?!" Carolin zitterte vor Aufregung.

Ines nickte. „Deine Belohnung, ja. Wenn ich auch nicht so ganz verstehe, worum es hier geht."

„5000 Euro! Und weißt du, was ich damit mache?" Carolin hüpfte auf ihre Mutter zu und schlang ihre Arme ganz fest um sie. „Ich kaufe mir Sternentänzer", jauchzte sie. „Dann gehört Sternentänzer endlich richtig zu mir! Und niemand kann ihn mir je wieder wegnehmen!" Sie verbarg ihr Gesicht im leichten Seidenstoff von Ines' Negligee und schluchzte los vor lauter Erleichterung.

„Ähm, tja, ich werde dann mal gehen, einen schönen guten Abend noch", sagte Herr Dieter, nickte ihnen freundlich zu und verschwand.

Ines strich ihr beruhigend über die kurzen braunen Haare und den bebenden Rücken. „Beruhig dich doch, Schätzchen! Wer ist denn eigentlich Sternentänzer? Ich glaube, du musst mir einiges erklären!"

„Später, Mam."

„Und warum weinst du denn jetzt? Ist doch alles wieder gut."

„Weil", schnupfte Carolin, „weil ich so glücklich bin! Ich hab gedacht, ich sehe Sternentänzer nie wieder. Und jetzt … jetzt gehört er bald mir."

„Schon gut, Schätzchen." Ines strich ihr zärtlich über den Kopf. „He, Caro, guck mal zum Fenster raus", sagte sie dann.

„Was?" Carolin rieb sich die Tränen aus den Augen. „Wow, wie schön!"

Es schneite. Zum ersten Mal in diesem Jahr schaukelten dicke, weiße, weiche Flocken wie Wattebäusche vom Himmel. Der erste Schnee hatte immer einen ganz besonderen Zauber.

An diesem Freitagabend im Dezember lag Carolin noch lange wach. „Sternentänzer, Sternentänzer, Sternentänzer", flüsterte sie immer wieder und konnte ihr Glück gar nicht fassen.

Sie hatte das Gefühl, dass jetzt etwas sehr Wichtiges beginnen würde. Etwas völlig Neues. Wie Sommerferien und Weihnachten zusammen. Von jetzt an würde sie Sternentänzer jeden Tag sehen, ihn bürsten und putzen, füttern und ausmisten und mit ihm ausreiten, so oft sie Lust hatte. Sternentänzer war jetzt ihr Pferd. „Mein Pferd!", murmelte sie, und ein kleiner Glücksschauer kroch über ihren Rücken.

Ich werde mit ihm durch den Schnee reiten. Die weißen Flocken werden sich in seiner schönen weißen Mähne verfangen, seine Hufe werden lautlos über den Schnee schweben. Seine Nüstern werden sich blähen, und er wird hellen Dampf ausatmen, wie ein wunder-schöner weißer Drache. Das herrlichste aller Pferde würde nun bald ihr gehören.

„Ich hab's immer gewusst", murmelte sie vor sich hin. „Ich hab immer gewusst, dass wir zusammengehören."

Nichts würde sie und Sternentänzer jemals wieder trennen können. Nichts! Dachte sie.

Sternentänzer

Das geheimnisvolle Mädchen

Lisa Capelli

Die Neue

Ungeduldig lief Carolin noch einmal zu ihrer Mutter in die Küche zurück. „Ich komm doch zu spät zur Schule, Mam!"

„So viel Zeit wird noch sein", sagte Ines mit einer Ruhe, als ob sie alle Zeit der Welt hätte. Dabei war Carolins Mutter ebenfalls aufbruchsbereit. Sie trug schon ihr dunkles Kostüm für die Arbeit und hellrosa Lidschatten auf den Augen.

„Was ist denn noch?", ächzte Carolin. Sie fuhr sich mit beiden Händen durch ihr kurzes kastanienbraunes Haar. Eine doofe Angewohnheit, wenn sie nervös war. Aber es half auch, um den Klecks Gel, den sie im Bad noch schnell draufgeklatscht hatte, möglichst gleichmäßig zu verteilen.

„Ich will nur deinen Mund sauber machen, da hängt noch das halbe Schokocroissant dran."

Carolin stöhnte. Jetzt kam sie bestimmt zu spät. Und das am ersten Schultag nach den Ferien. Der erste Schultag war immer etwas Besonderes. Alles war neu. Die Lehrer, die Hefte, der Stundenplan, die Bleistifte und die Nummer an der Klassenzimmertür. Am ersten Schultag wurden die Karten neu gemischt

„So." Ines wischte ihr mit einem Geschirrtuchzipfel den Mund sauber.

„Tschüüüss!" Carolin wollte endlich losflitzen.

„Momentchen noch!" Ihre Mutter bekam sie gerade noch am T-Shirt zu fassen.

Carolin verdrehte die Augen. „Mam, du nervst! Was gibt's denn jetzt noch?"

„Ich glaube, du hast was vergessen", behauptete Ines in aller Ruhe und blinzelte.

Carolin war viel zu aufgeregt, um das geheimnisvolle Glitzern in Ines' Blick zu sehen. Sie drehte die Augen zum Himmel. „Rucksack, Pausenbrot, Füller, Bücher, meine Haare sind gekämmt, meine Jeans riecht nicht nach Pferd, und ich hab kein Stroh in den Haaren. Mama, ich hab echt alles!"

„Hast du nicht!" Ines hielt ihr eine kleine rosa Schmuckschachtel mit einem Glitzerstein hin. Sie war etwa so groß wie eine Streichholzschachtel. „Hier!"

„Was ist das?", wunderte sich Carolin.

„Guck doch rein!"

Carolin riss hektisch die Schachtel auf und zog ein kleines, herzförmiges Medaillon an einer Silberkette heraus.

„Mach es auf!", befahl Ines mit erwartungsvollem Lächeln.

Vorsichtig öffnete Carolin den silbernen Verschluss des Medaillons. In dem kunstvoll gravierten Schmuckstück war ein kleines, ovales Foto von einem Pferd.

196

Von einem wunderschönen weißen Araber mit einem kleinen schwarzen Stern auf der Stirn. „Das ist ja Sternentänzer!", hauchte Carolin. „Toll, Mam, das ist …" Sie fiel ihrer Mutter um den Hals. „Danke! Danke!"

„Gefällt's dir?"

„Und ob! Aber wann hast du das Foto gemacht?", wunderte sich Carolin.

„Das ist mein Geheimnis. So kannst du jetzt dein Lieblingspferd immer mit dir rumtragen", lächelte Ines. „Und sogar mit in die Schule nehmen!"

Carolin fingerte an dem Verschluss der Kette herum und hängte sie sich gleich um den Hals. „Danke, Mam. Du bist echt die Beste!"

Ines lächelte. „Los, ab jetzt, sonst kommst du wirklich noch zu spät in die Schule!"

Carolin hatte sich immer schon ein eigenes Pferd gewünscht. Und seit letztem Winter gehörte ihr das schönste und schnellste von allen. Es hieß Sternentänzer, und sie hatte es aus den Fängen eines finsteren Vorbesitzers befreien müssen. Aber Sternentänzer war nicht nur schön und stark, sondern hatte auch eine ganz besondere Gabe: In Vollmondnächten konnte er seinen Reiter in die Zukunft blicken lassen. Wenn Carolin auf Sternentänzers Rücken saß, war sie ein anderer Mensch. Dann hatte sie das Gefühl, sie könnte alles vollbringen.

Natürlich kam sie zu spät zur Schule, denn wie immer, wenn es schnell gehen musste, schloss sich genau vor

ihrer Nase die Bahnschranke hinter der Kleingarten-
anlage. Die Schranke teilte Lilienthal, den Ort, in dem
Carolin mit ihrer Mutter lebte, in zwei Teile.

Ihre Klassenlehrerin, Frau Habermehl, war schon
da. Als Carolin ins Klassenzimmer schlüpfte, rückte sie
gerade ihre Zweistärkenbrille zurecht, verschränkte
die Arme und wartete, bis alle still waren. Neben ihr
stand ein Mädchen, das noch nie jemand hier gesehen
hatte.

„Guten Morgen, alle zusammen", sagte Frau Habermehl mit energischer Stimme. „Setzt euch bitte!"

Die pummelige Tina nutzte die allgemeine Unruhe
und schob noch schnell zwei Tische zusammen, sodass sie zu dritt nebeneinander sitzen konnten. Frau
Meitenbeet hatte das im letzten Jahr erlaubt. Sie waren
einunddreißig in der Klasse, und so musste keiner
allein sitzen. „Können wir zu dritt?", stammelte Tina
hastig, eigentlich nur der Form halber.

Frau Habermehl sah sie an, sagte aber nichts. Dann
nahm sie die Liste und rief nacheinander alle Namen
auf. „Jetzt könnt ihr mal so bleiben", bestimmte sie.
„Aber nach der Pause bekommt ihr eure festen Plätze",
fügte sie dann so energisch hinzu, dass ihr Doppelkinn
wackelte wie eine Portion Götterspeise. Sie deutete auf
das Mädchen an ihrer Seite. „Wir begrüßen heute eine
neue Mitschülerin: Lina Schniggenfittich." Frau Habermehl sprach immer in der Wir-Form, wohl weil sie
klein und ausgesprochen rundlich und irgendwie mehr
als eine einzige Person war. „Und nun fangen wir mit
dem Unterricht an."

Die Stunde verging im Nu. Als es klingelte, rannten alle aus dem Klassenzimmer. Aufgeregt tuschelten sie über die neuen Plätze. Jeder hoffte, dass er neben der besten Freundin sitzen bleiben konnte.

Nach der Pause mussten alle vorne im Klassenzimmer stehen bleiben.

Die Tische, die Tina zusammengeschoben hatte, standen wieder auf ihren Plätzen. Frau Habermehl hielt ein Papier in der Hand, auf dem alle Namen aufgeschrieben waren. Tina hockte neben Heike, Carolin neben Luisa … Am Ende waren alle Namen aufgerufen bis auf zwei.

„Und dann haben wir da noch Julia und Lina."

Alle schauten erst Julia an, dann Lina. Oder besser, sie starrten Lina an wie einen Affen im Zoo. Und alle fanden es schlimm für Julia, denn Lina war irgendwie anders. Es waren ihre Haare, die lang und dunkelrot in ungezähmten Locken über ihre Schultern fielen und wirkten, als sei der Wind durchgefahren. Ihre leuchtend grünen Augen, die etwas Wildes hatten und aussahen, als könnten sie durch einen hindurchblicken. Und es war ihre Kleidung: Sie trug zwei oder vielleicht auch drei lange, weite, geblümte Röcke übereinander, dicke Schnürstiefel und eine Bluse mit vielen langen Schnüren. Carolin schaute dieses fremde Mädchen an wie alle anderen. Und vom ersten Moment an wusste sie, dass Lina ihr etwas bedeuten würde. Dass es ihr nicht gleichgültig sein würde, was mit diesem Mädchen passierte.

Julia fand es schauderhaft. Das Entsetzen stand ihr

ins Gesicht geschrieben. Mit vor Schreck weit aufgerissenen Augen starrte sie Frau Habermehl an. „Oh no, Frau Habermehl, bitte, das können Sie doch nicht machen. Das geht gar nicht! Ich will das nicht! Ich will nicht neben *der* sitzen!"

Frau Habermehl blieb unerbittlich. „Was geht und wo du sitzt, entscheide immer noch ich. Also setz dich bitte neben Lina, damit wir mit dem Unterricht beginnen können."

„So ein Mist!", zischte Julia und knallte wütend ihre Bücher auf den Tisch.

Etwas verschreckt ließ sich die Neue neben ihr nieder.

Julia musterte sie von der Seite „Schniggenfittich", stieß sie dann verächtlich zwischen den Zähnen hervor. „Wie kann man nur so heißen!?" Dann grinste sie fies. „Wahrscheinlich dann, wenn man seine Klamotten aus der Altkleidersammlung zieht."

Carolin, die zwei Bänke entfernt saß, fuhr herum und blitzte sie an. In diesem Moment fand sie Julia einfach nur blöd. Strohdoof und zimperlich. „Du kennst Lina doch gar nicht. Du hast ihr ja noch nicht mal eine Chance gegeben. Du bist eine verwöhnte Pute, weiter nichts, genau das bist du! Und außerdem: Schlupf ist auch nicht gerade der obercoolste Name!" Julia hieß nämlich Schlupf mit Nachnamen. Ihrem Vater gehörte eine Strumpffabrik, und ihre Familie schwamm im Geld.

Frau Habermehl griff ein. „Ruhe da hinten!"

„Selber Pute", äffte Julia Carolin nach und schlug ihr Buch auf.

Überraschung auf Lindenhain

„Na, Schatz, was gibt's Neues in der Schule?", wollte Ines beim Mittagessen wissen. Sie arbeitete im Moment meist nur halbtags bei einem Rechtsanwalt und war mittags schon wieder da. Das Kostüm hatte sie schon ausgezogen, aber der rosa Lidschatten lag noch über ihren Augen.

Das Mittagessen bestand aus einer großen Portion Spaghetti und einem gemischten Salat ohne Gurken. Carolin hasste nämlich Gurken. „Nichts", antwortete sie mit vollem Mund. Sie wollte essen und nicht über die Schule sprechen. Außerdem war es ein strahlend schöner Tag, und Carolin wollte so schnell wie möglich nach Lindenhain zu Sternentänzer.

Ines aber war offenbar unbedingt nach Reden. Wenn sie nur halbtags arbeitete und viel Zeit zu Hause verbrachte, fühlte sie sich manchmal einsam und brauchte Ansprache. Am Anfang hatte es Carolin gehasst, dass ihre Mutter wieder arbeiten wollte. Damals noch den ganzen Tag. Jetzt wurde sie oft nur noch halbtags gebraucht und das auch nicht immer. Inzwischen war es

Carolin viel lieber, wenn Ines den ganzen Tag arbeitete und gut gelaunt am Abend zurückkam. An ihren Nicht-Arbeitstagen hing sie nur herum, machte ein trauriges Gesicht und nervte mit unendlich vielen Fragen. Wie heute.

„Carolin, ich bitte dich! Irgendetwas muss es doch gegeben haben", beharrte sie. Carolin wusste, dass Ines nicht eher locker lassen würde, bis sie etwas erfahren hatte. Und das, obwohl sie wusste, dass Carolin an einem so herrlichen Tag unbedingt in den Reitstall wollte.

„Lina", sagte sie also und schaufelte sich ihre Gabel voll mit Nudeln.

„Und wer ist Lina?", fragte Ines ganz erfreut über ihren Befragungserfolg.

„Eine Neue." Carolin stopfte die Nudeln in den Mund.

„Ja und? Erzähl, wie ist sie denn so?"

„Weiß nicht, ich kenn sie ja noch nicht."

„Du musst doch wissen, ob sie sympathisch ist, langweilig, nett …?"

Carolin zuckte mit den Schultern. Inzwischen war sie beim Salat ohne Gurken angelangt. „Sie ist irgendwie komisch."

„Wie komisch?"

Na klar, das musste ja kommen! „Sie sieht ein bisschen komisch aus und hat komische Sachen an", erklärte Carolin.

„Carolin." Ines sah sie streng an. „Du weißt doch ganz genau, dass man Menschen nie nach ihrem Äußeren beurteilen sollte!"

„Ja, ja, tu ich ja nicht, Mam", sagte Carolin, die überhaupt keine Lust mehr auf das Verhör hatte. „Und jetzt muss ich gehen. Sternentänzer wartet auf mich!"

Ines seufzte und begann, den Tisch abzuräumen. „Aber bitte sei pünktlich zum Abendessen wieder zurück!", rief sie ihr noch nach.

„Ja, ja." *Bloß gut, dass sie morgen wieder den ganzen Tag arbeitet,* dachte Carolin. Sie rannte hoch in ihr Zimmer und kramte eine alte Jeans aus der hintersten Ecke ihres Schrankes hervor. Ines mochte es nicht, wenn die Sachen, die sie auch in der Schule trug, vom Pferdeschweiß fleckig wurden. Unten zog sie dann demonstrativ schon mal ihre Reitstiefel an. Aber sie war nicht schnell genug.

„Ach, Carolin!" Ines schaute aus der Küche.

Nein, was denn noch? „Ja, Mam?"

„Wir haben keine Eier mehr. Bringst du auf dem Rückweg bitte welche mit? Ich wollte nämlich am Abend mal wieder ein neues Rezept ausprobieren. Aber das funktioniert nur mit Eiern!"

Carolin seufzte. „Na gut!"

„Hier!" Ines hielt ihr einen Fünf-Euro-Schein hin. „Müsste reichen, und ein Eis ist da bestimmt auch noch drin!"

„Danke, Mam!" Im Rausgehen stopfte Carolin den Geldschein in die Tasche. Dabei kam ihr ein zerknüllter Zettel in die Hand. Sie lehnte sich an ihr Bike und faltete ihn auf.

In einer stürmischen Vollmondnacht schlägt ein Blitz in eine jahrhundertealte Eiche ein, und eine Sternschnuppe fällt vom Himmel. Im gleichen Moment wird ein wunderschöner Schimmel mit einem kleinen schwarzen Stern auf der Stirn geboren . Er verfügt über außergewöhnliche Kräfte, er kann in die Zukunft blicken ... Denn seine magischen Kräfte erfährt nur, wer sein Vertrauen besitzt.

Es war der Zettel aus der Bücherei, durch den sie von Sternentänzers magischen Fähigkeiten erfahren hatte. Carolin grinste vor sich hin. Die Jeans war wohl schon ziemlich lange nicht mehr gewaschen worden.

Jedes Mal, wenn Carolin nach Lindenhain fuhr, und das tat sie fast täglich, hatte sie das Gefühl, als würde ein Schwarm Schmetterlinge in ihrem Bauch tanzen. Und dies umso leidenschaftlicher, je näher sie kam. Wenn sie dann endlich ihr Ziel erreicht hatte, klopfte ihr Herz wie wild. Ein riesengroßes Strahlen breitete sich auf ihrem Gesicht aus, und sie war bester Laune. Schlechte Noten und Ärger zu Hause lösten sich in Luft auf. Das war schon so, als sie noch als Pferdemädchen auf dem Hof gearbeitet und all die anderen Mädchen mit ihren eigenen Pferden beneidet hatte. Doch seit sie die stolze Besitzerin von Sternentänzer war, war ihre Freude doppelt groß. Und wenn sie auf Sternentänzer ausritt, war sie so glücklich, dass sie sich jedes Mal wieder in den Arm zwicken musste, um festzustellen, ob sie nicht träumte.

Als Carolin an diesem Nachmittag nach Lindenhain kam, erlebte sie eine dicke Überraschung. Nick, Lindenhains Mann für alles – helle, struppige Haare und nette samtbraune Augen –, marschierte zusammen mit einem Mädchen über den Hof. Hofhund Herr Maier hüpfte freudig schwanzwedelnd hinter den beiden her. Das Mädchen war Lina. Die mit den wilden Haaren und den seltsamen Klamotten. *Was geht denn hier ab?*

„Hallo, Lina, was machst du denn in Lindenhain?", fragte Carolin verwundert.

„Und was geht dich das an?", gab Lina zurück. Ihre Stimme klang hart, und ihre grünen Augen blitzten. *Komisch*, wunderte sich Carolin. *Warum macht die mich denn so an? Ich hab der doch gar nichts getan? Vielleicht hat Julia doch recht, und Lina ist tatsächlich eine doofe Pute. Egal!*

Sie zuckte mit den Schultern und wollte zu Sternentänzer in den Stall laufen. Er erwartete sie bestimmt schon sehnsüchtig.

„He, Caro, nicht so schnell. Warte mal kurz!", rief ihr Nick nach.

„Was denn?", fragte Carolin, ohne sich umzudrehen.

„Ich möchte dir jemanden vorstellen. Das hier ist Lina ..."

Carolin blieb stehen. „Ich weiß."

„Und Lina, das ist Carolin."

Lina blickte düster vor sich hin, ohne ein Wort zu sagen.

„Lina fängt als Aushilfe bei uns an", erklärte Nick.

Carolin blieb wie angewurzelt stehen. „Wie bitte?! Sag das noch mal!"

„Lina fängt bei uns auf Lindenhain als Aushilfe an", wiederholte Nick.

„Wie bitte …?"

Nick war von ihrem Erstaunen unbeeindruckt. „Könntest du sie bitte ein bisschen rumführen und ihr alles zeigen?"

„Ich weiß nicht …" Carolin hatte nichts gegen Lina, doch sie war immer noch sauer über die feindliche Begrüßung. Außerdem gehörte Lindenhain irgendwie ihr. Der wunderschöne Reiterhof hoch oben auf dem Hügel zwischen großen alten Linden, mit dem lang gestreckten, hellgelben Stall mit blauen Türen und der weißen Reithalle. Und Nick mit dem Lausbubengrinsen gehörte doch auch ihr. Irgendwie. Als Kumpel, als Freund, als eine Art älterer Bruder. Obwohl, manchmal kribbelte es schon ein ganz kleines bisschen, wenn er so neben ihr saß. Aber nur manchmal. Manchmal fand sie ihn auch einfach nur total doof. Jedenfalls war es *ihr* Nick. Was hatten sie nicht schon alles zusammen erlebt? Und jetzt wollte sich ausgerechnet diese komische Lina dazwischendrängen?

„Los, komm schon, Caro! Tu mir den Gefallen. Ich hab keine Zeit. Ich muss mich um ein neues Pferd kümmern", drängelte Nick.

„Na gut", gab Carolin schließlich nach. „Weil du's bist! Komm mit, Lina." Sie wollte auch nicht unfair sein. Lina hatte schließlich eine Chance verdient. Wortlos trabten die beiden Mädchen nebeneinander her zum Stall.

„Kannst du eigentlich reiten?", fragte Carolin dann in die Stille, um überhaupt etwas zu sagen.

Lina brummte ihr ein recht feindseliges „Natürlich!"
entgegen.

Carolin zuckte mit den Achseln. *Dann eben nicht.*
„Da vorne, das lang gestreckte, hellgelbe Ding mit den
blauen Türen ist der Stall. Davor ist der Auslauf, und
in dem weißen Gebäude ist die Reithalle. Der große
Paddock mit dem blauen Holzzaun gehört auch dazu.
In dem Gebäude da hinten hat Gunnar, der Big Boss,
sein Büro. Da ist auch der Gemeinschaftsraum."

„Das ist alles?", fragte Lina, ohne sie anzusehen.

„Soll ich dir zeigen, wie man den Stall putzt und die
Pferde pflegt?", fragte Carolin freundlich.

Lina schüttelte den Kopf. Ihr Blick war immer noch
hart und feindselig. „Weiß ich alles."

„Tja dann … die Pferde stehen im Stall …"

„Sehr witzig!", keifte Lina.

Carolin blieb stehen. „Sag mal, bist du heute mit dem
falschen Fuß aufgestanden, oder warum reagierst du
so zickig?"

Lina funkelte sie an, und ihre grünen Augen blitzten.
„Wenn ich gewusst hätte, dass du hier auf dem Reiterhof bist, hätte ich mir einen anderen ausgesucht!"

Carolin platzte langsam auch der Kragen. „Wär vielleicht besser gewesen!"

„Du und deine doofen Freundinnen, ihr könnt mir
echt gestohlen bleiben!", fauchte Lina und zog ab.

Lina hockte auf dem Koppelzaun. Sie knabberte an
einem Grashalm und blickte hinüber zu Marhaba und
Rocco, die im Schatten der zwei großen Linden Schutz

vor der Mittagssonne suchten. Beide Pferde dösten mit geschlossenen Augen vor sich hin. Ab und zu wehrten sie sich mit peitschendem Schweif gegen die lästigen Fliegen, die sie umschwirrten. Aber noch nicht einmal dann öffneten sie die Augen.

Carolin trat neben Lina. Sternentänzer war nicht mehr im Stall. Nick hatte ihn schon auf die Weide gebracht. Sie stöhnte und fuhr sich mit allen Fingern durch die kurzen Haare. „Ganz schön heiß heute." Nicht der leiseste Windhauch raschelte in den Bäumen, auch kein Vogelgezwitscher war zu hören. Es war, als schliefe alles. Auf dem Hof rührte sich nichts. Herr Maier schnarchte in seiner Hundehütte, und Eulalia, die dicke Katze, hielt ihren Pelz in die Sonne und lag da wie tot. Nur ab und zu bewegte sich ihre Schwanzspitze. Lina gab keine Antwort.

Auf einmal jagte Sternentänzer in gestrecktem Galopp und mit fliegender Mähne vorbei.

„Was für ein Pferd!", murmelte Lina, ohne den Grashalm aus dem Mund zu nehmen. „Diese Muskeln, diese herrliche Farbe! Diese Haltung! So was Edles sieht man sonst nur im Fernsehen!"

„Stimmt", nickte Carolin und platzte fast vor Stolz bei dem Gedanken, dass dieses Prachtexemplar ihr gehörte.

„Kann man den mal reiten?", fragte Lina und hatte für einen Moment ganz vergessen, dass sie eigentlich abweisend sein wollte.

„Schätze, da musst du den Besitzer fragen", entgegnete Carolin mit dem Anflug eines Lächelns.

„Und wer ist das?"

„Ich", erklärte Carolin und fühlte sich so toll, als hätte sie sich als Besitzerin der Kronjuwelen geoutet.

Lina ließ vor Überraschung den Mund offen stehen, und der Grashalm purzelte heraus. „Du?"

„Ich!"

„Glaub ich nicht."

Carolin steckte zwei Finger in den Mund und pfiff. Sternentänzer hielt einen Moment inne, dann jagte er in ihre Richtung los. Lauthals wiehernd blieb er vor ihr stehen, stupste sie liebevoll am Arm und beschnupperte ihre Hand, die sie ihm hinhielt.

Carolin liebkoste seine weichen Nüstern. „Hallo, mein Süßer! Wir beide gehören zusammen, stimmt's?"

Als hätte er ihre Worte verstanden, hob er sein edles Haupt, nickte und rieb seinen Kopf hingebungsvoll an ihrer Schulter.

„Puh!" Lina schien schwer beeindruckt. Sie hüpfte vom Koppelgatter und stellte sich neben Carolin.

„Du kannst ihn ruhig streicheln", sagte Carolin großzügig.

„Wie heißt er denn?"

Carolin deutete eine Verbeugung an. „Darf ich vorstellen: Sternentänzer, das ist Lina. Lina, das ist Sternentänzer!"

„Hallo, du schöner Sohn der Wüste", flüsterte Lina. Ihre Stimme war plötzlich ganz weich.

Carolin beobachtete die beiden gespannt. Neugierig spitzte Sternentänzer die Ohren, dann schnaubte er zufrieden. Offenbar hatte er nichts gegen Lina. Er sah sie kurz an, dann ließ er sich von ihr streicheln.

„Wieso nennst du ihn Sohn der Wüste?", erkundigte sich Carolin.

„Ursprünglich züchteten die Beduinen Arabiens diese Pferde und nannten sie ‚Söhne der Wüste'", erzählte Lina, ohne die Augen von Sternentänzer zu lassen. „Und in alten Sagen wird erzählt, dass Allah sie aus den schnellen Winden der Wüste schuf. Die erste Stute machte er aus dem Südwind. Sie sollte ein Segen für den Guten sein, und Glück sollte auf ihrem Rücken wohnen. Allerdings nur für denjenigen, der seine Stute lieb und gut behandelte. Wer schlecht mir ihr umging, dem drohte Unheil. Die Beduinen liebten ihre Pferde so sehr, dass sie alles mit ihnen teilten: das Zelt, den Schlafplatz, teilweise sogar ihr Essen. Ganz besonders liebten sie die weißen Pferde. Sie bringen Glück, heißt es auch heute noch …"

„Ja?"

„Früher ließ man schon mal einen Schimmel und einen Rappen gegeneinander Rennen laufen. Wenn der Schimmel gewann, bedeutete das Gutes. Wenn der Rappe gewann … tja", sie zuckte mit den Achseln, „… dann sah es nicht so gut aus."

Carolin staunte.

„Es ist schon mal ein Riesenglück, wenn ein Pferd überhaupt weiß wird. Die kommen nämlich alle als Füchse, Braune oder Rappen auf die Welt. Im Lauf der Zeit wird dann das Fell immer heller. Mit acht bis zehn Jahren sind die Schimmel dann richtig weiß. Nur das hier ist merkwürdig." Sie strich über Sternentänzers schwarzen Stern auf der Stirn.

„Warum?"

„Es ist sehr selten, dass weiße Pferde ein schwarzes Abzeichen haben. Dein Sternentänzer muss ja ein ganz besonderes Pferd sein!"

Wenn du wüsstest, dachte Carolin. „Stimmt!", nickte sie.

Lina sah sie ganz merkwürdig an. „Spricht eigentlich für dich."

Carolin sah Lina erstaunt an. „Wie meinst du das?"

„Pferde suchen sich die Menschen aus, nicht umgekehrt. Es ist wie bei uns. Es gibt jede Menge Doofköpfe, mit denen man einfach nicht kann – so wie die Typen in deiner Klasse. Und welche, mit denen klappt es."

Carolin staunte. „Woher weißt du das denn alles?"

Lina zuckte nur mit den Schultern. „Ich komm viel rum, da hört man so einiges."

„Und wieso kommst du viel rum? Fährst du in den Ferien immer weg?"

„Schon möglich", sagte Lina, bückte sich nach einem Grashalm und spazierte Richtung Stall.

Carolin sah Lina nach. Das Mädchen in den seltsamen Kleidern mit den leuchtend grünen Augen wurde ihr immer sympathischer. Sie hatte irgendetwas Geheimnisvolles an sich. Ein ganz besonderer Zauber ging von ihr aus.

Der Findling

„Na, Mädels, wer von euch hat Hunger?" Julia kam mit einer großen Tüte süßer Puddingschnecken ins Klassenzimmer, auf die sich alle mit einem „Hmm, lecker!" stürzten. Tina war natürlich die Erste.

„Schmeckt köstlich", stellte sie gleich nach dem ersten Bissen fest und schleckte sich die Finger.

„Hier, Caro", sagte Julia.

„Super, danke!" Carolin zog sich eine Schnecke aus der Tüte.

„Haben jetzt alle?" Julia drehte sich um ihre eigene Achse. Alle hatten, außer Lina, die an ihrem Platz saß und begehrlich auf die Kuchentüte schielte, doch Julia tat, als merke sie es nicht.

„Lina hat noch keine", bemerkte Carolin.

„Oh!" Julia tat so, als würde sie in die Tüte gucken. „Tja, leer", sagte sie dann, obwohl man an den Umrissen der Tüte ganz genau erkennen konnte, dass noch ein Teilchen drin war. „Leider." Sie knüllte demonstrativ die Tüte zusammen, quetschte die letzte Puddingschnecke zu Brei und ließ die Tüte in den Papierkorb fallen. Die anderen sahen betreten zu Boden. Nur Annette lachte schadenfroh vor sich hin.

„Guten Morgen." Frau Heise, die Deutschlehrerin – dürr und lang wie eine Bohnenstange und mit Lippen dünn wie ein Strich –, betrat das Klassenzimmer und machte dem Treiben abrupt ein Ende. „Bitte die Hausaufgaben vorlegen!"

Lina griff in ihre Schultasche, um ihr Heft hervorzuholen, doch es war nicht da.

Während Frau Heise durch die Reihen schritt, um die Hausaufgaben zu kontrollieren, durchsuchte Lina fieberhaft ihre Schultasche. Nichts.

„Na, was ist, Lina? Wo ist dein Heft?" Die Lehrerin blieb neben Lina stehen.

„Ich kann mein Heft nicht finden", gestand Lina hilflos und hob mit hochrotem Kopf die Schultern.

Frau Heise sah sie skeptisch an. Solche Ausreden kannte sie bestens. „Du hast es wohl zu Hause vergessen?", fragte sie mit leicht sarkastischem Unterton und verkniffenen Mundwinkeln.

Lina schüttelte den Kopf. „Es muss da sein. Ich weiß ganz genau, dass ich das Heft eingesteckt habe!"

Carolin betrachtete die beiden. Da fiel ihr auf, dass Annette hämisch grinste und Julia zuzwinkerte. Jetzt war ihr klar, was da vor sich ging. Annette hatte Lina einen fiesen Streich gespielt.

Na warte! „Das stimmt wirklich, Frau Heise. Ich hab es gesehen!", rief sie schnell in die Klasse.

„Ach ja!" Frau Heise drehte sich zu ihr um. „Ihr haltet doch zusammen, ich kenn euch."

„Wirklich, ich … ich habe zusammen mit Lina die Hausaufgaben gemacht und gesehen, wie sie das Heft dann wieder in die Tasche gesteckt hat."

Frau Heise wandte sich ungerührt an Lina. „Du bekommst eine Strafarbeit."

Das hämische Gegrinse von Annette wurde zu einem triumphierenden.

„Aber das ist voll ungerecht", begehrte Carolin auf. Doch die Lehrerin beachtete sie gar nicht. Gelassen begann sie mit dem Unterricht.

„Das können Sie doch nicht machen, Frau Heise!", setzte Carolin nach.

Frau Heise sah sie scharf an, die Lippen so zusammengekniffen, dass nichts Rotes mehr zu sehen war. „Offenbar willst du auch eine Strafarbeit haben?"

Carolin lehnte sich zurück und blickte gedankenverloren aus dem Fenster. Klar. Lina war ein bisschen komisch, sie trug ausgefallene Klamotten, und sie konnte auch ganz schön zickig sein. Aber irgendwie war sie doch ganz nett. Zumindest interessant. Sternentänzer jedenfalls mochte sie ganz offensichtlich, und das war ein gutes Zeichen. Carolin beobachtete, wie sich die Blätter an den Bäumen im leichten Wind bewegten. *Was die anderen mit Lina machen, ist unfair. Julia ist eine dumme Pute. Sie ist einfach nur gedankenlos und egoistisch, aber nicht bösartig. Annette dagegen …* Carolin schmiedete Rachepläne. Auch handgreifliche waren darunter. Doch nach und nach ebbte ihre Wut ab. Schließlich stand das Wochenende vor der Tür, und das wollte sie ausgiebig mit Sternentänzer genießen.

„… Und damit wünsche ich euch allen einen recht schönen Nachmittag", sagte Frau Heise wie auf ein Stichwort.

Kaum war die Lehrerin aus der Tür, drückte sich Annette immer noch hämisch grinsend gegen Julias und Linas Tisch. Dabei wedelte sie mit einem Heft vor Linas Nase. „Guck mal, was ich hier habe!"

„He, das ist ja mein Heft", rief Lina und wollte danach greifen.

„War auf meinem Tisch gelegen. Komisch, oder? Wie Zauberei!", sagte sie und schielte zu Julia, ob diese ihre Aktion auch mitbekam.

Aber Julia war viel zu sehr mit sich selbst beschäftigt.

„Hier." Als Annette merkte, dass Julias Beifall ausblieb, warf sie Lina das Heft vor die Nase. „Solltest eben besser auf deine Sachen aufpassen", zischte sie ihr noch zu.

Als die Schule aus war, stürzte Lina gleich aus dem Zimmer. Carolin lief ihr nach und holte sie gerade noch auf dem Schulhof ein. „He, Lina, warte doch auf mich!"

Lina funkelte sie wütend an. „Was willst du? Lass mich bloß in Ruhe!"

Carolin blieb keuchend vor ihr stehen. „Die sind nicht immer so, weißt du? Es ist nur … weil du eben neu bist. Ansonsten sind die alle ganz in Ordnung. Und wenn sie dich erst mal näher kennenlernen …"

„Drauf kann ich gerne verzichten!"

„Aber es sind meine Freundinnen und …"

„Schön für dich", knurrte Lina ärgerlich und ging zügig weiter.

Carolin schaffte es kaum, mit ihr Schritt zu halten. „Wo wohnst du eigentlich?"

„Geht dich das was an?", fauchte Lina.

Langsam wurde Carolin sauer. „Sag mal, Lina, was machst du mich dauernd so an? Ich hab dir überhaupt nichts getan! Ich hab dir sogar noch geholfen!"

Lina schwieg eisern. „Willst du dafür eine Medaille, oder was?", fauchte sie dann.

„Verrat mir wenigstens, in welche Richtung du gehst!"

Lina streckte den Arm aus und deutete nach rechts.

„Prima, da muss ich auch lang. Wir können ein Stück zusammen gehen", sagte Carolin, obwohl es gar nicht stimmte und sie eigentlich in die entgegengesetzte Richtung musste. „Warte, ich muss noch mein Rad holen!"

Doch Lina blieb nicht stehen, sondern ging einfach stur weiter, während Carolin ihr Rad in Windeseile aus dem Fahrradständer befreite. Natürlich klemmte das Schloss, wie immer, wenn es schnell gehen sollte. „Verflixt!", fluchte Carolin vor sich hin. „Gleich ist Lina entwischt." Doch nach ein paar strammen Tritten in die Pedale, hatte sie Lina wieder eingeholt.

Carolin stieg vom Rad und schob es neben Lina her. Sie spazierten ungefähr zehn Minuten schweigend vor sich hin. Dabei gingen sie durch ein paar Seitenstraßen, an Reihenhäusern vorbei und dann in eine verlassene Ecke, in der es jede Menge unbebaute verwilderte Grundstücke gab.

„Wo gehst du eigentlich hin?", wunderte sich Carolin.

Lina lief schweigend weiter. Auf einmal kamen sie an einem alten Zaun vorbei, hinter dem ein erbärmliches Wimmern zu hören war. Carolin packte Lina am Ärmel. „Warte mal, hast du das gehört?"

Lina zuckte mit den Achseln und wollte weitergehen, doch dann hörte auch sie das Geräusch. Weit und breit war kein Mensch zu sehen.

„Klingt wie ein Baby!", meinte Carolin aufgebracht.

„Oder ein Hund", vermutete Lina. „Es kommt von da hinten!"

„Lass uns nachsehen. Vielleicht braucht ja jemand Hilfe!" Carolin lehnte ihr Fahrrad gegen den Zaun. An einer Stelle fehlten mehrere Latten, und die beiden Mädchen schlüpften durch das Loch in den Garten. Ganz hinten im hohen Gras neben dem verfallenen Haus kauerte ein Hund.

„Hallo du", rief Carolin. „Was machst du denn da ganz allein?"

Er rührte sich nicht, aber seine von Furcht erfüllten Augen sahen zu ihr auf. Sein Fell war schmutzig, doch es schien ursprünglich mal grau-schwarz gefleckt gewesen zu sein. Er hatte lange, wuschelige Hängeohren und einen hübschen buschigen Schwanz. Carolin kniete sich zu ihm ins Gras. Lina hockte sich neben sie und streckte ihm langsam ihre Hand hin. Der Hund schreckte zusammen. „Na du, keine Angst! Wir tun dir doch nichts! Vor uns brauchst du dich doch nicht zu fürchten." Er hätte an ihrer Hand schnuppern können, wenn er seinen Kopf ein wenig vorgestreckt hätte, doch er rührte sich nicht von der Stelle. Stattdessen blickte er die beiden Mädchen nur aus seinen großen, traurigen Knopfaugen an.

„Sei vorsichtig, vielleicht beißt er!", warnte Carolin Lina, die sich gerade nähern wollte.

„Unsinn!" Sanft strich sie über seine Stirn und seine Ohren.

Plötzlich sah Carolin, dass das Tier verletzt war. „Lina! Er blutet", rief sie so leise, wie es ihr in der Aufregung möglich war, denn sie wollte das arme Tier nicht noch mehr einschüchtern. Seine rechte Hinterpfote war voller Blut, zum Teil schon eingetrocknet.

„Er muss zum Tierarzt!", rief Carolin aufgeregt. „Sonst bekommt er am Ende noch eine Blutvergiftung."

Lina betrachtete die Verletzung. „Unsinn! Das kriegen wir auch so wieder hin!"

„Die Wunde muss behandelt werden oder wenigstens verbunden!"

„Schon gut", nickte Lina. „Ich nehm ihn mit zu mir. Meine Großmutter kennt sich damit aus."

Carolin sah das Mädchen an. *Merkwürdiges Zuhause, merkwürdige Großmutter.* Ihre Mutter würde sie vermutlich in hohem Bogen rauswerfen, wenn sie mit einem blutenden, stinkenden und schmutzigen Hund ankommen würde.

Lina stand auf und trat zwei Schritte zurück. „Ich will dir helfen, Kleiner, komm mit! Du kannst mir vertrauen", lockte sie das Tier. Carolin stand daneben und sah ihr zu. Plötzlich hob der Hund den Kopf und versuchte aufzustehen. Seine Wunde schmerzte wohl, denn er wimmerte leise, klemmte den Schwanz zwischen die Beine und knickte wieder ein.

„Er schafft es nicht", stellte Carolin fest.

Lina kniete sich zu ihm, streichelte ihn und redete langsam auf ihn ein. „Er ist eine Sie", sagte sie dann. Während sie der Hündin gut zuredete, versuchte diese, erneut aufzustehen. Lina fasste dabei vorsichtig unter die Brust des Tieres, um es zu stützen.

Carolin zog besorgt die Augenbrauen zusammen. „Die Arme, sie kann ja gar nicht gehen!"

„Doch, das schaffst du, nicht wahr?"

Wie zur Bestätigung versuchte der Hund ein mühsames Schwanzwedeln.

Lina strich ihm über den Kopf. „Du schaffst das schon, meine Kleine. Es ist nicht mehr weit."

„Was machen wir denn jetzt mit ihr?", fragte Carolin.

Lina sah sie an, als hätte sie nach dem Namen des Präsidenten von Aserbaidschan gefragt. „Wieso *wir*?"

„Na, du und ich!"

„Ich werde den Hund mitnehmen. Zu mir. Allein", bestimmte Lina, nahm das wimmernde Bündel vorsichtig auf den Arm und stapfte zurück zum Zaun.

„Ich will aber mitkommen!", protestierte Carolin und lief ihr nach.

„Nein, besser nicht!" Lina bückte sich und schlüpfte durch das Loch im Zaun. Den Hund drückte sie dabei fest an sich. Seit er auf Linas Arm war, gab er keinen Ton mehr von sich.

„Aber … aber … warum denn nicht?", stotterte Carolin irritiert.

„Darum."

„Aber der Hund, den haben wir doch gemeinsam gefunden?"

„Na und? Das schaff ich schon allein."

Carolin sah Lina schwer enttäuscht an. Ganz offensichtlich wollte Lina nicht, dass Carolin erfuhr, wo sie wohnte. *Und wenn ich ihr einfach folge? Schnell laufen kann sie ja nicht mit dem Hund auf dem Arm … Aber was würde das bringen? Nicht viel.*

„Kann ich dich anrufen? Ich meine, wegen des Hundes. Gibst du mir wenigstens deine Telefonnummer?", rief ihr Carolin noch nach, als sie ganz langsam losging.

„Wir haben gar kein Telefon!", rief ihr Lina über die Schulter zu, ohne sich umzudrehen, und ließ eine völlig verblüffte Carolin zurück.

Wo ist Nick?

Am nächsten Tag war Lina nicht in der Schule.

„Puh, bin ich froh, dass ich meinen Tisch für mich alleine habe!", sagte Julia nach der ersten Stunde Englisch bei Miss Peggy Strawberry.

„Du tust mir echt total leid, dass du neben *der* sitzen musst", schleimte Annette.

„Vielleicht ist sie ja gar nicht so schlimm", überlegte Tina und schob sich Himbeer-Kaubonbons zwischen die Zähne.

Heike schüttelte den Kopf. „Trotzdem! Sie passt einfach nicht zu uns. Wie die schon aussieht! Diese Haare! Sie sollte echt mal zum Friseur. Wie die rumhängen ist echt ätzend!"

„Im Mittelalter hätte man sie glatt als Hexe verbrannt", giftete Annette.

In der zweiten Stunde hatten sie Frau Habermehl. Diese hob zwar missbilligend die Augenbrauen, als sie sah, dass Lina nicht da war, sagte jedoch nichts.

Carolin dagegen platzte beinahe vor Wut. *Dieses doofe Miststück*, dachte sie. Lina wusste doch ganz genau, dass sie sterben würde vor Neugier. Schließlich hatten sie den Hund gemeinsam gefunden. *Mich so hängen zu lassen ist jedenfalls nicht die feine englische Art! Oder ist Lina vielleicht deswegen nicht in der Schule? Weil etwas mit dem Hund ist?* Carolin grübelte und kaute an ihren Bleistiften. Dann erwischte Frau Habermehl sie auch noch in einem ungünstigen Augenblick, und schon bekam sie eine Strafarbeit aufgebrummt. *Herzlichen Dank, liebe Lina!*, dachte Carolin und beschloss, künftig besser Abstand zu diesem merkwürdigen Mädchen zu halten. Irgendwie hatte sie wohl doch nicht alle Tassen im Schrank.

Als Carolin aus der Schule kam, wartete eine Überraschung auf sie. Am Schultor stand Paul, ihr Vater.

„Hallo, Paps! Was machst du denn da?"

Er lächelte ihr entgegen. „Ich wollte mein Töchterchen einfach mal von der Schule abholen."

Carolin war erstaunt. Das letzte Mal hatte er sie von der Schule abgeholt, als ihre Eltern sich noch nicht getrennt und er noch bei ihnen zu Hause gewohnt hatte. Also vor einer halben Ewigkeit, wie es Carolin vorkam. „Warum das denn? Ist was passiert?" Ihr kam ein entsetzlicher Gedanke. „Ist was mit Mam?"

„Nein, keine Sorge, alles bestens", sagte er schnell. „Was ist? Wollen wir zusammen was essen gehen?"

Carolin wollte schon freudig „Ja klar!" rufen, als sie den schwarzen Wagen ihres Vaters entdeckte und die rote Wallemähne von Rosanna, seiner Freundin, auf dem Beifahrersitz leuchten sah. *Seine Tussi ist also auch dabei. Dann lieber nicht*, dachte sie, denn auf

Rosannas kluge Sprüche hatte sie jetzt absolut keine Lust.

„Ähm, das ist heute ein bisschen schlecht. Außerdem bin ich mit dem Fahrrad da."

„Gar kein Problem. Das können wir hinten ins Auto stecken. Der Kofferraum ist riesig", sagte Paul und wollte sich gerade daran machen, den Kofferraum zu öffnen.

„Ähm, weißt du, gerade heute hab ich so viel auf und so … und dann muss ich noch zu Sternentänzer und seinen Stall ausmisten. Heu nachfüllen, die Box putzen …"

„Na ja, gut." Paul senkte betreten den Kopf. „Ich habe verstanden. Vielleicht ein anderes Mal?"

„Bestimmt." Carolin nickte eifrig. „Ein anderes Mal passt es sicher besser!"

„Ich ruf dich an", versprach Paul und fuhr mit Rosanna davon.

Carolin sah dem dunklen Wagen nach. *Irgendetwas ist da faul. Und zwar oberfaul!* Irgendetwas stimmte nicht, das hatte sie im Gefühl.

Gunnar stand mitten auf dem Hof und scharrte mit seinen Cowboystiefeln in der Erde wie ein Huhn auf der Suche nach einem Korn, als Carolin nach Lindenhain kam. In der rechten Hand hielt er eine aufgefaltete Wanderkarte, die der Wind wie ein Segel aufgebläht hatte.

„Hallo, Gunnar! Was ist denn mit dir los?", fragte Carolin erstaunt.

Er legte die Stirn in dicke Sorgenfalten. „Wir warten auf Nick."

„Warum, wo ist der denn?", erkundigte sich Carolin.

„Ausgeritten. Mit Shania."

„Na und? Dann wird er schon noch kommen."

Gunnar zog besorgt die Augenbrauen zusammen. „Nick müsste schon längst wieder hier sein. Er ist doch sonst immer so zuverlässig!"

„Er kommt schon noch", beruhigte ihn Carolin. „Spätestens, wenn es dunkel wird."

„Oder wenn sein Pferd Hunger bekommt, dann kennt jedes Pferd seinen Weg nach Hause in den Stall", ergänzte Lina, die in diesem Moment zu ihnen stieß. Carolin hatte gar nicht bemerkt, dass sie gekommen war.

Gunnar nahm seinen Cowboyhut ab und kratzte sich am Kopf. „Na ja", meinte er dann. „Das Dumme ist nur, dass er bereits gestern Abend losgeritten ist und wir schon den ganzen Vormittag über die Gegend durchkämmt haben." Er deutete auf die Wanderkarte und zog mit dem Finger einen großen, imaginären Kreis. „Diesen gesamten Bereich haben wir schon abgesucht. Nichts! Jetzt sind wir gerade dabei, die restlichen Wege hier in der Gegend abzuklappern."

„Wie? Gestern Abend schon?", wiederholte Carolin bestürzt.

„Dann wäre es aber echt höchste Zeit, dass er wieder zurückkommt", sagte Lina und stellte ihr Fahrrad ab.

„Eben, eben", nickte Gunnar. „Allmählich müsste ich wohl die Polizei einschalten, aber …"

„Warum tust du's dann nicht? Worauf wartest du noch?" Carolin war völlig außer sich vor Sorge um Nick. Sie sah ihn schon irgendwo allein im Wald verbluten unter schrecklichen Schmerzen …

Gunnar setzte seinen Cowboyhut wieder auf. „Du weißt doch, wie die Pressefuzzis so sind. Wenn die Wind davon bekommen, schnüffeln die Tag und Nacht auf dem Hof rum. Und außerdem ist Shania ein Gastpferd …"

Wie auf ein Stichwort bog in diesem Moment Shania in kurzem, hartem Galopp auf den Hof. Sie kaute nervös auf ihrem Gebiss herum und war so verschwitzt, dass es Stunden dauern würde, sie wieder trocken zu bekommen. Sie atmete hastig und stoßweise. Von Nick war jedoch keine Spur zu entdecken.

Gunnar lief zu ihr. Er packte die losen Zügel und versuchte, das aufgebrachte Tier zu beruhigen. „Ja, ja, schon gut, Shania. Alles in Ordnung, schschscht … ja … schon gut."

„Und wo ist Nick?", fragte Carolin mit großen Augen und Panik im Blick in die Runde. Sie konnte Nick nicht im Stich lassen. „Ich geh ihn suchen!", schrie sie dem überraschten Gunnar zu und lief zum Stall, noch bevor er antworten konnte. Sie wollte Sternentänzer satteln, um loszureiten.

„Warte, ich komm mit!" Lina raste hinter ihr her.

Carolin sattelte Sternentänzer, und Lina nahm Marhaba. Fünf Minuten später ritten die beiden Mädchen durch das breite Hoftor auf die Straße hinaus. Etwa auf halber

Strecke zwischen Lindenhain und Lilienthal bog ein Feldweg ab, den Carolin noch nie geritten war. Als sie vorhin einen schnellen Blick auf Gunnars Karte geworfen hatte, war ihr dieser Weg ins Auge gefallen. Er war frisch geschottert und gabelte sich kurz vor einem Waldstück. Sie folgten dem Naturpfad, der Richtung Wald führte, und ließen die Pferde antraben. Doch schon nach wenigen Metern mussten sie in den Schritt zurück, weil Wurzeln und Löcher das Traben gefährlich machten. Der Boden wurde immer holpriger, und die Bäume schoben sich immer dichter heran, bis der Weg zu einem schmalen Pfad wurde. Dichtes Wurzelwerk und zahlreiche Bodenranken machten den Untergrund trügerisch. Auf einmal flatterte ein Vogel mit lautem Gekreische über den Weg. Carolin blieb vor Schreck beinahe das Herz stehen.

„Keine Bange", beruhigte Lina sie. „Ist nur ein Totenvogel."

„Ein was?"

„Ein Käuzchen."

„Und warum nennst du es Totenvogel?" Sie ritten jetzt wieder nebeneinander, und Carolin war froh, sich über irgendetwas unterhalten zu können. Einfach nur, um sich von Nick abzulenken.

„Käuzchen fliegen im Dunkeln und fühlen sich vom Licht angezogen. Von hell erleuchteten Fensterscheiben zum Beispiel. Da fliegen sie fast dagegen, drehen kurz vor der Scheibe ab und stoßen ihren Ruf aus. Na ja, und meistens waren früher eben die Scheiben erleuchtet, wo jemand sterbenskrank war. Und da dachte man, das Käuzchen wäre der Vorbote für den Tod, der den Kranken holen will."

Carolin drückte ihre Beine fest an Sternentänzers warmen Körper. Linas Geschichte war ihr unheimlich. Sie mochte noch nicht einmal Horrorfilme im Fernsehen anschauen. *Hoffentlich ist Linas Geschichte kein Vorbote für Nick ...*

Dann hatten sie einen Wiesenweg erreicht. Carolin ließ Sternentänzer traben, bis sie an einen Bach kamen. Sternentänzer marschierte durch das Wasser, ohne es überhaupt zur Kenntnis zu nehmen, aber Marhaba weigerte sich. Lina klopfte ihm den Hals, redete beruhigend auf ihn ein und erzählte ihm, dass das Wasser völlig ungefährlich sei. Doch Marhaba scheute weiter.

„Lina, Marhaba, kommt! Wir müssen weiter", rief Carolin ungeduldig.

„Marhaba will nicht. Nichts zu machen, er scheut!", jammerte Lina.

Sternentänzer stand am anderen Ufer und schien die Situation aufmerksam zu beobachten. Auf einmal zerrte er am Zügel und machte Carolin klar, dass er zu Marhaba wollte.

„Oh nein, jetzt macht Sternentänzer auch noch Zicken!" Carolin versuchte, ihn festzuhalten, doch er war nicht zu halten. Also ließ sie ihn machen.

Als er auf der anderen Seite des Baches war, legte er seinen Kopf ganz eng an den von Marhaba und kaute auf seinem Gebiss herum. Es sah fast so aus, als würde er mit Marhaba sprechen. Dann wandte er sich wieder um und lief erneut durchs Wasser zurück auf die andere Uferseite.

Kaum war Sternentänzer dort angekommen, setzte Marhaba einen Huf ins Wasser. Zaghaft zwar, aber immerhin. Dann den zweiten, und so tastete er sich ganz vorsichtig vorwärts, bis er auf der anderen Seite des Baches stand. Carolin und Lina saßen auf dem Rücken der Pferde und konnten den beiden nur noch verwundert zusehen. „Als ob ihn Sternentänzer überredet hätte", wunderte sich Carolin, als sie weiterritten.

„Stimmt", nickte Lina. „Dein Sternentänzer scheint ein ganz besonderes Pferd zu sein."

Und ob, dachte Carolin und spürte ein gewaltiges Glücksgefühl, dass dieses wunderbare Pferd jetzt ihr gehörte.

Auf einmal flog ein Schwarm Vögel aus dem Unterholz auf und kreuzte unmittelbar vor ihnen mit lautem Gekreische den Weg. Sternentänzer zuckte kurz zusammen, entspannte sich aber sofort wieder, als er merkte, dass es nur Vögel waren. Marhaba hingegen scheute heftig und versuchte durchzugehen. In panischem Schrecken stemmte er sich gegen die Zügel. Zwar schaffte es Lina, ihn zum Schritt zu zwingen, doch er trabte immer wieder an und zerrte nervös am Zügel. Nach wenigen Minuten war er schweißgebadet.

„Vielleicht steige ich besser ab und führe ihn eine Weile, bis er sich beruhigt", überlegte Lina.

„Mann, Lina, komm schon! Wir verlieren viel zu viel Zeit. Vielleicht kann Sternentänzer …", sagte Carolin, und noch bevor sie zu Ende gesprochen hatte, trabte ihr Pferd wahrhaftig auf Marhaba zu und gab ihm einen sanften Stups.

„Schätze mal, das heißt in Pferdesprache: ‚Stell dich nicht so an!'", kicherte Carolin, und tatsächlich trabte Marhaba sofort schön brav weiter.

Nach einer Weile gabelte sich der Weg an einer Lichtung.

Carolin sah sich furchtsam um. „Verdammt, Lina, ich hab keine Ahnung, wo wir sind! Hoffentlich haben wir uns nicht total verirrt!"

„Ich bin zum ersten Mal in dieser Gegend", meinte Lina.

„Es sieht hier ein bisschen so aus wie bei dem Schuppen, in dem Sternentänzer gefangen gehalten wurde …"

„Wieso wurde er denn gefangen gehalten?", unterbrach Lina sie erschrocken.

„Das ist eine lange Geschichte. Ich erzähl sie dir ein anderes Mal. Also, rechts oder links?" Sie seufzte.

Sternentänzer spitzte die Ohren. Als habe er ihre Frage verstanden, setzte er sich auf einmal in Bewegung und schlug den rechten Weg ein.

„Los, komm!", rief sie noch schnell zu Lina, doch das war überflüssig, denn Marhaba ging mittlerweile sowieso nur noch dorthin, wo Sternentänzer hinlief.

Sternentänzer trabte eine Weile geradeaus, dann hielt er immer mal wieder an und schien zu lauschen.

„Bist du sicher, dass er weiß, wohin er will?", fragte Lina skeptisch, als er nach einer halben Stunde stehen blieb.

„Lina", sagte Carolin, „Sternentänzer ist nicht nur das

schönste, sondern auch das klügste Pferd der Welt. Zu dumm nur, dass jetzt keine Vollmondnacht ist!"

Lina guckte völlig verdutzt. „Wieso denn Vollmondnacht?"

Gerade als ihr Caro antworten wollte, trabte Sternentänzer an und preschte dann los. In halsbrecherischem Galopp jagte er durch den Wald, bis er schließlich stehen blieb und laut wieherte. Carolin klopfte beruhigend auf seinen Hals. „Ja, schon gut, Sternentänzer." Carolin wartete, bis Lina und Marhaba um die Ecke bogen, dann stieg sie ab.

Lina folgte ihrem Beispiel. Gemeinsam suchten sie beide Seiten des Weges ab. Auf einmal schrie Lina. „Hier! Carolin, komm! Schnell! Hier ist was!"

„Oh mein Gott, Nick!" Er lag völlig regungslos da. Seine Augen waren geschlossen. „Oh mein Gott!" Carolin zappelte hysterisch um ihn herum. „Er ist tot! Nick ist tot!" Sie stürzte sich auf ihn und rüttelte an seinen Schultern. Nichts. „Oh mein Gott!", kreischte sie völlig außer sich.

Lina blieb ganz ruhig. Sie beugte sich über ihn, nahm seine Hand und fühlte seinen Puls. Dann zog sie ein schwärzliches Tuch und einen kleinen Lederbeutel aus ihrem Rock, öffnete ihn und kippte den Inhalt auf das Tuch.

Atemlos sah Carolin ihr zu. *Was tust du da?*, wollte sie fragen, doch sie hatte nicht den Mut, Lina zu unterbrechen. Lina faltete das Tuch zusammen, schloss die Augen, murmelte vor sich hin und ließ das zusammengefaltete Tuch in der Luft kreisen. Dann packte sie es, knöpfte Nicks Hemd auf und legte es auf seinen Oberkörper. Mit geschlossenen Augen murmelte sie wieder etwas vor sich hin. „Nick!", rief sie dann, doch er bewegte sich nicht. „Nick!" Nichts. Nach einer Weile holte sie aus und schlug ihm zwei Mal kräftig auf die Wange. Auf einmal öffnete er die Augen. Zuerst fielen sie immer wieder zu, doch dann blickten sie herum.

„Caro? Lina?", murmelte er. Er versuchte, den Kopf zu heben, stöhnte und fragte verwirrt, was geschehen sei. „Wo bin ich?"

„Es ist besser, wenn du dich nicht bewegst!", meinte Carolin und sah Lina bewundernd an. *War es nun die Kräuterzeremonie oder die Ohrfeige, die Nick wieder zu Bewusstsein gebracht hat? Egal, Hauptsache, er ist wieder auf den Beinen. Zumindest fast.*

„Was ist denn passiert?", stöhnte Nick. Er sah erschreckend blass aus.

„Du bist mit Shania gestürzt", erklärte Carolin leise und mit zittriger Stimme. Es war schrecklich, den sonst so vor Kraft strotzenden Nick derart hilflos liegen zu sehen.

„Wo ist Shania?"

„Nicht reden! Shania ist auf Lindenhain." Sie packte ihn an einem Arm. Lina übernahm den anderen, und gemeinsam versuchten sie, ihn hochzustemmen.

Halb stand er schon, dann schrie er plötzlich mit schmerzverzerrtem Gesicht auf. „Wahhhh!"

Vorsichtig ließen ihn Carolin und Lina wieder zurück auf den Waldboden gleiten.

„Was tut denn weh?", fragte Lina.

„Der rechte Fuß", stieß Nick gequält hervor.

„Pocht es?", fragte Lina fachmännisch.

„Alles. Es pocht, zieht, schmerzt!"

Lina sah Carolin an. „Schätze, er hat sich den Knöchel gebrochen. Eine von uns muss Hilfe holen. Am besten gehst du mit Sternentänzer, denn Marhaba findet nie im Leben zurück."

„Okay!" Carolin stieg auf Sternentänzers Rücken.

„Aber beeil dich!", rief ihr Lina noch nach.

Nachdem sie Nick in Sicherheit wussten, die verschwitzten Pferde gewaschen, mit dem Schweißmesser abgezogen und versorgt hatten, holten sie ihre Räder.

„Was hast du da eigentlich gemacht? Ich meine, mit dem Tuch und mit Nick?"

„Ich habe ihm meine Herzenergie übertragen", erklärte Lina, als wäre dies die natürlichste Sache der Welt.

„Und was war mit dem komischen, schmutzigen Tuch?"

„Das war weder komisch noch schmutzig. Das war ein von Kräuterstaub geschwärztes Tuch", sagte Lina so gelassen, als würde sie Carolin das Rezept für einen Kuchen erklären.

„Und was hast du dabei vor dich hin gemurmelt?"

„Ich habe den Geist meiner Ahnen um Hilfe gebeten", erklärte sie in einem Tonfall, der Carolin ganz klar signalisierte, dass Lina keine Lust auf weitere Fragen mehr hatte.

Aber eine konnte Carolin sich dennoch nicht verkneifen. „Lina?"

„Was?"

„War Nick tot?"

Lina zuckte mit den Achseln. „Das musst du meine Ahnen fragen."

Carolin grinste. „Wenn du mir die Telefonnummer gibst?"

Lina fand das gar nicht witzig. Sie warf ihr einen strafenden Blick zu und sagte nichts mehr. Schweigend schoben sie die Räder nebeneinander her und hingen ihren Gedanken nach.

„Was machst du jetzt?", fragte Carolin dann.

„Ich fahr nach Hause."

„Sag mal, wie geht's eigentlich unserem Hund?", wollte Carolin wissen. In der ganzen Aufregung um Nick hatte sie das kleine, verletzte Tier ganz vergessen.

„Gut", entgegnete Lina knapp.

„Hinkt er noch?"

„Ein bisschen."

„Kann ich ihn sehen?", fragte Carolin und fuhr gleich fort, bevor Lina antworten konnte. „Ich meine, immerhin haben wir ihn gemeinsam gefunden, und er gehört sozusagen uns beiden! Du kannst ihn dir nicht einfach heimlich, still und leise unter den Nagel reißen!"

Lina sah sie überrascht an. „Hatte ich auch gar nicht vor."

„Und? Kann ich ihn dann sehen?"

Lina überlegte einen Moment, dann nickte sie. „Na gut. Meinetwegen."

Hochzufrieden schob Carolin ihr Fahrrad. *Zwei Flie-gen mit einer Klappe!*, dachte sie begeistert. So konnte sie den Hund sehen und herausfinden, wo Lina wohn-te und was daran so geheimnisvoll war.

Lina stieg auf ihr Fahrrad und radelte los.

„He, warte! Hau nicht schon wieder ab!"

Lina drehte sich um. „Wenn du willst, kannst du ja mitkommen", rief sie Carolin zu.

In der Hexenküche

Das war gar nicht so einfach! Lina hatte zwar nur ein einfaches Fahrrad, aber sie war damit so schnell, dass Carolin Mühe hatte, ihr nachzukommen. Als sie nur noch an Feldern vorbeikamen und weit und breit kein Haus mehr zu sehen war, beschlich Carolin ein mulmiges Gefühl. Immerhin kannte sie Lina kaum. *Wer weiß, wo sie hinfährt?*

Dann bog Lina in einen kleinen, schmalen Feldweg ein. Die Fahrräder hüpften und bockten in den tiefen Schlaglöchern, aber schon nach wenigen Metern hielt Lina schließlich vor einer großen Wiese an, auf der ein paar Wohnwagen standen. Sie schob ihr Rad das letzte Stück und blieb dann vor einem großen hellgelben Wohnwagen stehen. Carolin hechtete atemlos hinterher.

„Hier wohnst du?", fragte sie erstaunt und lehnte ihr Rad an Linas.

„Hier wohn ich. Was dagegen?"

„Nein, nur …" Carolin war immer noch völlig verdattert.

Lina kramte einen Schlüssel aus ihrer Tasche, sperrte

den Wohnwagen auf und schlüpfte durch die Tür. Carolin zögerte einen Moment, aber dann folgte sie ihr.

Innen gab es an der einen Wand eine Sitzbank, vor der ein Tisch stand, der am Boden festgeschraubt war. Lina erklärte ihr, dass dies notwendig sei, damit er nicht hin und her rutschen konnte, wenn sie mit dem Wagen unterwegs waren. An einem Ende des Wohnwagens befand sich eine Art Küche mit Spülbecken und ein paar einfachen Schränken. Vor den kleinen Fenstern hingen apfelgrüne Vorhänge mit kleinen roten Punkten. Sie hingen ein bisschen schief, aber sie machten den Wohnwagen gemütlich.

In den Schränken stapelte sich Geschirr, und in einem Obstkorb lagen ein paar Äpfel und eine Tafel Milchschokolade. Ansonsten sah es genau so aus wie in vielen anderen Wohnungen auch. Ein Fernseher mit einer gehäkelten Platzdecke darüber, ein Ohrensessel mit bestickten Kissen und ein paar Stühle.

„Wohnst du wirklich immer hier?", fragte Carolin neugierig.

Lina sah sie grinsend an. „Natürlich, warum denn nicht?"

„Und wo sind deine Eltern?"

„Arbeiten. Magst du eine Cola?"

„Gerne", nickte Carolin und knackte den Verschluss der Coladose, die ihr Lina gegeben hatte. „Und wo arbeiten deine Eltern?"

„Auf der Kirmes."

Carolin, die gerade zum ersten Schluck angesetzt hatte, bekam einen Hustenanfall.

Lina kicherte. „Meine Mutter ist die Dame ohne Unterleib, mein Vater arbeitet als Löwendompteur."

Carolin konnte gar nicht mehr aufhören zu husten.

Lina kicherte immer lauter. „Reingefallen! Meine Eltern verkaufen Kräutersäfte, Kräuterbonbons und so 'n Zeug. Echt total lecker! Und gut gegen Husten!" Sie kramte aus einer Schublade eine Handvoll Bonbons und steckte sie Carolin, die immer noch hustete, in die Jackentasche.

„Komm mit. Ich zeig dir mein Zimmer!", sagte sie dann, als sich Carolin wieder beruhigt hatte.

Es war ein kleines, aber fröhliches Zimmer. Die Wände waren hellblau, und in der einen Ecke stand ein Bett mit einer riesigen Ladung Plüschtiere darauf. Linas Schreibtisch war völlig zugeschüttet mit Büchern, Papier, Zeitungen und einem alten Joghurtbecher. Was aber ganz seltsam war: Überall klebten fast unsichtbar kleine schwarze Häufchen an Fenster- und Türrahmen, sorgfältig verteilt und fast zu einem Muster angeordnet. *Merkwürdig*, dachte Carolin, *sieht aus wie zerquetschte Fliegen.* Sie wollte Lina fragen, doch sie zögerte, da sie Angst hatte, Lina könnte ihre Frage falsch verstehen. Aber dann siegte ihre Neugier. „Du, Lina, was ist denn das? Schmutz? Ich meine …"

Lina kicherte. „Nein, natürlich nicht! Das sind Kräuterhäufchen. Die hat meine Ami überall hingeklebt. Die sollen das Haus vor Bösem schützen und die gute Energie darin festhalten."

„Aha!", stieß Carolin hervor, ohne wirklich viel verstanden zu haben. „Und wer ist Ami?"

„Ami ist meine Großmutter", erklärte Lina, und ihre Augen leuchteten.

„Bisschen eng hier", fand Carolin und war froh, dass sie in einem großen hellen Haus wohnte mit einem eigenen Zimmer, in dem genügend Platz war.

„Ich bin eigentlich nur zum Schlafen hier. Und auch nur dann, wenn es zu kalt ist, um draußen zu pennen."

„Du schläfst draußen?" Carolin kam aus dem Staunen nicht mehr heraus.

„Na klar! Es gibt nichts Schöneres, als in den Himmel zu gucken und die Sterne zu zählen, bevor du deine Augen zumachst."

Carolin blickte Lina skeptisch an. Sie kam ihr immer mehr vor wie ein kunterbunter Schmetterling, während sie sich selbst immer mehr wie eine dicke, behäbige Raupe fühlte.

„Wie hast du denn da noch Platz, um deine Hausaufgaben zu machen?", fragte Carolin. Sie deutete auf den zugeschütteten Tisch und bereute den Satz im gleichen Moment, denn sie kam sich ziemlich spießig vor.

„Gar nicht", lachte Lina. „Ich mach sie am Küchentisch. Oder draußen. Wo ich will. Und wo gerade Platz ist. Komm!"

Vor dem Wohnwagen standen ein paar weiße Plastikstühle und ein Tisch mit apfelgrüner Tischdecke. „Hier zum Beispiel."

„Aha!" Carolin nickte. Nachdem sie nun das Rätsel über Linas Wohnort geklärt hatte, galt es nun das nächste zu lösen. „Und wo ist denn nun eigentlich unser Hund?"

Lina winkte. „Hier drüben!"

Im Windschatten des Wohnwagens stand ein kleines Körbchen, in dem ihr Findelkind selig schlummerte. Um die Pfote hatte es einen weißen Verband, und jemand hatte es sauber gewaschen. Als das Tier sie kommen hörte, öffnete es ein Auge und wackelte bei Carolins Anblick freudig mit dem Schwanz. Die braunen Knopfaugen blitzten wieder unternehmungslustig. Offenbar ging es ihm richtig gut. Carolin kniete sich zu dem Tier und kraulte ihm die Ohren. „Na du? Geht's dir wieder gut?"

„Ami hat sie wieder hingekriegt", sagte Lina und strahlte. Sie war offenbar mächtig stolz auf ihre Großmutter.

„Und was willst du jetzt mit ihr machen?"

„Behalten geht nicht, aber ich hab mir gedacht, wir fragen mal Gunnar, ob sie auf Lindenhain bleiben kann. Meinst du, das geht?"

„Ich glaube schon. Gunnar hat ein Herz für alles, was vier Beine hat."

„Prima! Auf Lindenhain hat sie es bestimmt gut."

Carolin grinste. „Aber ich schätze, vorher müssen wir wohl erst mal Herrn Maier fragen! Apropos: Wir müssen unserem Findelkind ja auch noch einen Namen geben!"

Lina nickte. „Ich hab mir da schon was überlegt."

„Ja?", fragte Carolin vorsichtig und erwartete etwas Ausgefallenes, Exotisches und Merkwürdiges. „Wie soll sie denn heißen?"

Lina holte tief Luft. „Carolina", sagte sie dann feierlich.

„Carolina?"

„Ja. Caro und Lina, ergibt zusammen Carolina! So gehört sie für immer uns beiden!"

„Super Idee!", freute sich Carolin und verzieh Lina alles: dass sie den Hund alleine weggeschleppt hatte, dass sie sie so lange im Ungewissen gelassen hatte, dass sie kein Telefon hatte und dass sie so komisch war. Einfach alles.

„Willst du die Hexenküche sehen?", fragte Lina nach einer Weile.

„Welche Hexenküche?"

„Die Küche, in der Ami ihre Kräuterchen brutzelt."

„Du meinst: So wie bei Bibi Blocksberg?" Carolin kicherte. Inzwischen konnte sie nichts mehr schrecken – dachte sie zumindest.

„Geht die auch in unsere Schule?", erkundigte sich Lina.

Carolin prustete los. „Na klar, in die Klasse über uns."

„Kannst sie mir ja mal vorstellen, wenn sie nett ist!", sagte Lina und nahm Carolin an der Hand. „Komm schon!"

Sie führte Carolin zu einem Wohnwagen, der etwas weiter hinten am Waldrand stand und kunterbunt angemalt war. Lina klopfte ans Fenster. „Hallo, Ami, mach doch mal auf!" Nichts tat sich.

Lina klopfte noch mal. „Hallo, Ami!"

Ein paar Sekunden später öffnete sich die Wohnwagentür. Gespannt folgte Carolin Lina ins Innere und sah sich enttäuscht um. Eigentlich hatte sie einen großen, wild brodelnden Kupferkessel erwartet, vielleicht ein paar Fledermäuse, die aufgeschreckt durch den Wagen tanzten. Oder wenigstens eine schwarze Krähe in einem dicken Käfig. Es gab zwar einen Vogelkäfig, doch darin zwitscherten nur zwei stinknormale Wellensittiche, wovon einer hellblau und der andere hellgrün war. Ansonsten sah der Wohnwagen genauso aus wie andere auch. Bis auf eine Kleinigkeit: Auch hier klebten überall diese kleinen schwarzen Kräuterhäufchen an Tür- und Fensterrahmen.

„Setzt euch doch. Wollt ihr ein Tässchen Tee?"

Lina nickte. „Ami macht nämlich den besten Jasmintee weit und breit."

Während Ami am Herd hantierte, betrachtete Carolin sie. Die alte Frau trug weite Röcke, eine weite Bluse und hatte lange Wallehaare wie Lina. Nur ihre waren grau, und sie hatte ein Tuch darüber gelegt. Sie trug lange goldene Ohrringe, die bei jeder Bewegung klimperten. Ihr Gesicht war braun gebrannt und von tiefen Furchen durchzogen. Sie hatte schmale Lippen, und ein Schneidezahn fehlte. Ihre Hände hatten viele dicke Adern.

„Hier bitte, mein Kind." Sie stellte Carolin die Teetasse hin und sah sie an. Mit den merkwürdigsten Augen, die Carolin jemals gesehen hatte. Sie waren zweifarbig. Das rechte so hellgrün wie die ersten Blätter, die im Frühjahr aus den Ästen sprossen. Das linke Auge hatte den dunklen, saftigen Grünton einer Gurke. Doch es war nicht die Farbe, es war der Blick, der Carolin fesselte. Es schien, als schaute die alte Frau durch sie hindurch bis tief in ihr Innerstes hinein.

241

„Ami, kann ich Carolin dann deinen Kräuterschrank zeigen?"

Die alte Frau lächelte. „Ich muss jetzt gehen, schließt du die Tür hinter dir ab?" Und schon war sie verschwunden.

„Und das ist wirklich deine Oma?", fragte Carolin erstaunt. Ihre Großmutter war alt und blass und stinklangweilig. Sie hockte den ganzen Tag nur im Lehnstuhl und strickte Socken oder Schals, die Carolin dann zu Weihnachten bekam und gleich nach dem Auspacken wegsteckte.

„Das ist meine Oma! Schau." Lina öffnete einen gewöhnlichen Holzschrank, von der Art, in der man normalerweise Geschirr und Tassen verstaute. Doch in diesem Schrank waren in vielen Regalen Gläser aufgereiht. Gläser mit merkwürdigem Inhalt. In einem eine Portion toter Insekten, auf einem anderen Glas klebte ein Schild mit „Wurzeln", auf dem nächsten stand „Kräuter" und auf dem übernächsten „Käfer".

„Zerstoßene Knochen", entzifferte Carolin ein weiteres Etikett und zuckte zusammen. „Was ist denn das?"

Lina zuckte mit den Schultern. „Steht doch drauf! Zerstoßene Knochen eben", sagte sie, als wäre es die normalste Sache der Welt, in einem Schrank ein Glas voll zerstoßener Knochen aufzubewahren.

„Ihhhh! Wie eklig! Knochen von Menschen?", fragte Carolin ganz leise.

„Nein, das glaub ich zumindest nicht. Eher von Tieren, Katzen, Hunden, Ziegen und so."

„Und was macht deine Ami damit?" Carolin wagte es kaum, zu fragen, denn sie hatte Angst vor der Antwort.

„Heilen", erklärte Lina.

„Ah", nickte Carolin. „Mit Knochen? Wie ein Arzt?"

„So ähnlich."

„Und wenn es schlimmere Fälle sind, schickt sie sie dann ins Krankenhaus?"

„Nee! Ami arbeitet mit Engeln und Schamanen zusammen, nicht mit den Weißkitteln!"

„Ah!", stieß Carolin erneut hervor, weil ihr einfach nichts mehr einfiel, was sie dazu noch sagen sollte.

Lina holte eine Schale aus dem Regal. „Tut dir was weh? Hast du Beschwerden, die immer wieder kommen? Kopfweh? Tränende Augen?"

„Nee, eigentlich nicht!", sagte Carolin. „Aber warum? Was hast du denn da?"

„Das sind Knochen, Muscheln und Steine. Die schüttelst du gut durch und kippst sie auf ein Tuch."

„Und dann?"

„Dann kannst du daraus irgendwelche Infos für deine Krankheit bekommen, wenn du eine hast."

„Und wie soll das funktionieren?"

„Keine Ahnung, das kann nur Ami. Wenn ich größer bin, das hat sie mir versprochen, weiht sie mich in all ihre Geheimnisse ein." Lina kicherte. „Leider hat sie noch kein Kraut für gute Noten erfunden."

Es war ein warmer Sonnentag, doch Carolin fröstelte plötzlich. Dieser Wohnwagen schien ihr zu unheimlich. Sie kam sich allmählich vor wie in einem Film. „Es ist schon ziemlich spät. Ich glaube, ich muss langsam heim", sagte sie.

„Okay." Lina grinste fröhlich, packte alle Gläser wieder zurück in den Schrank, steckte die Knochensammlung weg und verschloss den Schrank.

„Ach, warte mal!" Sie kramte in einer der Schubladen und zog einen Beutel Kekse heraus. „Hier, für Sternentänzer."

„Was ist das?"

„Leckerli."

„Sehen aus wie ganz normale Kekse. Was ist da drin?" *Wenn man sich hier so umsieht, weiß man ja nie!*

„Keine Sorge, nur Gesundes! Weizenkleie, geriebener Apfel, Karotten, dazu ein paar Cornflakes ohne Zucker …"

„Könnte ich also auch essen?"

„Na klar!", sagte Lina und grinste dabei von einem Ohr zum anderen.

Carolin nahm ein Leckerli aus dem Beutel und biss hinein. „Bähhhigitttpfuiteufel!!!" Sie spuckte die Krümel in ihre Hand. „Das schmeckt ja scheußlich!"

Lina hielt sich den Bauch vor Lachen. „Das macht der Knoblauch! Im Teig ist eine zerquetschte Knoblauchzehe. Vertreibt nicht nur Vampire, sondern auch lästige Mücken."

Eine Frage des Herzens

Nick hatte Glück im Unglück gehabt. Er hatte eine leichte Gehirnerschütterung, einen gebrochenen Knöchel und jede Menge Prellungen. „Wenn so was Pferden passiert, erschießt man sie", scherzte er, als Carolin und Lina mit einem selbst gepflückten Blumenstrauß bei ihm im Krankenhaus aufkreuzten.

„Armer Nick!", bedauerte ihn Carolin und spürte einen dicken Kloß im Hals. Es tat ihr richtig weh, zu sehen, wie er so hilflos und in schneeweiße Verbände gepackt in dem Krankenhausbett lag.

„Besser, du hältst dich an die Bettruhe", mahnte ihn Lina streng.

„Deine Reitschüler vermissen dich", sagte Carolin. „Und wir dich auch! Und Gunnar!"

„Ich weiß. Dieser Riesenblumenstrauß ist von ihm. Mit Karte „Werd schnell gesund!" Er grinste. „Schätze, dem guten Gunnar schmeckt es gar nicht, dass jetzt er um sechs Uhr aufstehen und die Ställe putzen muss."

Carolin prustete los. Die Vorstellung, wie Gunnar

mit seinen Cowboystiefeln und seinem Cowboyhut die Mistkarre schob, war wirklich zu komisch.

„Aber wisst ihr, Leute!" Nick verschränkte lässig die Arme hinter dem Kopf. „Ich könnt mich schon daran gewöhnen. Keinen Pferdemist, keine Pferdeäpfel, kein Hufkratzen, keine sturen Gäule, keine lästigen kleinen Mädels. Stattdessen jede Menge Blumen und Schokolade, lang ausschlafen, richtig lecker essen, und die Krankenschwestern sind auch nicht ohne."

„Ja, ja." Carolin grinste, denn sie wusste ganz genau, dass Nicks Leben die Pferde waren und Lindenhain sein Ein und Alles.

„Wie ist dein Unfall eigentlich passiert?", erkundigte sich Lina.

Nick zuckte mit den Achseln. „Shania hat sich wohl erschreckt und gescheut. Und ich Vollidiot bin wohl total bescheuert runtergefallen. Wie ein Anfänger, der zum ersten Mal in seinem Leben auf einem Pferd sitzt. Dabei bin ich auf einen Stein geknallt. Und dann weiß ich nichts mehr. Nur, dass ihr plötzlich da wart. Und dass ich in Linas schöne grüne Augen geblickt habe." Er wandte sich ihr zu. „Du hast mir wohl das Leben gerettet", sagte er und sah sie irgendwie merkwürdig an. Lange, tief, intensiv. So, als wäre Carolin plötzlich gar nicht mehr im Raum. Das gefiel ihr ganz und gar nicht. Aber vielleicht sah man seinen Lebensretter ja so an.

„Ach was", wehrte Lina schnell ab. „Du kannst dich bei Sternentänzer bedanken. Er hat dich gefunden."

Nick nahm Carolins Hand. „Unser Sternentänzer ist schon ein ganz besonderes Pferd." Er zögerte einen

Moment. „Ach, Lina, tust du mir einen Gefallen?", bat er dann. „Würdest du mir bitte einen Kaffee holen? Draußen am Ende des Flurs ist ein Automat. Cappuccino! Mit Extra-Zucker!"

„Klar."

„Sag mal", begann er, als Lina die Tür hinter sich geschlossen hatte. „Kennt Lina eigentlich Sternentänzers Geheimnis? Ich meine, weiß Lina, dass er eine besondere Gabe hat und in die Zukunft sehen kann? Hast du ihr davon erzählt?"

Carolin schüttelte den Kopf. „Nein."

„Wirst du's ihr sagen?"

Carolin schüttelte wieder den Kopf. „Nein, ich denke nicht."

Nick musterte sie nachdenklich. „Aber ihr seid doch schon ganz dicke Freundinnen. Außerdem scheint sie mir ganz in Ordnung zu sein. Warum also nicht?"

Carolin drehte sich um und lehnte sich gegen das Fenster. Direkt davor stand ein riesiger Kastanienbaum, durch den der Wind raschelte. „Weißt du noch, was das letzte Mal passiert ist, als ich jemandem von Sternentänzers Geheimnis erzählt habe? Als ich es dir erzählt habe?", erinnerte sie ihn leise.

Nick runzelte die Stirn. „Du meinst die Sache mit Stone? Die Entführung?"

Carolin nickte. „Genau."

„Na ja!" Nick hob die Schultern. „Ist ja alles noch mal gut ausgegangen."

Carolin fuhr herum, ihre Augen blitzten wütend. „Gut ausgegangen? Ach ja? Und die Schläge? Und das Feuer?

Die Todesangst, die Sternentänzer ausgestanden haben muss? Ich wäre fast verrückt geworden, als ich nicht wusste, wo er war. Nein, Nick, vergiss es! Das war die schlimmste Zeit in meinem Leben!"

„Aber letzten Endes hast du ihn von der Belohnung kaufen können. Sonst wäre er jetzt vielleicht immer noch Stones Pferd."

„Nein, Nick." Carolin schüttelte den Kopf und senkte die Stimme, weil sie Schritte auf dem Flur hörte und Lina jeden Moment mit dem Kaffee kommen musste. „Ich hab einfach das Gefühl, es bringt Unglück, wenn ich jemandem von Sternentänzers Geheimnis erzähle, verstehst du? Und du, Nick Neuberg!" Sie tippte mit dem Zeigefinger auf seine Brust. „Du wirst es auch nicht tun!"

In diesem Moment öffnete sich die Tür, und Lina kam zurück ins Zimmer.

Nachdenklich ging Carolin an diesem Nachmittag nach Hause. Schon sehr lange hatte sie Sternentänzers magische Kräfte nicht mehr genutzt. *Eigentlich wäre es höchste Zeit! ... Soll ich, soll ich nicht, soll ich, soll ich nicht?* Am Ende sprach alles dafür. Das Ampel-Orakel sagte Ja. Jede Ampel auf dem Heimweg stand auf Grün. Die Bahnschranke war offen. Und sie schaffte es auch noch, den Zebrastreifen mit dem Fahrrad einmal zu umrunden, ohne die weißen Streifen zu berühren. *Gut*, beschloss sie vor der Haustür. *Ein letztes Orakel. Mams Mondkalender. Wenn innerhalb der nächsten drei Tage Vollmond ist, tu ich's,* dachte sie. *Wenn nicht, dann lasse ich es. Schlag ein, Carolin!* Sie gab sich selbst die Hand und besiegelte das Orakel.

„Mam?"

Ines war nicht da. Stattdessen klebte ein großer gelber Zettel am Erdbeermarmeladeglas. „Bin einkaufen, komme bald zurück, Mam."

Nun gut! Sie ging in Ines' Schlafzimmer und wühlte durch die Kommode. Nichts! Auch auf ihrem Schreibtisch war Fehlanzeige. *Wo bewahrt Ines nur diesen dämlichen Kalender auf?* Auch in dem kleinen Kästchen unter dem Telefontisch war nichts zu sehen. Er war dort, wo sie ihn am wenigsten vermutet hätte, in ihrem Zimmer. Carolin grinste schuldbewusst. *Hab ihn wohl seit dem letzten Mal nicht zurückgelegt ...* Sie hockte sich auf ihr Bett, holte tief Luft und schlug den Kalender auf. Es war Freitag, und genau über diesem Tag hing ein dicker, runder, dunkler Ball. Es war Vollmond. Heute Nacht. *Tja,* dachte Carolin. *Damit wäre wohl alles entschieden. Ich werde mal wieder Sternentänzers Zauberkräfte ausprobieren. Heute Nacht. Was frag ich ihn nur?,* überlegte sie.

„Hallo, Carolin! Bin wieder da!", hörte sie die Stimme ihrer Mutter von unten.

Carolin polterte die Treppe hinunter. „Hi, Mam!"

„Wie geht's denn eurem Nick?", erkundigte sich Ines.

„Gut. Er wird in ein paar Tagen entlassen", entgegnete sie. *Könnte ich Sternentänzer vielleicht eine Frage zu Nick stellen?,* überlegte sie dabei. *Aber was?*

Ines zog zwei Karten aus ihrer Manteltasche und wedelte damit vor Carolins Nase herum. „Überraschung!

Wir wär's, wenn wir uns heute einen schönen Abend machen? Erst Kino, dann Eis." Ines' Augen glänzten vor Vorfreude. Natürlich erwartete sie Begeisterungsstürme bei Carolin. Dem wäre normalerweise auch so gewesen. Aber nicht heute. Nach Kino und Eis würden sie erst spät heimkommen, und wer weiß, wann ihre Mutter dann ins Bett gehen würde! Außerdem trank Ines immer einen Espresso im Eiscafé. Und nach dem Koffeinschock stand sie dann die halbe Nacht im Bett.

Carolin gähnte demonstrativ. „Toll, aber ich bin heute so müde. Können wir das nicht auf ein anderes Mal verschieben?"

Ines fühlte Carolins Stirn. „Bist du krank? Brütest du vielleicht was aus?"

„Nein, es ist nur, ich würde heute einfach gern mal wieder früher ins Bett gehen."

Ines musterte ihre Tochter wie das Ungeheuer von Loch Ness. „Wenn du meinst. Ich will dich ja nicht ins Kino zwingen."

„Ich ... ich geh dann auch gleich mal ... ins Bett meine ich ..."

Ines sah irritiert auf ihre Uhr. „Aber es ist doch erst halb acht?"

„Ich hab da noch so ein Buch ...", stammelte Carolin und fühlte geradezu, wie ihr Kopf feuerrot wurde. „Ausgeliehen von Luisa, das wollte ich gerne zu Ende lesen. Sie muss es morgen zurückhaben. Sie hat es nämlich aus der Bücherei, und morgen ist der letzte Abgabetermin ..."

Ines lächelte. „Schon gut! Lies nur. Ich wette, es ist ein Pferdebuch!"

„Klar, was sonst!?", nickte Carolin schnell.

Ines schüttelte den Kopf. „Du und deine Pferde …"

Den Rest des Abends verbrachte Carolin mit dem Ohr an der Tür. Als es auf Mitternacht zuging, war Ines immer noch nicht im Bett. Und der Vollmond lockte wie eine dicke Laterne vor ihrem Fenster.

Dann endlich hörte sie, wie ihre Mutter die Tür zu ihrem Schlafzimmer zuzog. *Okay, ich gebe ihr noch eine halbe Stunde,* überlegte Carolin. *Bis dahin muss sie einfach schlafen.* Nach einer halben Stunde öffnete sie die Tür einen Spalt weit und spähte zu Ines' Zimmer, um zu prüfen, ob unter der Tür ein Lichtschein zu sehen war. Nichts. Alles deutete darauf hin, dass ihre Mutter friedlich schlummerte. *Dann mal los.*

Carolin radelte nach Lindenhain, holte Sternentänzer aus dem Stall und ritt los.

Ein bisschen mulmig war ihr schon dabei. *Ob es richtig ist, Sternentänzers magische Kräfte einfach so auszuprobieren? Nur, um zu sehen, ob sie noch funktionieren? Ohne richtigen Grund?* Was genau sie Sternentänzer fragen wollte, wusste sie auch noch nicht. Sie beugte sich nach vorne und drückte sich ganz eng an Sternentänzers Hals. Es war herrlich. *Und wenn ich ihn nichts frage? Einfach nur so reite? Den Vollmond verschwende? Nein. Wenn ich nur wüsste … wenn ich nur wüsste …*

Wenn ich nur wüsste, ob Nick eine Freundin hat. Im gleichen Moment ging ein Ruck durch den Körper des

Pferdes. Es setzte sich in Bewegung und galoppierte davon. Schnell wie der Wind. Carolin klammerte sich fest. Ihr war schwindelig, ihr Kopf schien sich zu drehen, und sie fühlte sich so merkwürdig wie in einem Kettenkarussell.

Sternentänzer lief schneller und schneller, und Carolin sah Bilder in ihrem Kopf. *Nick auf Lindenhain im Stall. Neben ihm ein Mädchen mit langen schwarzen Haaren und einem Gesicht wie eine Porzellanpuppe. Nick streicht durch ihre langen glatten Haare, sie halten sich an den Händen. Er beugt sich zu ihr, gibt ihr einen Kuss.* In einem Rausch schoss eine Bilderflut in schneller Reihenfolge durch Carolins Kopf. Schnell, konturenlos, wie durch einen Weichzeichner gefiltert. Dann wurde Sternentänzer plötzlich langsamer. Er keuchte und lief schwerfälliger.

„Braver Sternentänzer", japste Carolin atemlos und klopfte ihm auf den Hals. „Guter Kerl." *Kenn ich das Mädchen?,* überlegte sie dabei. *Nein, die hab ich noch nie gesehen. Daran würde ich mich erinnern. Vielleicht seine heimliche Freundin? Aber in meiner Vision waren die beiden ja auf Lindenhain? Na ja,* dachte sie dann und brachte Sternentänzer zurück in den Stall, *das werden wir ja sehen.* Und ein ganz klein wenig erleichtert war sie auch. Immerhin war das Mädchen an Nicks Seite nicht Lina.

Erdbeerlimo und Pferdedisco

Es näherte sich der Termin für das alljährliche Herbstfest auf Lindenhain. Fünf Tage vor dem Fest liefen die
Vorbereitungen auf Hochtouren. Der ganze Hof musste
auf Hochglanz gebracht werden, da die Festbesucher
alles besichtigen durften. Tagelang schrubbten sie die
Wände der Pferdeboxen, entfernten Spinnweben, putzten Fenster und entstaubten die Sattelkammer. Carolin
brachte Sternentänzer auf Hochglanz. Sie bürstete ihn
so lange, bis sein Fell glänzte wie Seide, und in seine
schöne weiße Mähne flocht sie ein paar Blumen.

Überall im Dorf hängten sie Plakate auf und verteil-
ten himbeerrote Flugblätter:

*Einladung zum großen Herbstfest mit Cowboy-Show-
programm auf dem Pferdehof Lindenhain – für das
leibliche Wohl ist gesorgt, für viel Spaß auch. Das
Lindenhain-Team freut sich auf Sie!*

Carolin war sehr stolz auf die roten Blätter, denn den
Hintergrund zierte ihre Zeichnung von Lindenhain.
Der Hof auf dem Hügel, im Hintergrund die großen
Linden und die Holzbank darunter. Stundenlang hatte

sie daran gearbeitet und mindestens dreihundertfünf-
undsechzig Versuche gebraucht. Dabei hatte sie jeden
Strich wenigstens zehn Mal korrigiert. Allerdings war
auf der Zeichnung kein Pferd. Die Pferde, die Carolin
zeichnete, sahen alle aus wie Missgeburten. Auch nach
dem dreihundertfünfundsechzigsten Mal. Gunnar fand
die Zeichnung trotzdem toll. Ganz unten im Eck stand
ganz klein sogar ihr Name. Gunnar hatte das Bild dann
in den Scanner gesteckt und auf die Zettel gedruckt.
Auch in der Schule verteilte sie die Einladungen zum
Herbstfest. Sogar Frau Habermehl bekam eine.

„Herbstfest auf dem Pferdehof, soso. Gibt's denn da
auch eine Pferdedisco?", fragte Julia und wedelte mit
dem Papier wie mit einem Fächer.

„Und wie stellst du dir das vor?" Carolin grinste. Auf
eine so dämliche Idee konnte wirklich nur Julia kommen. „Sollen die Pferde vielleicht tanzen? Oder Musik
machen?"

„Na ja, buntes Scheinwerferlicht, cooler Sound.
Glitzernebel, in dem ihr herumgaloppiert in schicken
Kostümen …"

Carolin kicherte. „Träum weiter, Julia!"

„Und du gehörst praktisch zu dem Lindenhain-Team,
das sich auf uns freut?", fragte Heike mit einem bewun-
dernden Unterton in der Stimme.

„Genau", nickte Carolin.

„Toll!" Heike war beeindruckt.

„Und Lina gehört auch dazu!", stellte Carolin klar.

„Aha!", nickte Heike nur.

„Leibliches Wohl hört sich auf jeden Fall schon mal

gut an", meinte dann Tina. „Das bedeutet doch, dass es dort etwas zu essen gibt, oder?"

„Jede Menge", grinste Carolin.

Tina sah sie skeptisch an. „Nur für Pferde oder auch für Menschen?"

„Für Zwei- und Vierbeiner!"

„Dann komm ich!"

„Ruhe bitte! Ihr könnt eure Privatgespräche in der Pause fortsetzen!" Frau Habermehl klopfte auf das Pult und beendete die Diskussionen.

Die restlichen Tage vergingen wie im Flug. Zum Glück blieb das Wetter schön, und der Tag des Herbstfests versprach strahlend und schön zu werden. Überall im Städtchen hingen jetzt flächendeckend die Plakate, und sogar in der Zeitung stand eine kleine Ankündigung auf das Fest. Im Hof hatten sie Holzstände aufgebaut, an denen Würstchen gegrillt wurden, und Buden für Kuchen oder belegte Brötchen, Limo für die Kleinen und für die Erwachsenen Bier und Bowle. Auf dem ganzen Hof standen Tische mit rot-weiß gemusterten Tischdecken und lange Holzbänke. Alle hatten alle Hände voll zu tun. Carolin und Lina waren vor dem Fest zuständig fürs Salatputzen und Kartoffelschälen, und Gunnar hatte bestimmt, dass sie sich während des Festes ums Ponyreiten kümmern sollten. Nick war der Grillmeister und kämpfte schon seit Tagen mit der großen Flasche Propangas, die sich einfach nicht an den Grill anschließen ließ.

Am letzten Abend vor dem Fest konnte Carolin kaum noch den Arm heben vor lauter Kartoffelschälmuskelkater. „Puh, ich kann keine Kartoffeln mehr sehen! Nie wieder Pommes mit oder ohne Ketchup!", ächzte sie, ließ sich in den Sessel fallen, streckte die Arme weit von sich und legte die Füße hoch. „Wenn wir so ein Fest einmal in der Woche hätten, wär ich bald mausetot!"

Ines grinste. „Das ist ja auch das Besondere an Festen, dass sie nicht einmal in der Woche stattfinden."

„Hab ich einen Durst!" Carolin raffte sich auf und schleppte sich in die Küche. Dort stand ein Korb voller frischer Erdbeeren. Die ganze Küche duftete nach den Früchten.

Ines war ihr gefolgt. „Magst du ein paar? Mit Sahne?"

Augenblicklich lief Carolin das Wasser im Mund zusammen. „Mhhmm, lecker!"

Während sie genüsslich ihre Erdbeeren mampfte, kam ihr eine Idee. „Eigentlich sollte so ein besonderer Pferdehoftag auch für die Pferde ein besonderer Tag sein."

Ines, die gerade die Blätter des Gummibaums in der Ecke abstaubte, nickte. „Klar."

Carolin sprang auf. „Genau." Sie lief zurück in die Küche, stellte einen großen Topf Wasser auf den Herd. Dann kippte sie die Erdbeeren hinein und ließ das Wasser kochen.

Nach einer Weile schlich ihr Ines nach. Sie schnüffelte wie Herr Maier, wenn er einem Knochen auf der Spur war. „Was riecht denn hier so seltsam?" Dann fiel ihr Blick auf den Topf mit den Erbeeren. „Um Himmels willen, Carolin!" Ines schlug die Hände über dem Kopf zusammen. „Was machst du denn da? Meine schönen Erdbeeren!"

„Ich koche Limo, für Sternentänzer. Damit er morgen auf dem Fest auch mal was Besonderes hat. Hast du doch selbst gesagt. Immer nur dieses langweilige Wasser!"

„Mann, Carolin! Du und deine dämlichen Pferde! Herr Augsteiner hat morgen Geburtstag, und ich wollte ihn mit einer Erdbeertorte überraschen."

Herr Augsteiner war Ines' Chef. Der Rechtsanwalt, bei dem sie aushalf. Und den sie ausgesprochen nett fand, wie sie immer wieder sagte. Carolin funkelte Ines an. „Sternentänzer ist kein dämliches Pferd!"

„Ich kaufe doch nicht diese superteuren Erdbeeren, nur damit du Limo für dein Pferd kochst. Sag mal, Carolin, geht's noch?"

Langsam wurde Carolin auch sauer. „Woher bitte soll ich das wissen?"

„Soll ich vielleicht ein Schild dranhängen: Nicht für Pferde? Ich dachte bisher immer, Pferde essen Karotten und hartes Brot, aber doch keine Erdbeeren …"

„Essen sie auch nicht, aber trinken sie!"

Irgendwann winkte Ines ab. „Ach komm, mach doch, was du willst." Sie blickte in den Topf, in dem die Erdbeeren fröhlich vor sich hin köchelten. „Ist eh schon zu spät."

„Stimmt", nickte Carolin, zog den Topf vom Herd und drückte die zerkochten Beeren durch ein Sieb.

Ines zog die Augenbrauen zusammen. „Aber, Carolin,

informier mich bitte vorher, wenn die Pferde plötzlich ihre Ernährungsgewohnheiten wieder ändern. Wenn sie plötzlich Braten essen oder Parmaschinken. Oder wenn sie auf einmal Kleider anziehen und Seidenstrumpfhosen."

Carolin grinste. „Keine Sorge, Mam! Ich glaube nicht, dass Sternentänzer in deinen Kostümen gut aussehen würde."

„Da hab ich ja noch mal Glück gehabt", sagte Ines mit dem Anflug eines Lächelns und ging zurück ins Wohnzimmer.

Carolin schüttete die Beerensoße in einen großen Behälter, gab noch einen Liter Wasser dazu und ein wenig Traubenzucker. Dann steckte sie den Finger rein. „Mmmmm", fand sie. „Sehr lecker."

„Sag mal, Carolin", ließ ihre Mutter sich abermals verlauten, „willst du nicht vielleicht mal zur Feier des Tages ein Kleid anziehen? Ich meine, wenn Sternentänzer schon Erdbeerlimo bekommt! Florentine hat gerade eine neue Lieferung aus Frankreich in den Laden bekommen. Richtig süße Mädchenkleider."

Carolin sah ihre Mutter an, als hätte sie von ihr verlangt, fortan nur noch auf den Händen durchs Leben zu marschieren. *Ein Kleid? Ein richtig süßes Mädchenkleid? Mit Rüschen und Spitzen, vielleicht noch in Rosa? Nicht in fünf Millionen Jahren!*

„Nein danke", wehrte Carolin hastig ab.

„Wie wär's außerdem, wenn du mal deine Haare wachsen lassen würdest? Du hast so hübsches, kräftiges Haar. Ist doch schade, dass es nur so kurz ist!"

Und als Nächstes schickt sie mich in den Ballettunter-richt, dachte Carolin empört. Sie stampfte auf den Boden und fuhr sich mit beiden Händen durch die Haare. „Vergiss es! Meine Haare sind super praktisch! Ratzfatz gewaschen, wenn es unter der Reitkappe heiß war und sie verschwitzt sind. Außerdem finde ich lange Haare voll doof!"

Das große Fest

Eine gut gelaunte Moderatorenstimme, gefolgt von einem rhythmischen Aufwach-Song, weckte Carolin. Im Halbschlaf drehte sie die Lautstärke leiser. Die Leuchtziffern zeigten auf 8.25 Uhr. Wie vom Donner gerührt schreckte sie hoch. Es war Samstag, und sie hatte zwar keine Schule, aber das Fest auf Lindenhain begann um elf Uhr – und sie sollte um neun Uhr dort sein. Das hatte sie zumindest versprochen.

Ein paar Minuten später stand Carolin vor dem großen Spiegel im Schlafzimmer ihrer Mutter und probierte inzwischen schon die neunte Jeans an. Das war auch nicht die richtige! Wütend riss sie sich die Hose von den Beinen, um den zehnten Versuch zu starten. Wieder nichts. Eigentlich gab es gar keinen Grund, aufgeregt zu sein, denn es war schon das dritte Herbstfest, das sie auf Lindenhain erlebte. Doch irgendwann hatte sie dieses Jahr die allgemeine hektische Stimmung doch angesteckt. Außerdem hatte sie Ines mit der Kleiderdiskussion gestern schon ein wenig irritiert. Der Verzweiflung nahe, griff sie nach der letzten Hose.

Eine Drehung nach rechts, eine nach links. Auch nicht das Richtige. *Und jetzt? Wieder von vorn?*

Ihr Blick fiel auf den Wecker auf dem Nachttisch ihrer Mutter. Viertel vor neun. Carolin fuhr sich mit allen zehn Fingern durch die Haare. „Was zieh ich denn nur an?", murmelte sie vor sich hin. *Das Orakel soll entscheiden*, beschloss sie dann. Sie schloss die Augen und zog eine Jeans aus dem Hosenberg, den sie neben dem Bett aufgetürmt hatte. *Klasse!* Ausgerechnet die grüne hatte sie erwischt, die sie eigentlich nicht ausstehen konnte. *Egal: reingeschlüpft, ins Bad gestürzt und ein Pfund Gel auf die Haare geschmiert. Ein bisschen Wimperntusche? Nee, oder? Na ja, einen Hauch, schließlich ist ja ein ganz besonderer Tag.* Dann raste sie die Treppe hinunter.

„Ich dachte, du wolltest um neun Uhr auf Lindenhain sein?", fragte Ines, die sich auch gerade fertig machte. Sie hatte einen wichtigen Geschäftstermin. *Zum Glück!* Denn auf der Einladung stand, dass man die Eltern mitbringen durfte, und Ines hatte schon allen Ernstes mit dem Gedanken gespielt, ihre Tochter zu begleiten. *Hätte mir gerade noch gefehlt*, dachte Carolin. „Bin fast schon weg!", rief sie und wollte an ihrer Mutter vorbeiflitzen. Doch sie war nicht schnell genug.

„Dein Frühstück, du hast noch gar nichts gegessen …"

„Keine Zeit!" Das war aber nur die halbe Wahrheit, denn sie wollte sich genug Raum im Bauch lassen für all die leckeren Kuchen und Würstchen und Süßigkeiten auf dem Fest. *Wozu also wertvollen Platz mit Frühstück verschwenden?*

261

Ines warf einen prüfenden Blick auf Carolin. „Die grüne Hose? Ich dachte, die magst du nicht?"

Carolin zuckte mit den Achseln.

„Und … schau mich mal an … was hast du denn mit deinen Augen gemacht?"

„Nichts!", versicherte Carolin und drehte schnell den Kopf weg.

Ines seufzte. „Meine kleine Caro wird wohl langsam eine junge Dame. An den Gedanken muss ich mich erst mal gewöhnen!"

Carolin spürte förmlich, wie ihr Kopf knallrot wurde – bis hoch zu den Ohren. „Ach was!", rief sie und hastete zur Tür raus. Die Sonne schien, und in der Fichte neben der Haustür jubilierte eine Amsel. Es würde ein schöner Tag werden. Das dachte Carolin zumindest.

Auf dem Hof war schon die Hölle los, als sie angeradelt kam. Die Zufahrt war mit bunten Flaggen geschmückt. Der Weg war zugeparkt mit Anhängern und Transportern, mit denen die Pferde, die nicht auf dem Hof lebten, gebracht worden waren. Es gab Kuchenstände, Würstchenbuden, Eisverkäufer und ein paar Händler, die Putzkästen, Halfter und kleine Glücksbringer wie Hufeisen verkauften. Die Sonne brannte vom Himmel und ließ die Fahnen und Sonnenschirme leuchten. Es roch nach Würstchen, Kaffee, Pferden und zerstampftem Rasen. An den Buden drängelten sich kleine, große, dicke und dünne Menschen in Jeans, im Kostüm, in kurzen Röcken und langen Hosen, dazwischen ein paar kläffende Hunde und aufgeregt schnaubende Pferde, die herumgeführt wurden. Irgendwo in der Mitte stand Gunnar und machte wegen des großen Andrangs ein hochzufriedenes Gesicht. Für ihn war das Fest auch eine Art Werbeveranstaltung. Er brauchte dringend wieder ein paar Gastpferde, da die Kosten für den Hof ihm sonst langsam über den Kopf zu wachsen drohten. Wieder einmal. Gunnar war einfach kein knallharter Geschäftsmann.

Herr Maier kam Carolin schwanzwedelnd entgegen, als sie ihr Fahrrad im Ständer parkte. Carolina lief dicht hinter ihm her. Seit ein paar Tagen war sie nun schon auf Lindenhain, und die beiden Hunde schienen sich prima zu verstehen. Herr Maier war wohl froh, in dem Tumult ein Gesicht zu erblicken, das er kannte. „Na ihr!" Carolin bückte sich, um die beiden zu streicheln, dann tippte ihr jemand von hinten auf die Schulter.

„Hallo, Carolin, da bist du ja endlich!"

Es war Lina. Sie sah anders aus als sonst. Sie trug ein hellrotes Kleid und hellrote Schuhe. Ihre wilden Haare hatte sie zurückgesteckt, und ihre grünen Augen mit einem bisschen Kajal geschminkt. Sie war hübsch. Lina sah sehr, sehr hübsch aus.

„He, du bist aber rausgeputzt! Ich hätte dich beinahe nicht erkannt", sagte Carolin und pfiff bewundernd durch die Zähne.

„Ich dich schon", entgegnete Lina trocken.

Als sie gemeinsam über den Hof schlenderten, kam sich Carolin in ihrer grünen Hose neben Lina beinahe ein wenig vor wie Aschenputtel. *Hätte ich bloß das doofe Spiel sein lassen!*, dachte Carolin, aber andererseits kümmerte es sie nicht wirklich, was sie anhatte.

„Da vorne ist Nick!" Carolin winkte ihm zu und lief zu seinem Stand. „Mhm, die riechen schon richtig gut, deine Würstchen", schwärmte sie.

„Sie stehen ganz zu eurer Verfügung", sagte er zu ihr, aber er sah Lina dabei an. Mit einem ganz merkwürdigen Blick. So, wie er sie noch nie angesehen hatte. Carolin fühlte einen kleinen Stich in der Herzgegend. Aber nur einen ganz kleinen, denn Lina hatte ja weder lange, glatte schwarze Haare noch ein Porzellanpuppengesicht.

„Was ist? Hunger? Wollt ihr ein paar?", fragte Nick.

„Geht nicht! Komm, Lina, wir müssen uns doch um unsere kleinen Gäste kümmern."

„Und die Würstchen?", fragte Nick und sah wieder nur Lina an.

„Später!", knurrte Carolin, die allmählich etwas ungehalten wurde. Sie spürte eine Vertrautheit zwischen den beiden, obwohl sie sich erst seit Kurzem kannten. *Nick ist mein Kumpel*, dachte Carolin. *Lina muss sich da schon hinten anstellen …*

„Caro, hallo!" Luisas Stimme schreckte sie aus ihren Gedanken auf. Sie hatte die Clique aus der Schule im Schlepptau: Heike, Tina, Julia und Annette waren auch dabei.

„Das ist also der Reiterhof, auf dem du dein Leben verschwendest, statt mit uns sinnvolle Dinge zu tun", bemerkte Julia. Sie hatte sich rausgeputzt wie zu einer

Modenschau: enger Rock, Rüschenbluse mit Carmen-Ausschnitt, goldener Gürtel und Schuhe mit hohen Absätzen. Sie sah irgendwie total daneben aus. Lina, die neben Carolin stand, würdigte sie keines Blickes.

„Genau. Das also ist Lindenhain", nickte Carolin mit glänzenden Augen. Sie war so guter Laune heute, dass sie nicht einmal Julias Sticheleien nerven konnten.

„Und wo ist nun dein supertolles Pferd?", fragte Julia weiter.

„Sternentänzer?"

„Wie auch immer es heißt."

„Auf der Weide. Der Trubel wäre ein bisschen zu viel für ihn."

„Und kann man das Wundertier denn auch mal angucken?", bohrte Julia neugierig weiter.

Carolin sah Julia an und kicherte. „Und wie bitte willst du in deinem engen Rock über den Koppelzaun klettern?"

Julia zog eine Augenbraue hoch. „Das geht schon klar."

„Und dann müssen wir über die Weide stiefeln, und die ist voll mit Pferdeäpfeln ...", grinste Carolin.

„Na ja, meine schönen Stöckelschuhe will ich mir natürlich nicht ruinieren ...", brummte Julia und hakte sich bei Carolin unter. „Dann führ uns doch ein bisschen auf dem Hof herum!"

Carolin befreite sich aus ihrem Griff. „Sorry, Julia. Wir müssen uns zuerst um die Kinder kümmern, die Ponyreiten möchten. Ihr könnt euch ja inzwischen die Cowboy-Show ansehen!"

Das Showprogramm auf dem großen Platz hatte schon begonnen. Aus riesigen Lautsprechern dröhnte Countrymusik. Im Moment trat gerade eine Gruppe Reiter auf, die wie Cowboys im Wilden Westen gekleidet waren. Sie galoppierten in engen Windungen um alte Holzfässer und sprangen nacheinander über brennende Hindernisse. Dabei zogen sie ihre Pistolen, taten so, als würden sie schießen, und ließen sich vom Pferd fallen.

Carolin und Lina liefen hinüber zur Ponywiese. Dort standen schon Tinka, ein braunes, Jessy, ein geschecktes, Lilli, ein schwarzes Pony, und die dicke Sophia bereit. Die Ponys waren bereits umringt von kleinen Bewunderern, alle mit strahlenden Augen und Aufregung im Blick. Die mutigsten streichelten sie, doch sobald die Ponys den Kopf bewegten, war es aus mit dem Mut. Sie wichen erschrocken einen Schritt zurück und klammerten sich an Mutters Rockzipfel.

„Los geht's", rief Carolin den Kindern zu. „Wer macht den Anfang? Wer traut sich? Und keine Sorge, unsere Ponys sind alle superlieb!"

„Ich war als Erste da!", behauptete ein etwa fünfjähriges Mädchen und streckte Carolin die Arme entgegen.

Carolin hob das Mädchen auf Tinka und erklärte ihm, wie es sich am Sattel festhalten sollte. Dann nahm sie die Zügel und führte das Mädchen auf dem Hof herum. Das kleine Mädchen quietschte vor Vergnügen. Die nächste Reiterin war etwa so alt wie Carolin und kugelrund. Ihre Beine schleiften beinahe am Boden, und das Pony ächzte unter der schweren Last. Carolin konnte gar nicht hinsehen und war froh, als die Runde vorbei war. Zwischendurch musste sie immer mal wieder ein ernstes Wörtchen mit der dicken Sophia reden, die jede freie Minute nutzte, um sich weiter vollzufressen.

Der Nächste war ein kleiner, zarter Junge, bleich wie sein Rollkragenpullover, der schon beim Anblick des Ponys angstvoll die Augen aufriss und nach der Mama schrie. Doch die kannte kein Erbarmen. „Du wolltest unbedingt reiten, jetzt bleibst du auch sitzen."

„Mama!!! Nein!!!", brüllte er, und das ganze Kind schien nur noch aus einem angstvoll weit aufgerissenen Mund zu bestehen.

Aber Mama war gnadenlos. „Nein, jetzt tust du's auch! Dauernd hast du rumgequengelt!"

Carolin sah ihnen eine Weile zu, dann mischte sie sich ein. „Sie sollten den Kleinen nicht zwingen, wenn er nicht mag, sonst hat er später Angst vor Pferden!"

Die Mutter funkelte sie böse an. „Lass das mal meine Sorge sein und tu lieber deinen Job!"

Also führte Carolin das vor Angst wimmernde Kind auf dem Pony durch den Hof.

So ging es stundenlang weiter. Die Schlange der Kinder, die reiten wollten, wurde einfach nicht kürzer. Die Mädchen hatten nicht eine Sekunde Zeit, sich etwas zu essen oder zu trinken zu holen.

„Puh!", stöhnte Carolin, als sie endlich das letzte Kind aus dem Sattel gehievt hatte. „Ich sterbe vor Durst."

„Ich auch", ächzte Lina, die Carolin geholfen hatte, und strich sich mit dem Arm den Schweiß von der Stirn.

Der Diebstahl

„Hallo, hier sind wir!" Luisa winkte ihnen zu. Sie saß mit Julia, Heike, Tina und Annette an einem der Biertische.

„Na endlich! Wir wollten gerade gehen. Es wird allmählich ein bisschen langweilig", knurrte Julia.

Carolin setzte sich zu den Mädchen an den Tisch. Sie hatten sich mit Krügen voller Waldmeisterbrause und Himbeerkuchen eingedeckt. Tina hatte sich dazu noch eine Portion Würstchen geholt. Lina stand ein wenig unentschlossen daneben. „Setz dich, Lina!" Carolin klopfte auf den Platz neben sich. Dann sah sie die anderen an. „Ihr habt doch nichts dagegen?"

Stummes Kopfschütteln. Kurzes Schweigen.

„Toll ist es hier", sagte Heike dann, die zum ersten Mal auf Lindenhain war.

„Find ich auch", nickte Luisa und saugte an ihrem Strohhalm.

„Ein bisschen schmuddelig, und es riecht streng", stellte Julia fest. Sie zwinkerte Carolin zu. „Aber sonst ganz nett!"

„Find ich auch", warf Annette ein, die wie immer an Julias Lippen klebte. Carolin mochte Annette nicht besonders. Sie war ihr zu schleimig.

„Da hinten, in dem Stall, da gibt's doch bestimmt jede Menge Tiere", spekulierte Julia dann.

„Tiere? Na klar, im Stall stehen die Pferde", erklärte Carolin.

„Nicht Pferde, ich meine …" Julia beugte sich verschwörerisch über den Tisch. „Ich meine Ratten!"

Carolin kicherte. „Klar, riesige Ratten. So groß wie … wie Stühle!"

„Ihhhh!" Julia schüttelte sich.

„Die Würstchen jedenfalls sind total lecker!", knusperte Tina.

Lina stand auf. „Ich hol uns mal was zu essen", sagte sie und schlenderte zu Nicks Stand. Sie fühlte sich ziemlich unwohl, das hatte Carolin sofort bemerkt. Und kaum war sie auch nur ein paar Meter weg, fingen die anderen schon an, über sie herzuziehen.

„Warum hängst du eigentlich neuerdings dauernd mit der komischen Tante rum?", fragte Julia sogleich neugierig.

„Sie ist nett", entgegnete Carolin kurz angebunden.

„Und sie steht auf Pferde, wie du" war Luisas Erklärung und gleichzeitig auch ein kleiner Trost für sie, denn seit Lina aufgetaucht war, hatte Carolin gar keine Zeit mehr für Luisa.

„Stimmt", nickte Carolin.

„Ich find sie ziemlich merkwürdig", meinte Heike und sah zu Lina, die an Nicks Würstchenstand in einer

Schlange wartete. Sie war deutlich zu erkennen an ihrem roten Kleid.

„Ihr solltet nicht immer alles nach dem Äußeren beurteilen", meinte Carolin.

„Ach nee", kicherte Julia. „Haben Sie Probleme? Fragen Sie Frau Dr. Carolin …"

„Ich hab nix gegen Lina", behauptete Tina und kaute an einem Brötchen.

„Ja, ja", feixte Heike. „Und wenn sie dir noch ein Würstchen mitbringen würde, würdest du sie sogar in dein Nachtgebet mit einschließen …"

„Kommt ganz auf das Würstchen an", grinste Tina.

„Ach du", seufzte Julia. „Deine Probleme möchte ich haben …"

Tina beugte sich über den Tisch zu Julia. „Als ob du größere hättest …"

Julia grinste. „Weißt du was? Nach dieser Pferdefete lade ich euch alle noch zu einem Eis ein, ist das ein Angebot?"

Tina strahlte über ihr ganzes dickbackiges Gesicht. „Und ob!"

„Hier." Lina stellte Carolin einen Pappteller mit Würstchen hin.

„Lecker, danke!", sagte Carolin, tauchte das Würstchen tief in den Senf, bis es aussah, als habe es eine gelbe Mütze, und biss dann genüsslich hinein.

Und dann entdeckte Julia Nick. Er schlenderte an ihrem Tisch vorbei und gab Carolin einen liebevollen Klaps auf die Schulter.

Julias Augen weiteten sich. Nach shoppen und Soaps

angucken waren Jungs ihre nächstgroße Leidenschaft. „Der ist aber süß."

„Wer? Nick?", wunderte sich Carolin mit vollem Mund. „Süß?"

„Nick heißt er also", stellte Julia fest. „Ich glaube, ich sollte mir doch mal überlegen, einen Reiterhof zu besuchen."

Carolin sah Nick nach. Er war für sie ein Kumpel, ein Freund, so was wie ein Pferd eigentlich. Es überraschte sie völlig, dass ihn jemand süß finden konnte. Gut, er war supernett, sah prima aus, aber sonst … Obwohl, sie erinnerte sich an diesen einen Moment vorhin, als er Lina in ihrem roten Kleid so angesehen hatte, wie er sie selbst noch nie angesehen hatte. Und sie erinnerte sich an den kleinen, merkwürdigen Stich in ihrem Herzen, den sie gespürt hatte. Aber da war ja noch das Porzellangesicht …

„Sagt mal …", begann Julia, die schon die ganze Zeit in ihrer großen Tasche herumgekramt hatte, „hat eine von euch zufällig meinen Geldbeutel gesehen?" Sie ließ von der Tasche ab und schaute unter dem Tisch nach. „So ein großes Teil, schwarzes Leder mit goldener Schnalle?"

„Ich nicht", sagte Carolin und versenkte den nächsten Bissen Würstchen im Senf.

„Vielleicht hast du ihn gar nicht eingesteckt?", vermutete Tina, ohne ihren begehrlichen Blick von Carolins Pappteller zu lassen.

Julia kramte durch ihre Jackentaschen. „Ich hatte ihn

271

dabei, so viel ist sicher. Vor der Pferdefete hab ich mir doch noch dieses heiße T-Shirt bei ‚Chez Florentine‘ gekauft.“

„Vielleicht hast du ihn im Laden liegen lassen“, vermutete Annette.

„Ich bin sicher, dass ich ihn eingesteckt habe.“ Sie hörte auf zu kramen und blickte fassungslos in die Runde. „Mein Geldbeutel ist weg! Mit den Kreditkarten von meiner Mutter! Das ist eine Katastrophe!“, kreischte sie und zeigte erste Anzeichen von Hysterie. „Das ist eine Riesenkatastrophe!“

„Jetzt beruhig dich doch erst mal“, versuchte Carolin zu beschwichtigen und schob den Teller mit dem angebissenen Würstchen weg. „Wo könntest du ihn denn verloren haben?“

„Verloren?“ Julia blitzte sie wütend an. „Gestohlen. Hier auf diesem Ponyhof. Irgendjemand hier auf diesem doofen Ponyhof hat meinen Geldbeutel geklaut!“

Carolin bemühte sich, ruhig zu bleiben. „Erstens ist das hier kein Pony-, sondern ein Pferdehof, und zweitens gibt’s hier keine Diebe.“

„Ach ja?“, fauchte Julia und warf einen schnellen Blick auf Lina, die die Diskussion etwas verschüchtert am Tischende verfolgt hatte.

Julia stand auf. „Ich jedenfalls hab keine Lust mehr! Ich gehe zur Polizei und werde Anzeige erstatten.“ Sie sah auf. „Wer kommt mit?“ Annette schrie als Erste „Hier!“, dann erhoben sich auch Heike, Luisa und Tina. Tina nicht ohne einen skeptischen Seitenblick auf Julia. „Ich hoffe, du hast noch genügend Kohle für ein Eis!“

„Tschüss, Caro." Im Gänsemarsch trotteten die fünf Mädels davon. Zurückblieben Lina und Carolin, die noch beim Aufräumen helfen mussten.

Lina stapelte die Pappbecher, die auf dem Holztisch herumlagen. Carolin half ihr. Niemand sprach ein Wort, aber beide dachten das Gleiche.

Es war acht Uhr, als Caro zu Hause eintrudelte. Ines saß im Wohnzimmer über einem Aktenordner. „Hi, Mam!"

„Hallo, Schatz, war's schön?"

„Ja, doch, super …", entgegnete Carolin und hoffte, ihre Mutter würde nicht weiter nachfragen.

Aber Ines war offenbar mit ihren Gedanken ohnehin woanders. „Du, Carolin, dein Vater hat vorhin angerufen, er möchte mit dir essen gehen …" Ihre Stimme klang irgendwie ernst.

„Wie?", fragte Carolin. „Heute noch?"

„Ja, gegen halb neun holt er dich ab."

„Ach Mam, ich bin pappsatt. Mein Bauch ist voll mit Würstchen, da passt nichts mehr rein. Außerdem bin ich müde. Es war echt ein anstrengender Tag!"

Ines wedelte mit ihrem Kugelschreiber. „Nicht einmal mehr Platz für eine Pizza?"

„Kommt Rosanna mit?"

„Nein."

Pizza? Ohne Rosanna? „Na ja, wenn das so ist. Für eine Pizza findet sich natürlich immer noch ein kleines Plätzchen", grinste Carolin.

Ines lächelte zwar, doch Carolin entging nicht der tieftraurige Ausdruck in ihren Augen. Und sie meinte sogar, eine kleine Träne entdecken zu können.

Carolin legte von hinten die Arme um sie. „Mam? Du guckst so traurig? Ist was mit dir?"

„Ach was, gar nichts", behauptete Ines, obwohl sogar ihre Stimme zitterte.

„Du willst es mir nicht sagen!"

„Du irrst dich! Und überhaupt solltest du dich vielleicht noch ein wenig frisch machen, bevor dein Vater kommt." Sie rümpfte die Nase. „Man riecht nämlich noch meilenweit, wo du warst."

„Du redest ja schon wie die doofe Rosanna!", murrte Carolin auf dem Weg in ihr Zimmer, ohne sich umzudrehen. So konnte sie auch nicht die Tränen sehen, die jetzt aus den Augen ihrer Mutter flossen.

Rosanna war die Ex-Sekretärin und heutige Lebensgefährtin ihres Vaters Paul Baumgarten. Typ Tussi mit roter Wallemähne. Vor gut zwei Jahren hatte er wegen Rosanna Carolin und ihre Mutter verlassen und war mit Sack und Pack ausgezogen. Ihre Mutter hatte des Öfteren mal einen Anlauf gemacht, mit einem anderen Mann auszugehen, doch seit Thomas, einem Kollegen, der sie schmählich betrogen hatte, stand sie mit Männern auf Kriegsfuß. Carolin mochte Rosanna überhaupt nicht und war immer froh darüber, wenn sie ihren Vater allein treffen konnte.

In der Pizzeria wählten sie einen kleinen Tisch ganz nahe am Backofen. Carolin schaute immer gerne zu, wenn der Pizzabäcker den frischen Teig mit einer raschen Drehbewegung hochwirbelte und wieder auffing. Das machte er dann ein paar Mal hintereinander, bis der Fladen ganz dünn war und tellergroß. Sie nahm sich jedes Mal wieder vor, es auch einmal auszuprobieren, doch wahrscheinlich würde der Teig dann an der Zimmerdecke kleben bleiben.

„Na, wie geht's dir denn so?", fragte ihr Vater.

„Prima", entgegnete Carolin und wollte ihm gleich von dem Fest auf Lindenhain erzählen, doch sie merkte schnell, dass ihr Vater mit seinen Gedanken woanders war. „... und dann haben wir ein Schweinewettrennen veranstaltet. Aber es waren keine normalen Schweine, es waren Turmschweine, die so heißen, weil sie hoch sind wie Kirchtürme ..."

„Aha", nickte ihr Vater. „Das war bestimmt spannend. Und wer hat gewonnen?"

Carolin prustete los und wedelte mit der Hand vor seinem Gesicht. „Hallo, Paps. Ich wollte dich nur testen. Es gibt doch gar keine Turmschweine!"

„Ja, ach ja, klar. Stimmt!" Er wirkte sehr zerstreut, dann holte er tief Luft. „Ich muss dir was sagen", begann er mit bedeutungsschwangerem Blick, nachdem sie bestellt hatten. Eine Pizza Margherita für Carolin und eine „Pizza Ekel" für ihren Vater. Pizza Ekel hatte Carolin die Pizza getauft, die ihr Vater am liebsten mochte: mit Kapern, Sardellen und Artischocken. Nicht mal für einen Monat lang täglich zwei Eiskugeln würde Carolin die Pizza Ekel auch nur probieren.

„Was denn?"

„Siehst du", begann er zögerlich. „Rosanna und ich …"

Der Kellner unterbrach ihn, denn er brachte schon die Pizza.

„Mhhhm!" Carolin schnüffelte genüsslich über ihre Pizza, die lecker nach warmem Teig duftete.

Ihr Vater nahm einen großen Schluck Rotwein aus seinem Glas. „Also, Rosanna und ich …"

Carolin säbelte sich ein großes Stück Pizza ab und zog es weit in die Luft, bis die Mozzarellafäden rissen. Sie fand es unfair, die Fäden einfach mit dem Messer zu durchtrennen. „Jetzt sag schon."

Ihr Vater nahm gleich noch einen zweiten Schluck. „Jetzt iss erst mal, sonst wird's kalt."

Carolin wickelte die Mozzarellafäden um das Pizzastück auf ihrer Gabel, bis sie es völlig verschnürt hatte. „Paps", sagte sie dabei, „ich kann beides. Essen und zuhören."

„Tja, na gut, also!" Er holte tief Luft. „Rosanna und ich, wir bekommen ein Kind. Möglicherweise."

Carolin bekam einen Hustenanfall. Gerade noch rechtzeitig schaffte sie es, die Hand auf den Mund zu halten, sonst hätte sie ihr Pizzastück wohl bis zum Pizzabäcker zurückgeschickt.

„Ein Kind? Ein Baby?" Sie konnte es nicht fassen.

„Ein Kind", nickte ihr Vater dann und nahm den nächsten Schluck Wein.

„Aber du hast doch schon ein Kind", sagte Carolin ganz leise. „Du hast doch schon mich! Ich bin doch dein Kind!"

276

„Schatz." Er packte ihre Hand – die ohne die Gabel – und drückte sie ganz fest. „Natürlich hab ich dich, und das wird auch immer so bleiben. Du wirst immer mein Kind sein. Aber so, wie es aussieht, werde ich wohl noch mal Vater."

Langsam zog Caro ihre Hand unter seiner weg und schob ihren Teller zur Seite. Auf einmal hatte sie keine Lust mehr auf Pizza Margherita. Ihr Paps wurde wieder Vater. Von einem anderen Kind. So was gab's vielleicht im Fernsehen, in schrecklich doofen Filmen, aber nicht im wirklichen Leben. Nicht im Leben von Carolin Baumgarten.

Ihr Vater senkte den Kopf. „Ich weiß, dass das nicht ganz einfach für dich ist."

Nicht einfach? Carolin hatte das Gefühl, als würde ein vollbeladener Laster geradewegs auf sie zurasen.

„Weiß Mam das schon?", fragte sie dann mit dünner Stimme.

Ihr Vater griff wieder zum Glas. Er nickte. „Ich hab es ihr schon gesagt. Ines hat damit kein Problem."

Na toll! Alle wissen es schon, nur ich nicht. Und keiner hat damit ein Problem. Ich schon, dachte Carolin. *Ich hab damit ein Problem!* Sie sah ihn finster an, wie er mit zitternden Fingern an seinem Glas herumspielte. *Dieser Mann ist für mich gestorben*, beschloss sie. *Ab heute hab ich keinen Paps mehr. Mein Paps schafft sich ja schließlich auch ein neues Kind an!*

Rosannas Baby in Gefahr?

In dieser Nacht schlief Carolin schlecht. Sie wälzte sich hin und her, zog die Decke bis zur Nasenspitze hoch und strampelte sie wieder weg. Sie sah überall kleine, schreiende Babys, Frauen mit langen Haaren und dicken Bäuchen, die alle aussahen wie Rosanna. Sie liefen durcheinander und riefen um Hilfe. Schweißgebadet wachte sie irgendwann auf. Sie ächzte und hatte das Gefühl, als würde sie ersticken. Mit einem Ruck setzte sie sich auf. „Ganz ruhig, Caro, du hast schlecht geträumt, geht gleich vorbei." Sie zählte bis zehn. Dann blickte sie sich in ihrem Zimmer um, als würde sie es zum ersten Mal sehen. Sie konzentrierte sich auf ihren Schrank, ihren Schreibtisch, ihre Pferdeposter an der Wand und wartete darauf, dass die Erinnerung an den Albtraum verblassen würde. So war es sonst auch immer, wenn sie schlecht geträumt hatte. Als sie noch kleiner gewesen war, hatte sie sich immer zu ihrer Mutter ins Bett gekuschelt. Doch jetzt, da sie doch schon fast erwachsen war, brachte sie das normalerweise schon selbst auf die Reihe. Außerdem schlief

Ines mit einer rosa Schlafmaske über den Augen und Wattestöpseln in den Ohren und sah selbst aus wie ein Gespenst. Carolin atmete tief durch. Immer wieder ein und aus, doch die Bilder in ihrem Kopf verschwanden nicht, ja verblassten nicht einmal. Der Albtraum in ihrem Kopf blieb lebendig, und sie verstand nicht, warum das so war. Sie versuchte sich einzureden, dass das nichts zu bedeuten hatte.

Ich muss raus, dachte sie, als alles nichts half. Rasch zog sie sich an, schlich aus dem Haus und radelte zum Reitstall. Selbst der Fahrtwind schaffte es nicht, die Bilder in ihrem Kopf zu verdrängen.

Sternentänzer empfing sie mit einem kleinen fröhlichen Wiehern, als wolle er sagen: „He, schön, dass du vorbeikommst. Für nächtliche Ausritte bin ich immer zu haben!"

Carolin legte ihre Wange an sein warmes, weiches Fell, spürte seinen gleichmäßigen Herzschlag und fühlte sich gleich viel besser. Als sie ihm den Sattel auflegte, tänzelte er aufgeregt von einem Fuß auf den anderen und stupste sie mit seiner weichen Nase immer wieder an. Er drängelte sie regelrecht, sofort mit ihm auf Tour zu gehen.

Es war eine laue Nacht, und es war herrlich, über die Felder und Wiesen zu galoppieren. Carolin fühlte, wie ihr Kopf frei wurde und sie sich gleich besser fühlte. *Soll er doch sein neues Kind kriegen, ich hab ja Sternentänzer. Ich brauche Paps nicht. Soll er doch bei seiner neuen Familie bleiben!,* dachte sie. *Wenn ich nur wüsste, ob es ein Mädchen oder ein Junge wird.*

Im gleichen Moment ging ein Ruck durch den Körper des Pferdes. Es setzte sich in Bewegung und galoppierte davon. Schnell wie der Wind. Carolin klammerte sich fest, fühlte sich schwindelig, und ihr Kopf schien sich zu drehen. Sie fühlte sich merkwürdig, wie in einem Kettenkarussell.

Sternentänzer lief schneller und schneller und Carolin sah Bilder in ihrem Kopf. *Rosanna in einem engen roten Kleid auf einer hohen Treppe in einem wunderschönen Saal, wie in der Oper, mit ganz hohen Schuhen. Ihr Vater neben ihr. Strahlend, lachend, glücklich. Auf einmal, der Schuh. Rosanna knickt um und fällt die ganze lange Treppe hinunter. Unten an der letzten Stufe bleibt sie liegen. Viel Blut. Sie hält sich den Bauch und schreit: „Mein Baby, mein Baby!!!"*

Wie in einem Rausch schoss eine Bilderflut in schneller Reihenfolge durch Carolins Kopf. Schnell, konturenlos, wie durch einen Weichzeichner gefiltert. Dann wurde Sternentänzer plötzlich langsamer. Er keuchte und lief schwerfälliger. Als Carolin die Zügel enger fasste, verlangsamte er gehorsam zum Trab und dann zum Schritt. Sie hatte Gänsehaut und kalte Schauer liefen ihren Rücken hinunter. Sie blickte zum Himmel. Da schaute der Mond zwischen den Bäumen hervor, prall und kugelrund. Sie hatte gar nicht bemerkt, dass heute eine Vollmondnacht war. Sie zitterte am ganzen Körper. Der schreckliche Anblick von Rosanna ging ihr nicht mehr aus dem Kopf.

Ich muss Paps warnen, dachte sie und jagte mit Sternentänzer zurück auf den Reiterhof. *Ich muss!!!*

Der Gedanke, dass ihr Vater ein neues Kind bekommen sollte, schmerzte zwar, aber sie wollte auf keinen Fall, dass so etwas Schreckliches passieren würde. *Und wenn sich Sternentänzer geirrt hat?*, dachte sie, als sie mit dem Rad, so schnell sie konnte, nach Hause fuhr. *Ausgeschlossen,* überlegte sie dann. *Sternentänzer hat sich noch nie geirrt. Aber wer weiß?! Auch die letzte Prophezeiung ist ja noch nicht eingetreten.* Nick lief immer noch solo über den Hof. Und weit und breit war keine Porzellanpuppe mit schwarzen Haaren in Sicht. *Diesmal hab ich dir ja schließlich auch gar keine klare Frage gestellt. Eigentlich weiß ich total wenig über dich, Sternentänzer,* dachte Carolin. *Wer bist du? Woher kommst du? Wo warst du, bevor du in die Fänge dieses ekligen Frank Stone geraten bist? Wo hat er dich gefunden? Oder von wem gekauft? Hat er dich gestohlen? Wer sind deine Eltern? Ich sollte zu ihm ins Gefängnis gehen und ihn fragen. Oder besser nicht, schließlich ist er ja wegen mir hinter Gittern gelandet, da ist er bestimmt nicht besonders gut auf mich zu sprechen.* Es war vier Uhr, als sie wieder in ihrem Zimmer war. Zu früh zum Aufstehen und zu spät zum Schlafen. Nervös tigerte sie auf und ab. Sie musste ihren Vater anrufen, ihn treffen und warnen. Am besten sofort! Zum Glück war Sonntag, und sie hatte keine Schule.

Als es endlich sieben Uhr war, fuhr sie zur Telefonzelle am Ende ihrer Straße. Sie wollte nicht, dass Ines etwas von dem Gespräch mitbekam.

„Hallo, Paps!"

„Ja, äh, hallo?", murmelte eine verschlafene Stimme.

„Ich bin's, Paps, Caro!"

„Oh, ja, hallo, Carolin. Was ist denn? Ist was passiert? Mit dir oder mit deiner Mutter? Hatte jemand einen Unfall? Gab es einen Todesfall? Ich meine, es ist … Sonntag … es ist sieben Uhr …"

„Ich muss mit dir sprechen, Paps. Unbedingt, es ist wichtig!"

„Wie, äh, aber nicht jetzt gleich, oder? Außerdem haben wir uns doch erst gestern Abend gesehen, ich meine …"

„Es ist sehr, sehr wichtig!"

„Äh, na gut, dann lass uns doch zusammen frühstücken. Um zehn im Bistro Salamander?"

„Ja, gut, bis dann."

Ein Stein fiel Carolin vom Herzen, als sie den Hörer auflegte.

Ines schlief noch tief und fest, als sie wieder nach Hause kam. Carolin machte sich einen heißen Kakao und kuschelte sich damit aufs Wohnzimmersofa. Es versprach ein supersonniger Tag zu werden. *Was sag ich ihm denn nur?,* dachte sie und pustete in den dampfenden Kakao. *Paps, mein Sternentänzer ist ein besonderes Pferd, es kann in die Zukunft sehen, und es hat mir gezeigt, dass etwas Schreckliches mit Rosanna und dem Baby passieren wird.* Carolin schüttelte den Kopf. *Geht nicht. Paps würde denken, ich dreh jetzt völlig am Rad. Aber wie dann?*

Es war kurz vor zehn, und ihr Vater war schon da. Er hockte etwas zusammengesunken an einem kleinen, runden Tisch in der Ecke, nippte an seinem Espresso und winkte ihr zu, als sie durch die Tür kam. „Hallo, Carolin, setz dich! Ich hab dir schon mal das kleine Frühstück mit Schokocreme und Erdnussbutter bestellt. Das magst du doch noch, oder?"

„Klar", nickte Carolin.

„Hör mal, Kleines", begann er dann gleich, ohne Carolin zu Wort kommen zu lassen. „Ich kann mir schon denken, was dich bedrückt. Die Situation ist für uns alle nicht ganz einfach." Er nahm ihre Hand. „Du bist meine Tochter, und ich hab dich sehr, sehr lieb. Daran wird sich nichts ändern. Niemals."

„Paps!", unterbrach sie ihn.

Doch er redete weiter. „Wir werden uns weiter genauso sehen wie bisher. Wenn du mich brauchst, bin ich immer für dich da. Jederzeit!"

„Paps!"

„Und Ines wird auch damit zurechtkommen, du wirst sehen."

„Paps!"

Zum Glück kam gerade der Kellner und brachte das Tablett mit dem Frühstück.

„Darum geht es gar nicht!"

Paul sah sie verwundert an. „Wie? Worum denn dann?"

„Um … um … gar nichts … Ich … ich wollte nur ein bisschen mit dir plaudern, einfach so … ohne Grund."

Ihr Vater sah sie an, als hätte sie ihm eben offenbart, dass sie auf Weltreise gehen wollte. „Aha, na dann … lassen wir uns doch mal das Frühstück schmecken."

Carolin schnitt ein Brötchen auf, bepflasterte eine Hälfte mit Schokocreme, die andere mit Erdnussbutter und Erdbeermarmelade. „Sag mal, geht ihr eigentlich noch oft aus, du und Rosanna?", fragte sie dann so beiläufig wie möglich.

„Wir? Ausgehen?" Ihr Vater sah sie verdutzt an. „Tja", sagte er dann. „Ab und zu ins Kino, oder wir gehen zum Essen, ins Theater oder in die Oper."

„Habt ihr in der nächsten Zeit was geplant? Ich meine einen Opernbesuch oder so?"

„Nein, im Moment ist Pause. Das Opernhaus wird gerade renoviert …"

„Echt?", fragte Carolin wie elektrisiert. „Und wie lange noch?"

„Keine Ahnung. Ein Jahr vielleicht oder zwei."

„Dann könnt ihr ja in der nächsten Zeit gar nicht in die Oper gehen." Carolin atmete auf. In einem Jahr konnte Rosanna nicht mehr schwanger sein, also auch kein Baby verlieren. *Vielleicht hat sich Sternentänzer ja doch getäuscht?!*

Ihr Vater sagte aber nichts und rührte nur in seinem Earl-Grey-Tee herum. „Warum fragst du? Möchtest du gerne mit uns in die Oper gehen? Das würde mich sehr freuen, Carolin! Das lässt sich schon arrangieren!"

Um Himmels willen, dachte Carolin und überlegte fieberhaft. Leider kam nicht viel Brauchbares dabei heraus. „Rot ist doch eine schöne Farbe, würde bestimmt

Rosanna gut stehen. Ein rotes Kleid, zum Beispiel, was meinst du? Hat sie ein rotes Kleid?"

Jetzt sah er sie an, als wäre er besorgt um ihren Geisteszustand. „Ähm, tja, also Rosanna hasst Rot und würde niemals ein rotes Kleid anziehen. Wegen ihrer roten Haare. Das beißt sich, findet sie. Aber, Carolin, sag mal, geht's dir gut? Hast du irgendwelche Probleme?"

„Nee, alles klar." Carolin biss in ihr Erdnussbutterbrötchen. Es schien, als habe sich Sternentänzer tatsächlich geirrt. *Vielleicht lassen seine Zauberkräfte ja mit der Zeit nach? Vielleicht kann er ja auch nur eine beschränkte Anzahl von Vorhersagen machen?* Aber das ungute Gefühl in ihrem Bauch blieb den ganzen restlichen Tag über.

Schlechte Nachrichten

Es gibt Tage, da läuft alles wie geschmiert. Richtige Sonnentage, an denen das Leben so einfach ist, als wär's ein Spiel. An anderen wieder ist alles zäh und schwierig. Heute sollte einer dieser zähen und schwierigen Tage werden. Als sich Carolin am Montag zum Frühstück nach unten schleppte, war Ines schon weg. Sie hatte lange unter der Dusche gestanden, und in der Hoffnung, sie würde wach werden und könnte die kleinen Biester in ihrem Kopf vertreiben, das Wasser so kalt wie möglich eingestellt. Ein gelber Zettel klebte am Glas mit der Schokocreme. „Guten Morgen, Schatz, habe einen frühen Termin heute, komme am Abend erst später. In der Tiefkühltruhe ist eine Pizza, schönen Tag."

Mit einem gereizten Seufzer öffnete Carolin das Glas und nahm einen dicken Löffel voll Schokocreme heraus. Viel mehr Zeit blieb nicht. Sie war so geistesabwesend, dass sie das Glas nicht auf, sondern neben den Tischrand stellte. Mit einem lauten Knall fiel es auf den Boden. „Verdammter Mist!", knurrte Carolin und ärgerte sich über sich selbst. Sie wollte ein paar Küchentücher abreißen, aber natürlich riss sie gleich die ganze Rolle zu Boden. Auf den allerletzten Drücker huschte sie dann ins Klassenzimmer. Sie war heilfroh, als endlich die Pause vorbei war, denn die letzten zwei Stunden hatten sie Sport. Zirkeltraining, und da konnte sie sich so richtig austoben. Natürlich war sie an einem „Glückstag" wie heute als Letzte an der Reihe, und während sich die anderen schon wieder umzogen, musste sie noch die letzten Übungen machen. So kam sie erst in die Umkleide, als dort schon helle Aufregung herrschte. Alle schrien aufgeregt durcheinander. „Was ist denn hier los?", wunderte sich Carolin.

„Heikes Uhr ist weg", erklärte Luisa.

Carolin zog ihre Turnschuhe aus. „Wie? Weg?"

„Weg, fort, hat sich in Luft aufgelöst", kreischte die völlig aufgelöste Heike. „Die war richtig teuer. Ein Geschenk von meinem Vater zum Geburtstag!"

„Vielleicht hattest du sie ja gar nicht an", vermutete Carolin und beschäftigte sich weiter mit ihren Turnschuhen.

„Doch, hatte sie", widersprach Luisa. „Ich hab's gesehen."

„Dann liegt sie hier vielleicht irgendwo unter den Klamotten." Carolin zog sich ihr T-Shirt über den Kopf. Sie hatte wahrhaft andere Sorgen im Moment.

„Wir haben schon alles durchsucht", erklärte Tina, die nicht mitgeturnt hatte und sich daher auch nicht umziehen musste.

„Erst mein Geldbeutel, jetzt Heikes Uhr", sagte Julia. „Ich glaube fast, dass es einen Dieb unter uns gibt."

„Lasst uns keine voreiligen Schlüsse ziehen", wiegelte Carolin ab. „Nur weil was verschwunden ist, bedeutet das noch lange nicht, dass es gestohlen wurde!"

In diesem Moment stieß Franziska am anderen Ende der Umkleide einen spitzen Schrei aus. „Falls das ein Witz sein sollte, finde ich es nicht besonders komisch! Mein Bettelarmband ist weg. Ich hab es zum Turnen ausgezogen und in die Seitentasche meiner Jacke gesteckt!"

Allmählich wurde es unheimlich. Instinktiv fasste Carolin an ihren Hals und zuckte zusammen. Das Medaillon mit Sternentänzers Bild? Doch dann erinnerte sie sich, dass sie die Kette vor dem Turnen abgelegt und in ihre Jeans gesteckt hatte. Hektisch kramte sie durch die Hosentaschen. Es war nicht mehr da. Das Silbermedaillon war weg. „Oh nein", murmelte Carolin. „Das gibt's doch nicht! Meine Kette ist auch verschwunden!"

Luisa sah Carolin an und zog die Nase kraus. „Meinst du immer noch, dass alles einfach so aus dem Raum spaziert ist?"

„Wir müssen herausfinden, wer die Sachen gestohlen hat, sonst ist hier keiner mehr sicher!", entschied Julia und drückte ihren Rucksack ganz fest an sich.

„Es muss jemand sein, der sowohl beim Turnen als auch auf dem Fest dabei war", überlegte Tina. „Also kommt nur eine von uns infrage!"

„Es gibt einen Dieb unter uns!", nickte Heike.

„Ich kann nicht glauben, dass eine von uns eine Diebin sein könnte." Ungläubig schüttelte Caro den Kopf.

„Nicht eine von uns", sagte Julia, und alle Blicke richteten sich auf Lina, die während der Hektik ganz ruhig geblieben war und sich, ohne die Miene zu verziehen, umgezogen hatte.

Nach der Schule verzog sich Carolin nach Lindenhain. Und selbst da lief alles schief. Sternentänzer stand auf der Wiese und sah aus wie ein paniertes Schnitzel. Es hatte in der Nacht geregnet, und auf der Weide hatten sich dicke Schlammpfützen gebildet, in denen sich Sternentänzer mit größter Lust gewälzt hatte. „So ein Mist!", schimpfte Carolin. Eigentlich hatte sie vorgehabt, mit ihm auszureiten, doch bis sie ihn wieder sauber hatte, war es dunkel. Als er sie dann aber freudig anstupste und mit glänzenden Augen und einem fast schon spitzbübischen Grinsen um sein Maul anblickte, war Carolin schon wieder versöhnt. Er liebte eben seine Schlammbäder. Sie sah ihm noch eine Weile zu, dann machte sie sich ans Werk. „Du bist und bleibst ein kleines Ferkelchen", sagte sie liebevoll und ließ die Bürste über Sternentänzers Fell gleiten. Dann kam die Kardätsche zum Einsatz. Mit langen Strichen glättete sie sein herrliches Fell, dann nahm sie sich mit der Wurzelbürste seine Beine vor. Den Kopf säuberte sie mit einer weichen Bürste. Anschließend teilte sie den Schweif mit den Fingern in dünne Strähnen und entfernte sorgfältig Strohhalme und Späne. Zum Schluss widmete sie sich seinen Hufen und kratzte sie aus. Sie liebte es, Sternentänzer zu putzen. Wenn sie bei ihm war, konnte sie richtig gut abschalten und nachdenken – und mit ihm ihre Probleme besprechen.

„Was meinst denn du, Sternentänzer?", murmelte sie. „Lina ist doch keine Diebin! Wir beide können uns doch nicht so sehr täuschen! Andererseits: Bevor sie zu uns kam, hat nie was gefehlt …" Von Sternentänzer kam ein leises Wiehern. „Heißt das jetzt ‚Ja' oder ‚Nein'?" Sie drückte sich in sein weiches Fell. „Weißt du, es wäre echt cool, wenn du auch reden könntest. Und vielleicht schreiben und Mathe, und am allerbesten wäre natürlich, wenn du mit mir in die Schule kommen könntest", kicherte sie vor sich hin, und langsam besserte sich ihre düstere Stimmung. Dank Sternentänzer. Wenn es ihr schlecht ging, musste sie nur seine Nähe spüren, dann ging es ihr gleich wieder besser. Sternentänzer stupste sie an und bewegte die Lippen.

„Du übst ja", lachte sie begeistert. Als habe Sternentänzer verstanden, schüttelte er sein edles Haupt und bewegte dabei weiter seine Lippen, als wolle er ihr etwas sagen. Carolin überlegte. „Ich verstehe", meinte sie dann. „Ich sollte mit Lina sprechen, das ist wohl das Beste. Also gut. Ich frag sie einfach. Aber …" Sie hob drohend den Zeigefinger. „Wenn es doch Lina war, dann spreche ich nie wieder ein Wort mit ihr. Für den Rest meines Lebens, das schwör ich!"

Sie hörte ein paar schlurfende Schritte. Es war Nick. „He, Nick!"

„Hallo, Caro!"

Carolin drehte sich zu ihm herum. „Sag mal, wann kommt Lina denn heute?", erkundigte sie sich.

„Wollt ich gerade dich fragen. Sie müsste schon längst hier sein."

„Sie ist nicht gekommen?"

„Nee, dann weißt du also auch nichts?" Damit schlurfte er wieder davon.

Carolin widmete sich wieder Sternentänzer. „Schon komisch, oder? Wenn sie unschuldig ist, warum versteckt sie sich dann?" *Morgen in der Schule werde ich mit ihr reden*, beschloss sie.

In der ersten Stunde Mathe zu haben, ist nicht gerade besonders lustig. In der ersten Stunde eine Mathearbeit zu schreiben, ist einfach eine Frechheit. Daher war die Stimmung in der Klasse ungefähr so ausgelassen wie bei einer Beerdigung.

„Wenn bloß alles schon vorbei wäre", stöhnte Heike.

Doch Herr Humperdick war noch nicht einmal da.

„Vielleicht kommt er ja nicht ... Lehrer können auch mal krank werden ...", knusperte Tina hoffnungsvoll und knackte einen Schokoriegel.

„Träum weiter", sagte Julia.

Und dann ging die Tür auf, und die Träume platzten wie Seifenblasen. „Morgen", sagte er und warf seine Aktentasche auf den Tisch. „Alle da?" Er sah sich kurz um. „Gut. Dann wollen wir mal ... Moment, da hinten, da fehlt doch ... Lina ... hm ... eine Entschuldigung liegt mir nicht vor." Er ging durch die Reihen und verteilte die Prüfungsbögen. „Weiß jemand von euch was?"

„Ts, gut so!", knurrte Julia verächtlich. „Diese diebi-sche Elster braucht gar nicht mehr aufzutauchen."

Carolin fuhr herum. „Halt die Klappe, Julia! Es ist nichts bewiesen!"

„Klar, und das Geld, die Uhr, deine Kette und die an-deren Sachen haben sich einfach in Luft aufgelöst …"

„Lina ist unschuldig!", beharrte Carolin.

Julia zog eine Grimasse. „Und warum bitte ist sie dann untergetaucht, wenn sie unschuldig ist?"

„Was weiß ich, aber ich bin sicher, sie ist unschuldig!"

„Ach komm, das sagst du doch nur, weil du die gan-ze Zeit mit ihr rumhängst." Sie grinste hämisch. „Aber ich rate dir: Halt deine Kohle gut fest!"

„Meine Damen, dürfte ich euch bitten, eure Privat-gespräche in der Pause fortzusetzen!", unterbrach sie der Lehrer.

Doch auch in der Pause gab es nur ein Thema: Lina.

„Die sieht doch schon aus wie jemand, der lange Finger macht", behauptete Julia. „Das merkt man doch gleich!"

„Ich glaub auch, dass sie es war", nickte Annette eif-rig. „Ich bin ziemlich sicher!"

„Und ich glaub eigentlich nicht, dass man das jeman-dem ansieht", nuschelte Tina ein wenig undeutlich, denn sie hatte den Mund voll Kaubonbons.

„Fest steht eines: Bevor diese Lina in unsere Klasse kam, gab es keine Diebstähle", meinte Heike.

„Das stimmt allerdings", nickte Tina.

„Lina ist aber keine Diebin", beharrte Carolin.

„Woher willst du das denn wissen?", fragte Heike.

„Weiß ich eben."

„Du kennst sie doch auch erst seit Kurzem."

„Trotzdem!"

„Sie sieht schon so komisch aus", sagte Annette und strahlte, weil Julia zustimmend nickte.

„Ach, und nur weil sie anders aussieht, soll sie gleich eine Diebin sein!?", fuhr Carolin sie an.

Luisa seufzte. „Wie sollen wir das bloß jemals rausfinden?"

„Wenn sie nichts zu verbergen hätte, wäre sie hier und müsste sich nicht verstecken, so viel ist klar!", folgerte Tina. In diesem Moment läutete die Schulglocke, die Pause war zu Ende.

Es war überhaupt kein guter Tag heute. Erst Mathe, dann die Anschuldigungen der Mädels … Carolin hatte am Mittag schon genug. Doch es sollte noch viel schlimmer kommen. Sie schloss die Haustür auf. „Hallo, Mam!", rief sie.

Keine Antwort.

„Mam?" Wutentbrannt warf sie ihre Schultasche in die Ecke. Sie war so geladen, dass sie kaum begreifen konnte, wie sie es überhaupt bis Mittag ausgehalten hatte. Und wo steckte jetzt ihre Mutter? Noch mal: „Mam!"

„Ich bin hier", kam es schließlich aus dem Wohnzimmer. Ihre Mutter lehnte an der Wand. Sie war kalkweiß.

Carolin erschrak. „Mam! Was ist mit dir? Ist dir schlecht? Soll ich den Arzt holen?"

„Nein, nein, lass! Es geht mir gut, Carolin", sagte sie mit dünner Stimme.

„Was ist denn passiert? Irgendwas ist doch mit dir!"

„Setz dich!"

Carolin ließ sich in den Sessel fallen.

Ines holte tief Luft. „Wir haben nie darüber gesprochen, aber du weißt doch, dass die Lebensgefährtin deines Vaters ein Kind erwartet. Paul hat es dir gesagt."

„Ja, und?" Carolin schluckte trocken. Sie spürte wieder dieses merkwürdige Gefühl in der Magengegend.

„Gerade hat mich dein Vater angerufen. Aus Mailand. Er und seine Lebensgefährtin sind zum Shoppen dorthin gefahren."

„Ja, und …?"

„Sie hatten wohl einen Unfall, besser gesagt, die Lebensgefährtin deines Vaters …"

„Sie heißt Rosanna", unterbrach Carolin sie tonlos.

„Rosanna hatte einen Unfall. Sie ist gestürzt und …" Ines holte tief Luft. „Sie hat wohl das Baby verloren. Dein Vater hat gerade angerufen. Er schien sehr verwirrt."

„Nein!", schrie Carolin. „Nein!"

Ines hockte sich zu ihr und strich ihr über den Kopf. „Doch, Kleines. Es tut mir leid. Bestimmt hast du dich schon auf dein Geschwisterchen gefreut."

Gefreut? Geschwisterchen? Darum geht's hier doch gar nicht. „Wo ist das passiert, Mam?"

„In der Mailänder Scala."

„Scala? Was ist das?"

„Das Opernhaus in Mailand. Es ist weltberühmt und

wunderschön. Bevor du auf der Welt warst, waren dein Vater und ich auch mal dort."

Carolin sprang auf. Sternentänzer hatte also doch recht gehabt! Alles war genau so geschehen, wie er es vorhergesagt hatte. Sie fuhr sich mit allen zehn Fingern durch ihre kurzen Haare. *Ein blöder Tick! Sollte ich mir echt mal abgewöhnen.* Sie fühlte sich scheußlich. "Arme Rosanna!", murmelte sie. Rosanna bedeutete ihr zwar ungefähr so viel wie der Rosenstrauch rechts um die Ecke im Garten, doch sie hasste es, wenn es jemandem schlecht ging. Egal, wer es war. Und so ein schreckliches Unglück hatte niemand verdient, nicht einmal so jemand wie Rosanna.

"Wie geht's Paps?", fragte sie dann tonlos.

Ines zuckte mit den Schultern. "Ziemlich schlecht, glaube ich. Er hat nicht viel gesagt, aber es war die Art, wie er es gesagt hat." Sie schluckte. "Es war so viel Traurigkeit in seiner Stimme. Weißt du, wenn man einen Menschen so gut kennt wie ich deinen Vater, dann hört man schon an der Stimme, wie es ihm geht."

"Armer Paps", schniefte Carolin.

Rosanna und ihr Vater taten ihr schrecklich leid in diesem Moment, aber auch ihre Mutter. Wie sie so dastand, so zart und zerbrechlich, und von ihrem Vater sprach, spürte Carolin ganz genau, wie viel er ihr noch bedeutete und wie schwer alles für sie war. *Liebe ist doof und tut nur weh*, dachte Carolin und beschloss in diesem Moment, sich niemals im Leben zu verlieben.

Der Dieb wird entlarvt

Als Lina auch am nächsten Tag nicht auftauchte, begann Carolin, sich ernsthaft Sorgen zu machen. Und als sie auch die darauf folgenden Tage weder in der Schule noch auf Lindenhain aufkreuzte, wurde Carolin unruhig. Nicht nur, dass sie sich Sorgen machte, sie vermisste Lina. Ohne es zu bemerken, hatte sie sich schon richtig an sie gewöhnt. Sie vermisste ihre spannenden Geschichten, ihre lustigen Einfälle und sogar ihre kratzbürstige Art. Carolin hatte keine Nachmittagsschule und hatte auch Sternentänzer schon einen Besuch abgestattet. Sie hing etwas unschlüssig zu Hause herum. Eigentlich sollte sie Hausaufgaben machen, doch sie konnte sich nicht konzentrieren. Sie beobachtete ihre Mutter, die im Garten kniete und gerade dabei war, ein Gemüsebeet anzulegen. Auf einmal stutzte sie. Ines wühlte im Gemüsebeet in der Erde? Das passte so gar nicht zu ihrer schicken Kostüm-Mutter. *Sie ruiniert sich alle Fingernägel*, dachte Carolin, *und das freiwillig. Merkwürdig. Sehr merkwürdig. Außerdem ist sie seit Kurzem wieder auffallend fröhlich und gar nicht mehr so nervig. Ob sie einen neuen Freund hat?* Carolin war in der letzten Zeit so mit sich selbst beschäftigt gewesen, dass sie an ihre Mutter keinen Gedanken verschwendet hatte. Irgendetwas war da im Busch. Das verriet ihr der Tochterinstinkt ganz deutlich. *Hier ist Detektivarbeit angesagt,* dachte Carolin. Doch zuerst musste sie sich um Lina kümmern, das war jetzt wichtiger. Dann überfiel sie ein ganz schrecklicher Gedanke. Was, wenn Lina schon wieder weitergezogen war? Was, wenn sie Lina niemals im Leben wiedersehen würde? Panik breitete sich aus. *Ich muss Lina suchen. Und dann? Sie ist stur wie ein Maultier und wird sicher nicht wieder in die Schule gehen, wo alle sie für eine Diebin halten.* Es gab also nur eine einzige Möglichkeit: Sie musste Linas Unschuld beweisen und den wahren Schuldigen finden. Aber wie? *Sternentänzer! Ich muss Sternentänzer befragen!* Sie raste in die Küche und kramte Ines' Mondkalender aus der Schublade.

„Vollmond? Vollmond? Vollmond?", murmelte sie vor sich hin, während sie durch die Seiten blätterte. Da war das Kästchen mit dem kleinen schwarzen Kreis in der Ecke. „Hier! Mist! Oh weh, das dauert ja noch ewig … Was, wenn es zu lange dauert? Wenn Lina dann wirklich schon weg ist?" Dann hätte sie die einzige richtige Freundin verloren, die sie je hatte. Sie kannte dieses Mädchen zwar erst seit kurzer Zeit, doch sie hatte das Gefühl, als würde sie sie schon ewig kennen.

Die Tage bis zum nächsten Vollmond zogen sich zäh wie Kaugummi hin. Als es dann endlich so weit war, blätterte sie am Abend eine Zeit lang durch ihr neuestes Pferde-magazin, dann lag sie einfach nur da und starrte die Decke an. Irgendwann musste sie dann doch ein wenig eingenickt sein, denn sie schreckte auf einmal hoch. Sie war schweißnass. Sie hatte geträumt, dass sie den Voll-mond verschlafen hatte, dass Lina spurlos verschwunden und die Wiese mit den Wohnwagen wie leer gefegt ge-wesen war. Dass überall nur noch riesengroße Kräuter-häufchen gelegen hatten und Carolin so lange weiter-gesucht hatte, bis sie auf einmal vor dem Wohnwagen mit der Kräuterküche gestanden hatte. Ami hatte sie dort schon erwartet, doch sie hatte auf einmal gar nicht mehr ausgesehen wie Ami, sondern wie eine alte knorrige Hexe mit langen, dünnen Fingern. Sie hatte Carolin ge-packt, sie in den Wagen gezogen und dort gefesselt. „Hi-hihihi, ich brauche mal wieder neue Knochen", hatte sie dabei gekichert und ein großes Messer aus der Küchen-tischschublade gezogen. Gerade hatte sie zum Schnei-den ansetzen wollen, da war Carolin aufgewacht. Ihr Herz schlug wie ein Presslufthammer. *Es war ein Traum, Caro, nur ein Traum. Ganz ruhig! Oh Gott, wenn …* Sie wagte es kaum, auf den Wecker zu blicken. *Gott sei Dank, erst kurz nach elf!* Sie schlug rasch die Decke bei-seite und setzte die Füße auf den Boden. Es war kalt. Durch den Spalt zwischen den Vorhängen konnte sie sehen, dass der Himmel heller war als sonst. Sie sprang aus dem Bett, schlüpfte in ihre Jeans und zog sich einen Pulli über. Dann horchte sie kurz an Ines' angelehnter Tür, doch Ines' Atem ging gleichmäßig. Gerade wollte sie die Treppe hinunterschleichen, da hörte Carolin aus dem

Schlafzimmer Lärm. Stocksteif blieb sie stehen, drückte sich gegen die Wand und hielt die Luft an. Doch dann erkannte sie das Geräusch. Ines hatte einen Hustenanfall. Als sie sich wieder etwas beruhigt hatte, huschte Carolin die Treppe hinunter, holte ihr Fahrrad und radelte los.

Carolin liebte Vollmondnächte. Alles sah dann so unwirklich aus. Wie eine Kulisse, von einem Bühnenbildner gefertigt, der zur Beleuchtung einen dicken Lampion darüberhängte. Bäume und Büsche zeichneten sich lediglich als Silhouetten ab, und auch Lindenhain sah aus wie eine Theaterbühne, die nur darauf wartete, dass endlich die Schauspieler ihren Auftritt hatten. Alles war ruhig, selbst Herr Maier schlummerte in seiner Hundehütte vor sich hin. Von Carolina war nichts zu sehen. *Schöne Wachhunde*, grinste Carolin in sich hinein. Früher, als Sternentänzer noch nicht zu ihr gehört hatte, hatte sie sich noch vorsichtig anschleichen müssen, doch jetzt, da es ihr Pferd war, musste sie nicht mehr ganz so vorsichtig sein. Sternentänzer wieherte leise, als sie um die Ecke bog. So, als habe er schon auf sie gewartet. Rasch sattelte sie ihn und ritt los.

„Sternentänzer, du musst mir helfen", flüsterte sie in sein Ohr. „Ich wünschte, ich wüsste, wer die Diebin ist." Im gleichen Moment ging ein Ruck durch den Körper des Pferdes. Es setzte sich in Bewegung und galoppierte davon. Schnell wie der Wind. Carolin klammerte sich fest, fühlte sich schwindelig, und ihr Kopf schien sich zu drehen. Sie fühlte sich merkwürdig, wie in einem Kettenkarussell.

Sternentänzer lief immer schneller, und Carolin sah Bilder in ihrem Kopf. *Eine Tasche, die im Klassenzimmer steht, oben weit geöffnet. Eine Gestalt, die sich umsieht, dann eine Hand in die Tasche schiebt, einen Geldbeutel rauszieht und verschwindet.* Wie in einem Rausch schoss eine Bilderflut in schneller Reihenfolge durch Carolins Kopf. Schnell, konturenlos, wie durch einen Weichzeichner gefiltert. Dann wurde Sternentänzer plötzlich langsamer. Er keuchte und lief schwerfälliger. Als Carolin die Zügel enger fasste, verlangsamte er gehorsam zum Trab und dann zum Schritt. „Mannmannmann", stieß Carolin hervor und sprang ab. Die Diebin war nicht Lina, es war jemand, den sie niemals vermutet hätte. „Danke, Sternentänzer." Sie küsste ihn auf seinen samtweichen Hals. „Ich bin ja so froh, dass Lina unschuldig ist. Du auch?"

Sternentänzer sah sie an, und es war ihr, als würde er nicken. Seine dunklen Augen blickten sie an, als würden sie sagen: „Ich hatte nie einen Zweifel, und du?"

„Hast ja recht, Sternentänzer." Sie tätschelte seinen Hals. „Es gab Momente, in denen ich an Lina gezweifelt habe, und das war falsch."

Wie zur Bestätigung wieherte Sternentänzer.

„Jetzt müssen wir nur noch allen von Linas Unschuld erzählen, aber keiner wird mir glauben." Sie überlegte einen Moment. „Wir müssen der wahren Diebin eine Falle stellen, und ich weiß auch schon wie!"

Am nächsten Tag ging sie mit einer großen Tasche in die Schule. Oben weit offen, mit langen Henkeln, richtig praktisch zum Reinfassen.

„Ich hab heute jede Menge Kohle dabei", tönte Carolin vor dem Unterricht in der Klasse so laut, dass es alle hören konnten.

„Warum das denn?", fragte Heike.

„Gleich nach der Schule kauf ich mir mein neues Bike, todschick und schweineteuer!"

„Oh mein Gott." Julia tat schockiert. „Es gibt also tatsächlich noch Menschen, die im 21. Jahrhundert mit Cash bezahlen ... Unfassbar!"

„Tja!" Carolin zuckte mit den Schultern. „Nicht jeder ist mit den Kreditkarten seiner Eltern so gut bestückt wie du, meine Liebe."

Sie hatte natürlich weder viel Geld in der Tasche, noch hatte sie vor, sich ein neues Bike zuzulegen. Ihr altes war noch in Topform. Aber sie hatte ganz genau bemerkt, dass die Diebin die Ohren gespitzt hatte.

In der großen Pause ließ sie ihre Tasche demonstrativ weit offen auf ihrem Platz stehen, wartete, bis alle verschwunden waren, und versteckte sich hinter der Tür. Zehn Minuten lag sie auf der Lauer, und nichts passierte. *So ein Mist!*, dachte sie. *Wenn der Plan gar nicht funktioniert? Wenn sie nicht kommt?*

Ungeduldig trat sie von einem Fuß auf den anderen. Es musste klappen. Sie musste Lina helfen! Da ging auf einmal die Tür auf. Erst einen kleinen Spalt, dann langsam immer weiter. Dann schlüpfte die Diebin ins Zimmer und schloss leise die Tür hinter sich. Sie huschte schnurstracks zu Carolins Tasche, steckte ihren langen, mageren Arm hinein und zog ihn dann mit Carolins Geldbeutel wieder raus.

Carolin wartete noch, bis die Diebin ihn öffnete und einen Geldschein herausziehen wollte, dann huschte sie blitzschnell aus ihrem Versteck. „Du bist in meine Falle getappt, Annette!"

Annette fuhr herum. Sie wurde abwechselnd kalkweiß und puterrot. „Ich … ich …", begann sie zu stottern.

„Du bist die Diebin, stimmt's?", sagte ihr Carolin auf den Kopf zu. Sie riss ihr den Geldbeutel aus der Hand. „Und weißt du, was ich besonders mies finde?"

„Ich …" Annettes Augen flackerten panisch.

„Dass du zugelassen hast, dass alle Lina verdächtigen. Das war echt obermies von dir." Carolin musterte sie verächtlich, obwohl sie ihr auch ein bisschen leid tat, wie sie dastand, so groß und schmächtig und blass. In ihren Augen glitzerten Tränen.

„Das wollte ich doch nicht!", flüsterte sie.

„Aber du hast es auch nicht verhindert!" Carolin wurde jetzt langsam richtig wütend.

„Weißt du, wie sich Lina fühlt? Alle verdächtigen sie, und sie ist unschuldig und kann sich nicht wehren. Was, wenn Sternentänzer … äh … wenn ich dir nicht auf die Schliche gekommen wäre?"

„Ich … ich geb alles zurück. Ich tu's nie wieder, aber bitte, bitte sag den anderen nichts", flehte Annette, die wie ein Häufchen Elend vor Carolin stand.

„Und wie stellst du dir das vor? Sollen die anderen

weiter denken, dass Lina eine Diebin ist? Nee, sorry, das geht nicht!"

„Bitte, bitte, Carolin. Lina ist doch sowieso …"

„Ist doch sowieso was?" Carolin fuhr sie mit vor Wut funkelnden Augen an. *Das war's!* Wenn sie eben noch einen Hauch von Mitleid gehabt haben sollte, so war dies nun vorbei. Sie stemmte die Hände in die Hüften. „Hör zu: Du wirst den anderen jetzt erklären, dass du, und nicht Lina, für die Diebstähle verantwortlich bist. Und zwar jetzt gleich! Auf der Stelle!"

Annette schwieg und senkte nur den Kopf.

„Ach, noch was Annette. Morgen früh liegt meine Kette mit dem Medaillon auf meinem Tisch, das ist ja wohl klar!" Sie sah Annette angewidert an. „Es ist eine Sache, Kohle zu klauen, aber Glücksbringer zu stehlen, das ist echt das Allerletzte!"

Da kamen auch schon die anderen von der Pause hereingestürmt. Als alle da waren, stellte sich Carolin vor die Tafel und klopfte auf den Tisch. „Alle mal herhören! Annette will euch was Wichtiges mitteilen. Also los, Annette!"

Alle Blicke richteten sich auf Annette, die wie ein Häufchen Elend auf ihrem Platz saß. „Ich …" Sie räusperte sich.

„Weiter", forderte Carolin sie auf.

„Ich … also … ich … Lina ist unschuldig …"

Ein Raunen ging durch das Klassenzimmer. Carolin nickte zufrieden. „Weiter!"

„Ich hab die Sachen geklaut", gestand sie und stürzte aus dem Klassenzimmer. Doch auf dem Gang musste sie wohl geradewegs in Frau Habermehl gerannt sein, denn diese hatte Annette im Schlepptau, als sie in die Klasse kam.

„Guten Tag, bitte setzt euch!", sagte sie, und Annette blieb nichts anderes übrig, als mit hochrotem Kopf auf ihren Platz zurückzukehren.

Natürlich setzte nach dieser überraschenden Neuigkeit heftiges Tuscheln ein, und erst als Frau Habermehl zum zweiten Mal in scharfem Ton für Ruhe sorgte, beruhigten sich die Gemüter etwas. Später stellte sich heraus, dass Annette gestohlen hatte, weil sie Julia imponieren wollte. Ihre Eltern hatten wenig Geld und konnten ihr keine Markenklamotten kaufen, also musste sie zu anderen Mitteln greifen. Julia war natürlich gnadenlos. Seit ihrem Geständnis würdigte sie Annette keines einzigen Blickes mehr. Sie behandelte sie wie Luft. Richtig gemocht hatte sie Annette ohnehin nie, doch ihre Schwärmerei hatte ihr geschmeichelt. Aber mit einer Diebin wollte eine Julia Schlupf nichts zu tun haben. Carolin tat Annette beinahe schon leid, wie sie fortan allein in der Pause in der Ecke hing, aber sie war vor allem heilfroh, dass Linas Unschuld endlich bewiesen war. Sie wollte die anderen dazu überreden, sich bei Lina zu entschuldigen, doch da war gar nichts zu machen.

„Pah, dann ist sie eben keine Diebin!", meinte Julia nur hochnäsig. „Deswegen will ich sie trotzdem nicht zur Freundin!"

304

Es war gar nicht so einfach, den Weg zu Linas Wohnwagen zu finden. Als sie mit Lina nach Hause gefahren war, war sie wegen Nick noch viel zu aufgeregt gewesen und hatte überhaupt nicht auf den Weg geachtet. Mindestens drei Mal bog sie in den falschen Feldweg ein, denn irgendwie sahen sie alle gleich aus. Endlich hatte sie die große Wiese mit den Wohnwagen gefunden. Aber auch die Wohnwagen sahen alle irgendwie gleich aus.

Doch dann erkannte sie Linas Wagen an den apfelgrünen Vorhängen. Carolin lehnte ihr Fahrrad an den Wohnwagen und klopfte. Nichts. Noch einmal. Wieder nichts. „Lina!", rief Carolin, so laut sie konnte. „Ich bin's!"

„Und wer ist ich?", fragte auf einmal eine heisere Stimme.

Carolin erschrak und zuckte zusammen. Es war Linas Großmutter, die hinter ihr stand. Mit einem roten Tuch über den Haaren und langen, glitzernden Ohrringen. „Hallo", grüßte Carolin verschüchtert. „Ich bin Carolin, Linas Freundin. Sie sind Ami. Wir kennen uns!"

„Ja, ja, ich weiß!", sagte die alte Frau und lächelte sie mit ihrem schneidezahnlosen Mund an. „Und was willst du von meiner Lina?"

„Ich … ich muss ihr was sagen."

Die alte Frau sah sie an. Mit einem hellgrünen und einem dunkelgrünen Auge. Doch es war, als würde sie Carolin nicht wirklich ansehen, sondern durch sie hindurchblicken. „Du hast eine gute Nachricht für meine Lina."

„Ich, ich will ihr sagen, dass …"

„Ich weiß, was du ihr sagen willst", murmelte die alte Frau. „Du bist eine gute Freundin! Lina ist da hinten." Sie zeigte auf einen alten Liegestuhl, auf dem eine Gestalt zusammengekauert unter einer Decke lag.

Carolin ging zu ihr. „Hi, Lina!"

Lina sah sie an. In ihren grünen Augen spiegelte sich Angst, Trauer und Verzweiflung. „Was willst du?"

„Ich …"

„Verschwinde", fauchte sie Carolin wie eine Wildkatze an.

„Ich …"

„Lass mich in Ruhe! Hau ab! Für euch bin ich doch nur eine Diebin!"

Carolin packte sie am Arm. „Eben nicht!"

Lina schüttelte ihren Arm ab. „Ich dachte, du bist anders als die anderen. Ich hab mich wohl getäuscht. Ich pass nicht zu euch. Kein Problem!"

So viel Starrsinn machte Carolin langsam wütend. Sie packte den Liegestuhl und warf Lina mit einem Ruck auf den Boden.

„He, spinnst du?", schimpfte Lina wütend. Sie rappelte sich wieder auf, ballte die Fäuste und wollte auf Carolin losgehen.

Carolin nahm die Boxerstellung ein. „Komm nur! Feigling! Hinter Omas Rockschürze verstecken, das ist leicht!", forderte sie die Freundin heraus.

Linas Züge zeigten ein erstes Lächeln, doch sie versuchte mit aller Gewalt, es zu unterdrücken. „Lass mich bloß in Ruhe! Geh doch zu deinen feinen Freundinnen!", fauchte sie.

Wie zwei Boxer tänzelten die beiden Mädchen umeinander herum.

„Geh ich auch, aber zuerst werde ich dich kräftig vermöbeln", drohte Carolin und versuchte, dabei möglichst ernst zu bleiben.

„Versuch's doch, du Schlappschwanz", höhnte Lina zurück.

„Na warte!" Carolin ging auf sie zu und nahm sie in den Schwitzkasten. Erst kichernd, dann konnte sie nicht mehr an sich halten und brach in schallendes Gelächter aus.

Lina schüttelte Caros Arme ab, knuffte sie in die Seite und zog sie zu Boden. Wie zwei junge Hunde tollten die Mädchen über die Wiese und schüttelten sich aus vor Lachen.

„Also, was wolltest du mir sagen?", fragte Lina dann.

„Hab ich vergessen", grinste Carolin.

„Wehe!" Lina boxte Carolin in die Seite.

„Auuuuu!", quiekte Carolin künstlich aufgeregt und hob die Arme. „Frieden!"

„Hm!" Lina tat so, als würde sie überlegen. „Na gut. Also …"

Carolin legte eine bedeutungsvolle Pause ein und holte tief Luft. „Also, ich hab ein bisschen Miss Marple gespielt …"

Lina legte die Stirn in Falten. „Miss Marple?"

„Colombo, Kommissar Rex, oder wie auch immer. Jedenfalls hab ich herausgefunden, dass du mit den Diebstählen nichts zu tun hast, dass du unschuldig bist."

Lina zuckte mit den Achseln. „Na und? Das wusste ich schon immer!"

„Und jetzt wissen es alle!", fügte Carolin mit glänzenden Augen hinzu.

„Alle?"

„Alle! Julia, Heike, Luisa, Tina, alle! Ich habe dem wahren Dieb eine Falle gestellt."

„Und, wer war es?"

„Annette."

„Und warum hat sie es getan?"

„Klamotten und so, du weißt schon. Sie wollte unbedingt dazugehören."

Carolin erwartete jetzt eigentlich einen Wutausbruch, wildes Geschimpfe auf Annette, doch Lina sah sie nur nachdenklich an. „Die arme Annette", sagte sie dann.

Carolin blickte die Freundin verblüfft an. „Diese ‚arme Annette' wollte dir ihre Diebstähle in die Schuhe schieben. Bist du denn gar nicht sauer auf sie?"

Lina schüttelte den Kopf so wild, dass ihre Mähne wie ein Vorhang über ihr Gesicht fiel. „Sie tut mir nur leid! Was für ein armes Mädchen, das nur Freunde hat, wenn es die richtigen Klamotten trägt."

„Tja …"

„Und was für Freunde!", fügte sie hinzu, und ihre grünen Augen blitzten. „Auf solche Freunde kann man echt gut verzichten!" Sie machte eine Pause. „Ich finde Diebe ekelhaft", sagte sie dann ernst.

„Ich auch!", nickte Carolin.

„Hättest du mich für so ekelhaft gehalten?", fragte Lina dann mit ernster Miene.

Carolin zögerte. Sie wollte Lina nicht anlügen. Es hatte Momente gegeben, in denen sie sich gar nicht sicher war. In denen sie nicht einmal das Taschengeld für einen Monat auf Linas Unschuld verwettet hätte.

Lina kam ihr zu Hilfe. „Schon okay. Du musst nichts sagen. Aber wenigstens hast du nicht gelogen."

Carolin sah die Freundin an und staunte. Je näher sie Lina kennenlernte, desto besser gefiel sie ihr.

„Und du hast den Diebstahl aufgeklärt?" Lina sah Carolin an.

Carolin nickte.

„Und wie?"

„Das kann ich dir leider nicht verraten", sagte Carolin, und in eben diesem Moment beschloss sie, Lina die Wahrheit über Sternentänzer zu verraten. Sie spürte, dass ihr Geheimnis bei der Freundin gut aufgehoben war.

Lina sah sie nachdenklich an. „Dann hast du dir ja eine Belohung verdient!"

„Belohung? Was denn für eine Belohung?"

Lina kicherte. „Ich zeig dir meinen absoluten Megasupersuperlieblingsplatz!"

Der Schwur

Der Pfad führte von der Wohnwagenwiese zwischen hohen Bäumen hindurch. Die Sonnenstrahlen, die durch die dichten Blätter bis vor ihre Füße fielen, glitzerten. Lina ging schnell, und Carolin folgte ihr mit ausgreifenden Schritten. Der Boden war weich, die Bäume rochen nach Tannennadeln und Harz. Bald wurde der Wald noch dichter, dann lag ein wunderschöner kleiner See vor ihnen. Carolin staunte. Sie hatte ihr ganzes Leben in Lilienthal gewohnt, aber sie hatte noch nie von diesem See gehört. Es roch nach Wasser und Moos. Auf der Oberfläche des Sees schwammen große Seerosenblätter, deren lange Stängel irgendwo im dunklen Wasser verschwanden. Als sie sich dem Schilfrohrdickicht näherten, ertönte ohrenbetäubendes Geschnatter. Empört und aufgeregt über die Störung, watschelte eine Entenschar, die im Dickicht gedöst hatte, in den See. Einige hoben auch ab und segelten wie Wasserskifahrer über die Wasseroberfläche.

Carolin zuckte zusammen. „Haben die mich erschreckt. So ein Geschrei!"

„Aber schöne Federn haben sie." Lina bückte sich und hob eine Feder auf, die eine Ente bei ihrem überstürzten Aufbruch verloren hatte. „Hier! Für dich!" Sie zog Schuhe und Strümpfe aus, steckte ihren langen Rock in den Gürtel und tastete sich dann ins Wasser vor. „Es ist ziemlich kalt", sagte sie, zog sich dann aber trotzdem bis auf die Unterwäsche aus und hechtete mit einem schnellen Sprung kopfüber ins Wasser. Sehr zum Missvergnügen der Enten.

Carolin bibberte schon beim Hinsehen.

„Komm rein, Caro, es ist herrlich", rief ihr Lina zu, als sie wieder auftauchte. Die langen Haare klebten wie Algen um ihren Körper.

„Ich warte noch ein bisschen", sagte Carolin, legte sich auf den Bauch und beobachtete den See. Ein Frosch quakte und hüpfte zwischen den Schilfhalmen am anderen Ufer ins Wasser.

Lina tauchte unter und kam dann prustend wieder hoch. „Komm schon! Das Wasser ist weich wie Samt!"

„Und kalt wie eine Ladung Eiswürfel!", vermutete Carolin, stand aber trotzdem auf, zog Jeans und T-Shirt aus und setzte vorsichtig einen Fuß ins Wasser. Es war gar nicht so leicht voranzukommen, weil so viele glitschige Steine am Rand lagen. Sie hatte Angst auszurutschen.

„Tauch doch einfach rein!", rief Lina ihr zu.

„Witzbold!"

„Du brauchst gar nicht tief ins Wasser gehen!"

„Gleich!"

„Angsthase, Pfeffernase!" Lina kicherte und spritzte ihr einen Schwall Wasser entgegen.

„Ihhhhh, Liiiiinaaaaa, bitte hör auf", quiekte Carolin. Das Wasser war eisig kalt auf ihrer warmen Haut. Es kitzelte.

Lina kicherte. „Na los! Sei kein Frosch!"

Als Carolin das Wasser bis zu den Knien reichte, legte sie sich wild entschlossen auf den Rücken und stützte sich mit den Armen auf dem Boden ab.

„Na, ist das nicht herrlich?", fragte Lina.

Carolin strampelte mit den Beinen, bis das Wasser um sie herum schäumte. Sie nickte und spuckte das Wasser aus, das sie dabei in den Mund bekommen hatte.

Lina zog Carolin am Arm. „Los, komm, wir schwimmen um die Wette!"

„Nein!"

Lina zog stärker. „Du bekommst auch einen Vorsprung!"

„Nein, Lina! Lass mich!" Carolin zappelte herum wie ein Fisch auf dem Trockenen.

Als Lina merkte, dass Carolins Stimme ärgerlich wurde, ließ sie ihren Arm los. „So kalt ist das Wasser auch wieder nicht!"

„Das nicht, aber …" Carolin blickte auf den See.

„Aber was?", bohrte Lina.

Carolin ging zurück ans Ufer und ließ sich auf den weichen Moosboden fallen.

Lina ließ nicht locker. „Was aber?"

Carolin holte tief Luft. „Ich kann überhaupt nicht schwimmen."

Lina sah sie an und prustete los. „Nein, das ist doch nicht wahr, oder?"

„Doch, ist aber so!"

Lina kam aus dem Wasser und ließ sich neben Carolin fallen. „Wie kommt das?"

„Früher, als ich klein war, waren wir oft im Schwimmbad. Ich hab mit meinem Paps im Wasser immer rumgetobt. Er hat mich hochgeworfen und aufgefangen und so. Und dann später hatte er keine Zeit mehr. Mam auch nicht, und ich hab reiten gelernt. So ist das."

„Und im Sommer?"

„Im Sommer war ich auf Lindenhain. Reiten, nicht schwimmen."

„Puh!", stöhnte Lina, rollte ihre langen Haare zusammen und drückte das Wasser heraus. „Weißt du was? Ich bring's dir bei."

„Echt?"

„Klar, bis nächsten Sommer kannst du schwimmen, so wahr ich Lina Schniggenfittich heiße!"

Carolin sah Lina dankbar an. „Das wär echt cool."

„Gebongt!" Sie hob eines der flachen Steinchen auf, die am Rand des Teiches lagen, und ließ es zwei, drei Mal über die Wasseroberfläche hüpfen. Dann sprang sie wieder auf, watete durch das Wasser und schaute angestrengt auf den Grund. „Soll ich uns einen Fisch fangen?", fragte sie dann. „Wir machen ein Feuer, grillen ihn uns und würzen ihn mit ein paar Kräutern, das schmeckt superlecker!"

„Aber wir haben doch gar kein Netz mitgenommen!"

Lina zuckte mit den Schultern. „Ich versuche es mit den Händen."

„Nee, lieber nicht! Fische haben so viele Gräten."

„Dann eben nicht."

„Könntest du denn wirklich einen Fisch mit den Händen fangen?"

„Klar."

„Wow!"

Lina watete wieder aus dem Wasser und setzte sich zu Carolin. Dann saßen sie einträchtig nebeneinander und guckten auf die Wasseroberfläche, die völlig regungslos schien. Ab und zu tanzte eine Libelle über den See oder quakte ein Frosch im Schilf. Lina pflückte einen Grashalm und versuchte, damit eine Melodie zu flöten, was aber nicht so richtig gelang.

Manchmal sitzt man nebeneinander und überlegt krampfhaft, worüber man sprechen könnte, um der Stille zu entkommen. Neben Lina zu sitzen und nicht zu sprechen dagegen war schön. Es fühlte sich warm an und weich. Als sie da so saßen, fand Carolin, dass jetzt die Zeit gekommen sei, Lina in Sternentänzers Geheimnis einzuweihen.

„Du, Lina", begann sie, und ihre Lippen zitterten dabei, aber nicht vor Kälte, sondern vor Aufregung.

„Hm?"

„Ich habe ein Geheimnis." Carolin machte eine bedeutungsvolle Pause. „Ein ziemlich großes, gewaltiges, wichtiges, unglaubliches Geheimnis."

Lina sah sie an. „Und was für ein Geheimnis ist das?"

„Wenn ich dir das verrate, dann musst du mir versprechen, es niemandem, keiner Menschenseele jemals zu verraten."

„Klar, versprech ich", sagte Lina, die nun doch langsam neugierig wurde. „Also, was ist es?"

Carolin holte tief Luft. „Zuerst schwören wir", beharrte sie. „Wir legen abwechselnd die Hände aufeinander. Ich fang an." Sie streckte die Hand aus, und Lina legte ihre darüber. Dann machten sie dasselbe mit der anderen Hand.

Anschließend sagte Carolin mit feierlicher Stimme. „Ich schwöre für alle Ewigkeit … bei dem, was mir am liebsten ist, dass ich niemandem, lebendig oder tot, jemals von diesem Geheimnis erzählen werde."

Lina stand mit geschlossenen Augen da.

„Sprich mir nach!", befahl Carolin. Sie schloss ebenfalls die Augen. „Ich schwöre für alle Ewigkeit …"

„Ich schwöre für alle Ewigkeit …"

„… bei dem, was mir am liebsten ist, dass ich niemandem, lebendig oder tot …"

„… bei dem, was mir am liebsten ist, dass ich niemandem, lebendig oder tot …"

Carolin holte tief Luft. „… jemals von diesem Geheimnis erzählen werde."

„… jemals von diesem Geheimnis erzählen werde", schwor Lina. „Also?"

„Zuerst müssen wir noch etwas Symbolisches tun."

Lina sah Carolin erstaunt an.

„Gib mir dein Taschenmesser!" Lina hatte immer ein kleines Taschenmesser, versteckt in einer Geheimtasche in einem ihrer vielen Röcke bei sich, das war Carolin schon längst aufgefallen.

„Hier!"

„Ich brauche eine Haarsträhne von dir."

Kurz entschlossen säbelte Lina ein ganzes Büschel ihrer schönen lockigen Haare einfach an der Seite ab. „Hier!"

Carolin griff nach ein paar Strähnen, den Rest warf Lina in den See. „Damit können die Vögel prima Nester bauen", murmelte sie dabei.

Auch Carolin schnitt ein paar Strähnen von ihrem Haar ab, was bei den kurzen Stoppeln gar nicht so einfach war. Dann pflückte sie einen Schilfhalm und band die beiden Haarsträhnen zusammen. Feierlich streckte sie die Hand aus. „Diese beiden Haarsträhnen sollen unseren Schwur besiegeln."

Eifrig grub sie mit den Händen ein Loch nahe am Ufer, legte die Haare hinein und schaufelte wieder Erde darüber. „So, das war's", sagte sie dann und sah Lina an. „Wenn du diesen Schwur jemals brichst, musst du sterben", versicherte sie ernst.

Lina schluckte und nickte. Und Carolin erzählte ihr das Geheimnis von Sternentänzer.

Anschließend hockten sie noch eine Weile schweigsam nebeneinander, hingen ihren Gedanken nach und hörten dem Wasser zu, das in kleinen, leise vor sich hin murmelnden Wellen ans Ufer platschte. Lina hatte seltsamerweise gar nicht überrascht reagiert. „Hab mir schon so was gedacht", nickte sie nur. Und Carolin plagte nun das schlechte Gewissen. Fast bereute sie es schon, denn auf einmal kamen ihr wieder und wieder jene unheilvollen Worte in den Kopf, die sie damals zu Nick im Krankenhaus gesagt hatte. „Ich hab einfach das Gefühl, es bringt Unglück, wenn ich jemandem von Sternentänzers Geheimnis erzähle."

„Sag mal, Caro?" Es war ihre Mutter, die den Kopf ins Badezimmer steckte. Sie stutzte. „Huch, Kind! Was machst du denn da für eine Sauerei?"

Carolin hatte zuerst selbst gebadet und das Seewasser abgespült, dann die Badewanne voll Wasser laufen lassen und eine Packung Pellets eingelegt. Jetzt hockte sie im Bademantel am Badewannenrand und schob die Teile mit einer Kammspitze hin und her, als wären sie kleine Boote. „Mam, bitte. Das ist keine Sauerei, sondern ein Pellets-Test."

„Und was bitte sind Pellets?"

„Futter für Sternentänzer. Fertigfutter, verstehst du?"

„Und warum fütterst du im Moment gerade unsere Badewanne damit?"

„Neu gekaufte Pellets muss man immer testen, sagt Nick. Wenn sie im Wasser stark aufquellen, quellen sie auch in Sternentänzers Bauch. Und das ist schlecht für ihn. Dann bekommt er eine Kolik, und wir müssen den Tierarzt holen. Und wenn der nichts mehr machen kann, stirbt Sternentänzer. Du siehst also, wie wichtig es ist, dass ich diese Dinger in unserer Badewanne ausprobiere."

„Wenn das so ist … meinetwegen. Aber mach bitte nach deinem Test alles wieder sauber, ja?"

„Mach ich!"

„Ach, Carolin, was ich dich fragen wollte …" Ines kam ins Badezimmer und baute sich vor Carolin auf. „Kann ich das anziehen? Oder ist die Bluse zu durchsichtig?"

Carolin drehte sich abrupt um. Alle Alarmglocken in ihrem Kopf begannen zu schrillen. „Willst du etwa ausgehen?"

„Ja", nickte Ines. „Hat sich ganz spontan ergeben. Also, kann ich das anziehen?"

So leicht kam sie ihr nicht davon. „Und mit wem willst du ausgehen?"

„Ach, nur mit einem … einem Freund."

„Aha!" Carolin erinnerte sich deutlich wieder an das Funkeln in Ines' Augen, als sie im Gemüsegarten gearbeitet hatte. „Und wer ist dieser … Freund?"

„Ein Freund, also …"

Carolin musterte ihre Mutter. „Ist viel zu durchsichtig, dafür bist du doch schon zu alt!", befand Carolin. Es war gelogen. Ihre Mutter sah klasse aus. Die dunkelblaue Bluse war superschick, aber Carolin hasste es, wenn Ines sich rausputzte und mit Männern traf. Am Ende kam irgendwann doch noch ein neuer Vater für sie dabei heraus. Es konnte ja nicht immer so gut ausgehen wie mit diesem bescheuerten Thomas. Und auf einen neuen Paps hatte sie absolut keine Lust.

„Echt?"

Beim Anblick des traurigen Gesichtes ihrer Mutter tat ihr die Bemerkung fast schon wieder leid.

Ines zuckte mit den Schultern. „Wahrscheinlich hast du recht. Vielleicht besser, wenn ich was anderes anziehe!"

318

„Na ja, nee … Kommt natürlich darauf an, welchen Geschmack dein Freund hat …"

„Ich treffe mich übrigens heute Abend mit Paul", sagte Ines dann noch schnell, bevor sie das Badezimmer verließ.

Carolin wäre vor Schreck beinahe zu den Pellets in die Badewanne gepurzelt. *Mit Paul! Sie trifft sich mit Paps! Seitdem Paps ausgezogen ist, hat sie von ihm nur noch als „dein Vater" gesprochen, und jetzt auf einmal wieder Paul? Moment, Moment, Moment, Caro! Paul, die durchsichtige Bluse, das verräterische Glitzern, das konnte doch nur eines bedeuten …*

Hilfe für Lina

Ein paar Tage später war Lina wieder in der Schule. Die anderen begrüßten sie kühl oder gar nicht. Für sie machte es keinen Unterschied, ob Lina eine Diebin war oder nicht. Sie mochten sie einfach nicht.

Carolin hatte mit Julia den Platz getauscht und saß jetzt neben Lina. Luisa war daraufhin stocksauer und zeigte ihr die kalte Schulter.

„Sag mal, Carolin", begann Lina einige Zeit später, als sie in der großen Pause auf der Schulhofmauer nebeneinander saßen und ein Wurstbrot teilten.

„Was denn?"

„Ich hab Ami gefragt. Sie richtet sich bei ihrer Arbeit ja auch immer nach dem Vollmond."

Carolin drehte sich so schnell zu ihr, dass sie beinahe von der Mauer gefallen wäre. „Hast du etwa …?"

„Nein, hab ich nicht", beteuerte Lina. „Ich hab Ami nichts von Sternentänzers Geheimnis erzählt, wenn du das meinst. Ich hab's dir ja schließlich geschworen."

Carolin atmete auf. „Dann ist es ja gut!"

„Aber …"

320

„Aber was?"

„Denkst du, ich meine, ich würde gerne … ach, vergiss es!" Sie sprang von der Mauer.

„Warte, Lina!" Carolin lief ihr nach. „Worum geht's denn?"

Lina holte tief Luft. „Denkst du, ich kann mal mitkommen, wenn du Sternentänzer befragst?"

Carolin sah Lina verdattert an. „Wie, mitkommen?"

„Ich weiß nicht. Zuschauen, mitreiten, echt keine Ahnung."

Carolin machte große Augen. „So eine Frage hätte ich von Julia oder Heike erwartet. Aber niemals von dir. Sternentänzer ist kein Spielzeug, keine Zirkussensation!" Sie drehte sich um und ging zurück ins Klassenzimmer. Den Rest der Stunde hockte sie demonstrativ mit verschränkten Armen neben Lina.

Als die Schule vorbei war, rannte sie, so schnell sie konnte, hinaus.

Lina hetzte ihr nach. Sie erwischte sie am Fahrradständer. „Warte doch!"

„Lass mich!"

Lina baute sich vor ihr auf, hielt nun das Rad am Lenker fest. „Lass mich erklären …"

Carolin sah sie traurig an. „Ich hab dich in mein allerallergrößtes Geheimnis eingeweiht. Das war schwer genug. Aber ich hab es mit dir geteilt, weil ich dachte, dass wir Freundinnen sind. Aber Sternentänzer werde ich nicht mit dir teilen. Er ist mein Pferd und nicht deins. Und die Vollmondnächte gehören nur uns. Mir und ihm. Und keinem sonst!" Sie musterte Lina und schüttelte fassungslos den Kopf. „Wie du nur so was fragen konntest?"

Lina guckte betreten. „Es tut mir leid, ich wollte dich nicht kränken …"

„Hast du aber", sagte Carolin und riss ihr Fahrrad so heftig los, dass Lina beinahe hingefallen wäre.

Lina lief neben Carolin her. „Lass mich wenigstens erklären. Hör mir einen Moment zu. Das bist du mir schuldig!"

„Also", begann Carolin unwirsch. „Aber mach schnell, ich hab nicht viel Zeit."

„Ich hab einen Onkel. Onkel Rocco. Er ist der Bruder von meiner Mutter und auch mein Taufpate. Als ich klein war, hab ich viel Zeit mit ihm verbracht. Ich hab ihn geliebt. Er hat mir Fahrradfahren beigebracht und Schwimmen." Sie grinste. „Er hat mir gezeigt, wie man seine Rechte gut einsetzt und den festesten Knoten der Welt knüpft …"

„Und warum erzählst du mir das?", fragte Carolin genervt und wollte losfahren.

„Warte." Lina packte sie am Pulli. „Eines Tages kam ich von der Schule nach Hause, und er war nicht mehr da. Einfach verschwunden. Mutter sagte, er wäre einfach weggegangen, auf Weltreise. Zuerst hab ich ihn verflucht, weil er gegangen ist, ohne sich von mir zu verabschieden. Dann hab ich auf ein Lebenszeichen von ihm gewartet. Auf einen Anruf, einen Brief, eine Postkarte. Es kam nichts. Nie mehr." Sie senkte den Kopf und sah Carolin von unten herauf an. In ihren Augen glitzerten Tränen. „Ich warte bis heute, verstehst du, Caro? Ich vermisse ihn immer noch. Ich träume nachts von ihm. Ich weiß nicht mal, ob er noch lebt."

Carolin blinzelte gerührt. „Und was sagt deine Mutter?"

„Nichts. Sie spricht nicht über ihn. Noch heute, sechs Jahre nachdem er weg ist, behauptet sie, er wäre auf Weltreise. Und er hätte uns einfach vergessen. Aber das stimmt nicht. Nicht mein Onkel Rocco. Und sie weiß mehr über ihn, das spüre ich. Außerdem guckt sie immer so seltsam, wenn jemand seinen Namen erwähnt."

„Und was hat dein Onkel so gemacht? Ich meine, hat der auch Kräuterbonbons verkauft, so wie deine Eltern?", wollte Carolin wissen.

„Nein!" Lina schüttelte den Kopf so heftig, dass ihre langen Haare hin und her peitschten. „Er war … er ist Feuerspucker!"

„Oh!", stieß Carolin überrascht hervor. Aber es war ja eigentlich klar, dass es in *der* schrägen Familie keinen Bankbeamten oder Buchhalter geben konnte.

„Onkel Rocco spuckt die längsten Feuerfontänen der Welt", schwärmte Lina, und ihre grünen Augen blitzten. „Und die heißesten und schönsten. Weißt du? Manchmal in der Nacht, wenn alle schliefen, sind wir zusammen losgezogen. Und dann hat er nur für mich Feuer gespuckt. Es war unglaublich! Man sah nur eine helle Feuerfahne im Dunkeln. Er konnte eine Zigarette anzünden mit seinem Feuerhauch."

„Toll!"

„Ich hab ihm immer geholfen. Wattebäusche in Spiritus tauchen und dann auf Eisenstäbe stülpen …"

Carolin hörte mit offenem Mund zu und konnte nur

noch ungläubig den Kopf schütteln über Linas total verrücktes Leben.

„Und er wollte mir zeigen, wie man Feuer spuckt. Das hat er fest versprochen. Und er hat jedes Versprechen gehalten! Er geht nicht einfach weg und vergisst mich! Und daher dachte ich, du und ich, wir könnten vielleicht Sternentänzer befragen. Verstehst du? Ich muss einfach wissen, was mit Onkel Rocco ist. Und Sternentänzer ist vielleicht meine einzige Chance."

„Mannomann!" Carolin kickte einen Stein von der Straße. „Das ist ja echt eine heftige Geschichte." Sie atmete tief durch. Dass sie ihre Freundin in so einem Fall nicht im Stich lassen würde, war ja wohl absolut klar. Das war ein echter Notfall. „Also gut. Einverstanden. Ich werde dir helfen."

Endlich war es so weit! Voller Ungeduld hatte Lina der nächsten Vollmondnacht entgegengefiebert. Nun wartete sie schon, als Carolin kurz nach Mitternacht nach Lindenhain geradelt kam.

„Ich hatte schon befürchtet, dass du es dir anders überlegt hast", sagte Lina.

Carolin schüttelte den Kopf. „Eine Carolin, ein Wort! Meine Mutter ist noch ewig durch die Wohnung gegeistert. Deshalb hat es so lange gedauert. Fertig?"

Lina nickte. „Fertig."

„Dann los!"

Schweigend gingen sie in den Stall, sattelten Marhaba und Sternentänzer und ritten los. Es war eine kühle

Nacht. Am Himmel funkelten unzählige Sterne. Dazwischen hing der dicke, runde Mond.

Carolin ritt voran. Am Rand einer weiten Wiese hielt sie an. „Brrr, Sternentänzer!"

Lina blieb mit Marhaba neben ihr stehen.

„Also dann!" Sie streckte Lina die Zügel hin. „Hier."

„Ich soll allein?", fragte Lina erstaunt.

„Es ist dein Onkel."

„Und was soll ich tun?", flüsterte Lina andächtig.

„Nichts. Du setzt dich auf Sternentänzer, reitest los und stellst ihm deine Frage."

„Und wie? Ich meine, gibt's dazu eine bestimmte Formel?"

Carolin zuckte mit den Achseln. „Eigentlich nicht. Frag einfach: Ich wünschte, ich wüsste, ob ich meinen Onkel jemals wiedersehen werde … den Rest macht Sternentänzer."

Lina strahlte ihre Freundin an. „Das werde ich dir nie vergessen, Carolin. Nie im Leben!"

„Quatsch keine Opern, mach schon!"

„Und wenn wir Onkel Rocco gefunden haben, dann spuckt er eine Feuerfontäne nur für dich!"

„Mach schon", wiederholte Carolin. „Sonst ist die Nacht vorbei, der Vollmond weg und meine Mutter auf hundertachtzig!"

Lina schwang sich auf Sternentänzer, warf Carolin noch einen schnellen Blick zu, dann galoppierte sie los. Ihre langen Haare wehten wie eine Fahne hinter ihr her. Carolin lehnte sich an Marhaba.

Als Lina nach einer halben Stunde immer noch nicht

zurück war, wurde sie langsam unruhig. Nach einer Stunde packte sie die Panik. *Was, wenn etwas passiert ist? Wenn der Zauber irgendwie ganz anders als vorhergesehen wirkt, wenn ein Fremder auf Sternentänzers Rücken sitzt?* Nervös tigerte Carolin auf und ab. Gerade als sie losreiten und die beiden suchen wollte, kamen sie zurück.

Sternentänzer war nass geschwitzt, und Linas Haare standen zu allen Seiten.

„Und?", fragte Carolin. „Was war?"

Lina zuckte mit den Schultern. „Nichts. Ich hab's immer wieder versucht. Es ist nichts passiert."

„Ist er denn nicht plötzlich wie wild losgerast? Hattest du keine Vision in deinem Kopf?"

„Nichts. Es war so wie mit jedem anderen Pferd. Er galoppiert, und ich halte mich fest."

„Komisch", wunderte sich Carolin. „Es ist Vollmond, normalerweise müsste es klappen."

„Vielleicht funktioniert es nur, wenn du ihn reitest", vermutete Lina. Sie zögerte einen Moment. „Und wenn du ihn nach meinem Onkel befragst?"

Carolin zuckte mit der Schulter. „Kann ich probieren."

Sie klopfte ihrem Pferd den schweißnassen Hals. „Mein Süßer, wollen wir zwei es mal zusammen versuchen?" Sternentänzer wieherte ihr aufmunternd zu. Carolin stieg auf. „Lauf los, mein Schöner." Sternentänzer ging vom Trab aus direkt in den Galopp. „Ich wünschte, ich wüsste, wo Linas Onkel ist."

Sternentänzer galoppierte weiter, doch nichts geschah. Keine Vision, keine Bilderflut, nichts. Nach einem zweiten, ebenfalls erfolglosen Versuch galoppierte sie zurück zu Lina.

„Und was war?", fragte sie aufgeregt.

„Nichts."

Lina schwieg, doch Carolin fühlte, wie enttäuscht sie war. Carolin nahm ihre Freundin in den Arm und strich ihr über die roten Haare. „Tut mir echt leid, Lina."

„Macht nichts", murmelte sie. „Ist ja nicht deine Schuld. Du hast alles versucht."

„Moment." Carolin kam plötzlich eine Idee. „Weißt du was? Wir versuchen es mal zusammen. Du setzt dich hinter mich, und ich stelle die Frage. Ich glaube, es klappt nicht so recht bei mir, weil ich ja nicht einmal weiß, wie dein Onkel aussieht. Daher kann ich mich auch nicht auf ihn konzentrieren, wenn ich die Frage stelle! Ist doch ganz logisch! Das könnte doch das Problem sein!"

„Möglich", nickte Lina, und in ihren Augen flackerte ein kleiner Hoffnungsschimmer.

Carolin stieg wieder auf und kraulte Sternentänzer, der schon etwas ungeduldig hin und her tänzelte, an den Ohren. „Ich weiß ja, dass das alles ein bisschen anstrengend ist, mein Schöner. Aber wir müssen der armen Lina doch helfen, oder? Morgen bekommst du auch ein paar extra Leckerli von mir!"

Lina trat von einem Bein auf das andere. „Was ist jetzt? Sollen wir?"

„Komm hoch!", sagte Carolin. „Und halt dich gut an mir fest. Wenn es klappt, dann geht Sternentänzer los wie eine Rakete."

Lina brachte sich in Position und klammerte sich an Carolin. „Alles klar, wir können!"

„Also, ich stell die Frage, und du konzentrierst dich auf deinen Onkel. Stell ihn dir vor, wie du mit ihm gespielt hast. Alles klar?"

Lina holte tief Luft und nickte.

„Dann los!"

Als Sternentänzer in den Galopp ging, schloss Carolin die Augen. „Wenn ich nur wüsste, ob Lina ihren Onkel wiedersieht", murmelte sie. Nichts geschah. Noch mal. „Wenn ich nur wüsste, ob Lina ihren Onkel wiedersieht!" Wieder nichts. Sternentänzer galoppierte zwar los, wurde aber immer langsamer. Offenbar ging ihm allmählich die Puste aus. Carolin ließ ihn anhalten, drehte sich zu Lina. „Es funktioniert nicht."

Lina sprang ab. „Schade."

Schweigend ritten sie dann zurück nach Lindenhain und rieben die Pferde trocken.

„Tut mir echt leid, Lina", bedauerte Carolin, als sie an der Hofeinfahrt nebeneinander standen. „Ich wünschte so, ich hätte dir helfen können."

Lina zuckte mit den Achseln. „Du hast alles versucht! Jetzt werde ich wohl nie erfahren, was mit meinem Onkel geschehen ist." Ihre Stimme zitterte leicht.

„Und ich kann mir überhaupt nicht erklären, warum es nicht funktioniert hat!", sagte Carolin völlig ratlos mehr zu sich selbst als zu Lina.

Eine Freundin für Sternentänzer

Es war schon richtig herbstlich, und die Blätter an den Bäumen waren bereits bunt gefärbt. Alles in ihrem Leben war dabei, sich zum Guten zu wenden, und Carolin war mit sich und der Welt rundum zufrieden. Lina ging wieder regelmäßig in die Schule, tauchte auch wieder auf Lindenhain auf, und sie verbrachten viel Zeit miteinander. Sie ritten gemeinsam aus, putzten die Ställe oder lagen einfach so nebeneinander, kauten an Grashalmen und zählten die Wolken. Auch ging Carolins Mutter tatsächlich wieder mit ihrem Vater aus.

„Es geht ihm richtig schlecht seit der Sache in Mailand", behauptete Ines mehrmals und dass sie ihn nur ein wenig trösten wolle. „Rosanna ist nämlich ausgesprochen merkwürdig, seit sie das Kind verloren hat", sagte Ines, und manchmal glaubte Carolin, ein klein wenig Schadenfreude in Ines' Augen zu entdecken. „Aber weißt du, ich und Paul, wir wollen nichts überstürzen", beteuerte sie immer wieder. Manchmal lag Carolin wach und überlegte, wie es wohl sein würde, wenn sie wieder zusammenkämen. *Einerseits fände ich es total klasse, wenn Paps wieder jeden Tag bei uns wäre*, dachte sie dann. Andererseits war es mit Ines allein auch nicht so schlecht. Sie hatten sich mittlerweile in ihrem Zweimädelhaushalt ganz gut eingerichtet. Doch die allergrößte Freude in ihrem Leben war Sternentänzer. Manchmal hockte sie einfach nur so neben ihm in seiner Box und sah ihn an, stundenlang, und freute sich jede einzelne Sekunde, dass dieses wunderschöne Pferd ihr gehörte.

Gerade als sie dachte, ihr Leben könnte gar nicht besser werden, erwartete sie eines Nachmittags auf Lindenhain eine Überraschung.

Die Sonne schien herbstlich warm, und Eulalia ließ sich die schwächer werdenden Strahlen auf den Pelz brennen. Herr Maier und Carolina strolchten gemeinsam auf dem Hof herum und jagten die ersten herabfallenden Blätter. Gunnar hockte auf einem Stuhl vor dem Büro und studierte eine Fußballzeitschrift. Seine Füße mit den Cowboystiefeln hatte er weit von sich gestreckt und den Cowboyhut in den Nacken geschoben.

„He, Caro!" Er winkte ihr mit seinem Heft zu, als sie um die Ecke bog. „Komm doch mal kurz her!"

„Was gibt's denn, Gunnar?"

„Euer Findelkind, die Carolina …"

„Fand ich übrigens echt nett, dass sie auf Lindenhain bleiben durfte", nickte Carolin.

„Zum Glück versteht sie sich ja gut mit Herrn Maier."

„Ja, zum Glück", sagte Carolin und überlegte, worauf Gunnar hinauswollte. Wollte er Carolina etwa wieder

330

loshaben? Sie wegschicken? Wohin dann mit ihr? Ines würde einen hysterischen Schreikrampf bekommen. Und bei Lina konnte sie auch nicht bleiben.

Gunnar grinste schräg. „Ich schätze, die beiden verstehen sich ein bisschen zu gut."

Carolin sah ihn verständnislos an. „Warum das denn?"

„Na, denk doch mal nach!"

Carolin zuckte mit den Achseln. „Keine Ahnung, was du meinst."

„Na ja! Carolina ist ein Mädchen, Herr Maier ein Junge, und die beiden schlafen jede Nacht im gleichen Häuschen. Na, fällt der Würfel?"

„Ist doch prima, dann musst du nicht noch ein zweites Häuschen anschaffen!"

„Meine liebe Carolin." Gunnar sah sie an und grinste. „Du bist so süß naiv. Eure Carolina und mein Herr Maier bekommen Nachwuchs."

Carolin machte große Augen. „Hundebabys?"

„Hundebabys."

Carolin machte einen Luftsprung vor Freude. „Mann, Gunnar", stammelte sie. „Das ist ja obercool. Oh mein Gott! Lina fällt mausetot um, wenn sie das erfährt!"

Carolin war im Stall und rieb Sternentänzer mit einem Handtuch trocken. Er schnaubte und knabberte an ihrer Schulter. „Ja, deine Äpfel gibt's auch gleich. Nur noch einen kleinen Moment! Ich muss erst noch deine Hufe sauber machen." Sie holte den Hufkratzer aus der Sattelkammer und ließ ihre Hand an der Hinterseite des Pferdebeins hinabgleiten.

„Heb deinen Fuß!" Kaum hatte sie ausgesprochen, hob Sternentänzer auch schon bereitwillig das Bein. Carolin lächelte. Sie waren jetzt schon ein richtig eingespieltes Team, sie und Sternentänzer. Er hielt still und ließ sich Sand und Schmutz aus dem Huf kratzen. „Anderer Fuß", musste sie eigentlich gar nicht mehr sagen, denn den streckte er ihr bereits entgegen. Als sie mit dem Auskratzen fertig war, massierte sie erst etwas Kühlgel auf seine Beine, dann strich sie alle Hufe noch mit farblosem Huffett ein. Anschließend gab sie noch ein bisschen Sonnenblumenöl in ihre Hände, verstrich es über dem Schweifansatz und bürstete es durch sein langes, helles Haar. „So, mein Süßer. Jetzt bist du wieder sauber, und dein Fell glänzt. Siehst richtig zum Verlieben aus! Also wenn ich eine Pferdedame wäre, würde ich dich unwiderstehlich finden", grinste sie und hatte keine Ahnung, dass genau das eintreten würde.

Als sie aus dem Stall kam, sah sie Gunnar, der mit einer Frau sprach, die sie noch nie zuvor auf Lindenhain gesehen hatte. Sie war eine elegante Erscheinung. Ihr langes blondes Haar war zu einem Pferdeschwanz gebunden, und sie hatte den Hauch von Bräune im Gesicht, der von der echten Sonne und nicht von einer Sonnenbank kam. Ihre Kleidung bestand aus einem dunkelblauen Anzug. Neben der Frau stand ein Junge, etwa in Carolins Alter. Er hatte kurzes blondes Haar, trug ebenfalls einen dunkelblauen Anzug mit Einstecktuch und sah darin aus wie ein geschrumpfter Bankdirektor. Nur seine Segelohren, die fast waagrecht zur Seite standen, wollten nicht ins Bild passen.

Carolin kniete sich neben Carolina, kraulte ihre Ohren und beobachtete die beiden ungewöhnlichen Gestalten. Während sie sprachen, deuteten sie immer wieder zu einem Auto mit Anhänger, das offenbar der Frau gehörte. Dann nickte die Frau und ging mit Gunnar zu dem Auto. Sie öffnete den Anhänger und holte ein Pferd heraus. Und was für ein Pferd! Carolin traute ihren Augen kaum. Es war ein bildschöner, eleganter, kohlrabenschwarzer Araber, der mit stolzem Blick aus dem Anhänger schritt.

„Sieh dir den an, Carolina, ist das nicht ein Prachtstück?", murmelte Carolin und konnte kaum die Augen von dem herrlichen Tier abwenden. Sie führten es über den Hof in den Stall. Carolin lief ihnen hinterher. Sie wollte das prachtvolle Tier näher sehen. Selbst im Halbdunkel des Stalls glänzte das Fell des Pferdes noch wie schwarzer Samt. Der schön gezeichnete Kopf lief zur Nase hin schmal zu, die Ohren waren klein und unentwegt in Bewegung, und die Augen glänzten wie frisch polierte Reiterstiefel.

„Die Box neben Sternentänzer, einem weißen Araberhengst, wäre frei", hörte Carolin Gunnar sagen.

„Schön", meinte die Frau und lächelte Gunnar an. „Ich bin sicher, Cinderella wird sich bei Ihnen wohl fühlen."

„Wollen wir doch hoffen, dass Cinderella hier gut aufgehoben ist!", fügte der Junge hinzu.

Cinderella, wiederholte Carolin in Gedanken. Der Name passte ausgezeichnet zu diesem herrlichen Pferd, das so aussah, als wäre es direkt einem Märchenbuch entsprungen.

Ferdinand hieß der Junge, und seine Mutter hatte den großen Ehrgeiz, aus ihm einen berühmten Dressurreiter zu machen, der auf Cinderella eine goldene Schleife nach der anderen gewinnen sollte. Das alles erfuhr Carolin am nächsten Tag von Vicky, Gunnars besserer Hälfte, im Aufenthaltsraum. In dem kleinen Raum konnte man sich etwas zu trinken holen. Manchmal stand auch ein Kuchen da oder so wie heute ein paar Kekse.

„Und jetzt soll ich den Sohnemann auf Wettkampfkurs trimmen", grinste Vicky und leerte ihren Kaffeebecher. „Wenn es nach seiner Mutter geht, soll der Ärmste sämtliche Preise von der Nordsee bis zum Mittelmeer einheimsen." Sie kicherte. „Und dabei ist er fürs Reiten in etwa so begabt wie ich fürs Kuchenbacken." Und das wollte etwas heißen. Einmal hatte sich Vicky zu Gunnars Geburtstag hinreißen lassen, einen Kuchen zu backen. Zitronenkuchen. Fertige Backmischung. Ganz einfach. Idiotensicher. Aber irgendwie hatte sie es dennoch geschafft, dass der Kuchen so verbrannt schmeckte wie ein Stück glühende Kohle.

„Na dann, viel Spaß!" Carolin schob einen Chocolate-Chip-Keks in ihren Mund, zermalmte ihn genüsslich und spülte ihn mit einem Schluck Kakao hinunter.

„Komm doch rüber und schau zu", schlug Vicky vor, während sie Wasser in ihre Kaffeetasse fließen ließ.

„Wenn, dann höchstens, um Cinderella zu sehen!", meinte Carolin. Der aufgeputzte Sohnemann war ihr alles andere als sympathisch. *Hoffentlich bleibt der nicht lange auf Lindenhain*, dachte sie.

Vicky nickte anerkennend. „Diese Cinderella ist eine echte Schönheit."

Nachdem Carolin noch zwei Kekse gefuttert hatte, beschloss sie, Cinderella einen Besuch abzustatten.

„Mehr den inneren Schenkel", hörte sie schon von Weitem Vickys Stimme. „Du musst das Pferd zwischen den linken Zügel und den rechten Schenkel nehmen. Das Pferd muss bei der Volte rund sein!" Das, was Ferdinand da veranstaltete, hatte herzlich wenig Ähnlichkeit mit dem Kreis, den eine Volte bilden musste.

Vicky schlug die Hände über dem Kopf zusammen. „Noch mal, los!"

Schwitzend tat Ferdinand, was Vicky sagte. Sie stand mitten in der Halle, Ferdinand ritt im Trab eine Volte um sie herum. Cinderella peitschte unzufrieden mit dem Schweif und warf den Kopf hoch.

Carolin hockte auf einer Holzbank und sah amüsiert zu. Offenbar hatte dieser Ferdinand noch nicht die große Ahnung vom Reiten. Obwohl er aufgemotzt war wie ein Profi: blendend weiße Reithose, schwarzes Käppi, weißes Hemd, leuchtend rotes Halstuch, rote Weste, blitzblank geputzte Stiefel.

„Komm schon, bring den Kopf runter", befahl Vicky und verdrehte die Augen.

„Das Pferd geht nicht am Zügel. Wenn das Pferd nicht am Zügel geht, kannst du alles andere auch vergessen! Mach jetzt im Schritt weiter!" Doch Cinderella lief immer schneller. „Schritt!", brüllte Vicky.

„Sie reagiert nicht! Weder auf Zügel noch auf Schenkel", stöhnte Ferdinand.

„Du brauchst keine Angst haben!", rief ihm Vicky jetzt mit etwas ruhigerer Stimme zu. „Du kannst Pferden nichts vormachen. Sie spüren deine Angst! Entspann dich, Ferdinand, dann entspannt sich auch dein Pferd! Du machst das Tier ja ganz nervös."

Kaum holte Ferdinand einen Moment Luft und ließ die Zügel locker, da machte Cinderella sofort wieder den Hals lang.

„Nicht die Zügel lang lassen!", schimpfte Vicky wieder. „Ruhig atmen. Keine Panik!"

Carolin kicherte. Wenn Ferdinand vorhin nicht so arrogant gewesen wäre, könnte er ihr beinahe schon leid tun, so wie der Ärmste von Vicky geschunden wurde. Ihm lief schon der Schweiß über das Gesicht, und auch Cinderella war ganz nass.

„Los, weiter, im Trab", kommandierte Vicky weiter.

Cinderella trabte wieder an. Langsam schien sie ihren Widerstand aufzugeben, denn nun begann sie, folgsam am Zügel zu gehen.

Carolin striegelte Sternentänzer, als Ferdinand Cinderella nach der Trainingsstunde zurück in den Stall führte. Der Striegel glitt, gefolgt von der weichen Bürste, in regelmäßigen Strichen über den Pferderücken.

„Ist diese Vicky immer so drauf?", ächzte er. Seine Segelohren waren immer noch knallrot.

Carolin kicherte. Offenbar war Ferdinand doch nicht so steif, wie er aussah. „Nur manchmal."

Er streckte ihr die Hand hin. „Hi, ich bin Ferdinand, aber nenn mich Ferdi, und das ist Cinderella, genannt

Cindy! Doofer Name, ich weiß, aber der geht auf das Konto meiner Mutter. Und ich war machtlos dagegen. Aber Cindy ist ganz okay." Er plapperte drauflos wie ein Wasserfall, und Carolin nutzte die Gelegenheit, ihn genauer unter die Lupe zu nehmen. Er hatte wasserblaue Augen und das Gesicht voller kleiner Sommersprossen, was ihn irgendwie richtig lausbubenhaft aussehen ließ.

„Ich bin Carolin, und das hier ist mein Pferd Sternentänzer."

Ferdi pfiff anerkennend durch die Zähne. Auch das passte so gar nicht zu seinem ersten Auftritt im Stall. „Klasse Pferd!"

„Ja." Carolin platzte beinahe vor Stolz.

Carolin war so vertieft in ihr Gespräch mit Ferdinand, dass sie gar nicht bemerkt hatte, dass sich auch Sternentänzer und Cinderella miteinander bekannt machten. Sie beschnupperten und beknabberten sich und fanden einander offenbar äußerst sympathisch.

„Seid ihr neu hierher gezogen?", fragte Carolin. „Ich hab dich noch nie in Lilienthal gesehen."

„Gott bewahre! Nee. Wir wohnen in Berlin. Aber ab und zu, finden meine Alten, soll ich raus aufs Land zu meiner Tante. Wegen der frischen Luft und dem gesunden Leben und den guten Eiern."

„Dann bist du ja nur kurz hier."

„Sieht so aus. Nur für die Ferien."

„Und Cinderella?"

„In unserer Villa auf dem polierten Parkettboden machen sich Pferdeäpfel nicht so gut, und Hermine, unsere Haushälterin, hat was gegen Tiere aller Art", grinste Ferdi. „Deshalb ist Cindy in einem Privatstall untergebracht, vielleicht bleibt sie aber auch auf Lindenhain."

„Es gibt Schlimmeres."

„Und? Was geht denn hier so ab in eurem Kaff?", erkundigte sich Ferdi, und seine Augen blitzten unternehmungslustig. „Hast du ein paar coole Tipps für mich?"

Carolin deutete auf das nasse Fell von Cinderella. „Ich glaube, du trocknest besser erst mal dein Pferd!"

Ferdi rümpfte die Nase. „Gibt es hier denn niemanden, der das für mich erledigen kann?"

Carolin grinste. „Da musst du dich schon selber drum kümmern! Ach, das Putzzeug für die Pferde liegt in einer Kiste da hinten. Nimm dir alles, was du brauchst."

Ferdi legte die Stirn in Falten. „Äh … und … wie macht man das?"

Carolin prustete los. „Sag bloß, du hast noch nie …?"

Ferdi schüttelte den Kopf. Es war ihm wohl peinlich, denn unter seinen Sommersprossen hatte er einen knallroten Kopf. „Hilfst du mir?", fragte er dann verlegen.

„Es ist ganz einfach", erklärte Carolin grinsend. „Du fängst an mit dem Striegeln und bürstest gleichzeitig mit der Kardätsche."

„Kar… was?"

„Kardätsche. Und zum Schmutzentfernen nimmst du die Wurzelbürste."

„Und wenn sie beißt?", fragte er. Zuerst dachte Carolin, dass er einen Joke machen wollte, doch dann sah sie tatsächlich die Angst in seinen Augen.

Carolin grinste. „He, du putzt ein Pferd, keinen Bären! Ich hab noch von niemandem gehört, dass er beim Pferdeputzen ums Leben gekommen wäre. Es ist ganz einfach. Du musst nur versuchen, immer ihren Kopf im Blick zu haben. Und wenn sie die Ohren anlegt und sich feindselig zu dir umdreht, putz einfach an einer anderen Stelle weiter, das ist alles. Ihr müsst euch erst mal aneinander gewöhnen. Wenn was ist: Ich bin hier bei Sternentänzer." Sie klopfte ihm mit der Hand aufmunternd auf die Schulter. „Sei mutig, Ferdi! Du schaffst es!"

„Wah!", kreischte es keine drei Minuten später aus der Box nebenan.

Carolin hastete hinüber. „Was ist denn passiert?"

Ferdi wedelte mit der rechten Hand durch die Gegend. „Der doofe Gaul hat nach mir geschnappt!"

Carolin kicherte. „Wahrscheinlich hast du eine kitzlige Stelle erwischt. Vermutlich unten am Bauch!"

„Fertig!", schrie es ihr dann nach einer halben Stunde aus der Box nebenan entgegen, gerade als Carolin gehen wollte.

Sie ging hinüber zu Ferdi und hielt sich den Bauch vor Lachen bei seinem Anblick. Er sah aus wie aus der Müllkippe gezogen. Seine blütenweiße Hose stand vor Dreck, und sein Hemd zeigte dicke, dunkle Spuren. Das Halstuch hing zur Hälfte aus der Westentasche, und sogar sein Gesicht hatte dicke schwarze Flecken, von denen sich Carolin überhaupt nicht erklären konnte, wo sie herkamen.

Aber er war stolz wie Oskar. „Ich hab's geschafft",

jauchzte er und streckte ihr das Victoryzeichen entgegen. Wie er so dastand, so völlig schmutzig, aber so
hellauf begeistert und überhaupt nicht mehr der ein-
gebildete Schnösel, beschloss Carolin, ihn doch ganz
nett zu finden.

Neue Freunde und alte Feinde

Am Donnerstag vor den Herbstferien war Carolin schon kurz nach sechs munter.

Sie hatte richtig gute Laune. Grundlos. Einfach so. Und weil sie erst zur dritten Stunde zum Unterricht zu Miss Peggy Strawberry musste, beschloss sie, Sternentänzer noch vor der Schule einen kurzen Besuch abzustatten. Tatenlustig hüpfte sie aus dem Bett, ging ins Badezimmer und wollte gerade mit der Katzenwäsche beginnen, als sie eine dicke, große Spinne entdeckte, die es sich im Waschbecken bequem gemacht hatte.

„Ihhhh!", kreischte Carolin. Wenn sie irgendein Tier wirklich eklig fand, dann waren es Spinnen in freier Wildbahn. Doch in diesen Tagen konnte sie eigentlich gar nichts erschüttern. Sie dachte an Sternentänzer, begann vor sich hin zu summen, packte den Zahnputzbecher und ließ das behaarte, langbeinige Ungeheuer, ohne mit der Wimper zu zucken, in das Glas krabbeln. Dann kippte sie es aus dem Fenster. „Tschüss, Spinne!" Wenn sie in diesem Moment nicht so unerschütterlich gut gelaunt gewesen wäre, dann hätte sie erkennen müssen, dass eine Spinne am Morgen ein schlechtes Vorzeichen war. Früher hatte sie bei all ihren Entscheidungen ein Orakel befragt. Dieses hatte aus der Bahnschranke, aus Katze Eulalias Jagdglück oder den Ampeln in Lilienthal bestanden. Doch seit in ihrem Leben alles so glattlief, brauchte sie kein Orakel mehr. Dachte sie zumindest. Sie stürzte eine Tasse Kakao hinunter, aß ein Marmeladenbrot, packte ihre Tasche voll mit selbst gebackenen Leckerli und radelte nach Lindenhain.

In der Einfahrt wartete schon Carolina und begrüßte sie freudig schwanzwedelnd. Herr Maier schnarchte noch in seiner Hundehütte. „Hallo, Süße, wie geht's denn so? Wie fühlt man sich denn als werdende Mutter?" Carolin stieg vom Rad und kraulte den Hund.

„Hallo, Sternentänzer!", schrie sie wenig später durch den ganzen Stall und tanzte an den anderen Boxen vorbei. An der letzten blieb sie stehen. Sternentänzers Name war immer noch mit Kreide an die Tür geschrieben. *Ich muss ihm ein richtig schickes Schild aus Emaille machen lassen*, beschloss Carolin. *Mit Verzierungen. Und Schnörkeln. Es muss das schönste Schild im ganzen Stall werden. Ach was, im ganzen Land!*

Sternentänzer wieherte ihr freudig entgegen, tänzelte hin und her und warf den Kopf hoch und runter.

„Du riechst meine Leckerli, stimmt's?" Carolin hielt ihm eine Handvoll selbst gebackener Kekse hin, die er genüsslich zermalmte.

Sie kicherte. „Ihhh, das kitzelt!"

342

Aus der Nebenbox ertönte gleich darauf ebenfalls ein begehrliches Wiehern. Cinderella hatte auch Lust auf etwas Leckeres.

„Sollen wir deiner Freundin was abgeben? Was meinst du?"

Sternentänzer bewegte den Kopf auf und ab, als würde er nicken.

„Na gut!"

Nachdem sie Cinderella ebenfalls mit Leckerli versorgt hatte, schlenderte sie gut gelaunt wieder zurück in Sternentänzers Box und rückte den Salzleckstein in dem aufgeschnittenen Kanister zurecht.

„Hi, Caro!", hörte sie auf einmal Nicks Stimme. „Gut, dass du schon da bist."

„Aber nicht mehr allzu lange, ich muss gleich in die Schule. Warum? Was ist denn los?"

„Tja." Nick kratzte sich am Kopf. „Ich weiß gar nicht, wie ich's dir sagen soll …"

„Einfach so. Mach's nicht so spannend!", ermunterte ihn Carolin, die keine besondere Neuigkeit erwartete. „Spuck's schon aus!"

Nick holte tief Luft. „Wahrscheinlich weißt du noch nichts davon …"

Carolin schüttelte den Kopf. „Wovon denn?"

„Ähm … Frank Stone ist wieder frei."

„Wie bitte?" Carolin erstarrte vor Schreck und ließ den Eimer mit Hafer fallen, den sie gerade in der Hand hielt. Ein Kälteschauer lief ihren Rücken hinunter. „Sag das noch mal."

„Frank Stone ist frei."

„Sag bitte, dass das nicht wahr ist!", murmelte Carolin tonlos und bleich wie die Stallwand.

Nick nickte. „Doch, leider. Ist so. Die Nachricht kam gestern Abend."

Die Gedanken in Carolins Kopf purzelten wild durcheinander. „Aber ... wie ist das denn möglich? Das kann doch gar nicht sein ..."

Nick sah zu Boden. „Der Typ ist auf Kaution raus. Irgendjemand hat einen Haufen Geld für ihn hingeblättert."

„Oh mein Gott!" Carolin schluckte, aber der Kloß in ihrem Hals wollte nicht verschwinden. „Kann man denn da nichts machen?"

Nick fuhr sich durch die Haare. „Was denn?"

„Und wenn ...?" Carolin wagte kaum, es auszusprechen. „... Und wenn er kommt und Sternentänzer zurückholen will?"

Nick legte den Arm um sie. „Das geht doch gar nicht. Sternentänzer gehört jetzt dir. Mit Brief und Siegel."

„Sicher?", fragte Carolin mit dem Anflug eines Lächelns.

„Ganz sicher!"

„Und wenn er sich an ihm rächen will? Immerhin hat er sein Geheimnis nicht preisgegeben ..."

„Caro, ich glaube nicht, dass der Typ irgendwelche Schwierigkeiten macht. Der wird froh sein, dass er raus ist, und fertig."

Carolin schluckte trocken. „Aber immerhin saß er wegen mir da drin ..."

„Ach komm, das ist doch Schnee von gestern."

344

„Meinst du wirklich, Nick?", hakte Carolin zweifelnd nach.

„Ganz sicher!", versprach Nick, doch sein Blick sagte etwas ganz anderes.

„Na gut." Carolin atmete tief durch, dann fiel ihr Blick auf Nicks Uhr. „Mist, so spät schon! Ich muss in die Schule!", sagte sie und raste los.

Sternentänzer und Cinderella verbrachten viel Zeit miteinander und wurden unzertrennlich. Es war unmöglich, ein Pferd aus dem Stall zu holen und das andere drin zu lassen. Wenn Carolin auf dem Gatter saß und nach Sternentänzer rief, kamen beide angaloppiert. Wenn Sternentänzer dann seine Stirn gegen ihre Schulter lehnte und schnaubte und sich streicheln ließ, dauerte es nicht lange, dann wollte auch Cinderella gestreichelt werden. Neben den Pferden verbrachte Carolin auch viel Zeit mit Ferdi. Lina war in den Herbstferien mit ihren Eltern mitgefahren. Sie musste ihnen helfen, auf einem Jahrmarkt in der Nähe ihre Kräuterbonbons zu verkaufen. Den ganzen Tag in einem stickigen Wohnwagen stehen und fragen: „Welche Sorte darf's denn sein? – Nein, Himbeerbonbons helfen nicht gegen Halsschmerzen, da nehmen Sie doch mal besser die mit Salbei." Auch nicht lustig!

Nick hatte Urlaub und war nun in Griechenland zum Surfen. Nick in der Badehose. Carolin grinste bei der Vorstellung. Sie sah ihn sonst nur im Blaumann, in

Jeans oder in Reitklamotten. Außerdem hatte sie gar nicht gewusst, dass Nick surfen konnte. Luisa war ein paar Tage zu ihren Großeltern nach München verreist, Heike und Julia waren zusammen an den Gardasee gefahren. Zum Shoppen und zum Flirten! Julias Eltern hatten dort ein Haus. Auch Ines hatte vorgeschlagen, dass sie doch ein paar Tage Urlaub machen könnten. Nach Mallorca oder auf die Kanaren, aber Carolin hatte keine Lust. Sie mochte den Herbst, warum sollte sie vor ihm fliehen? Sie fand es schön, zu sehen, wie sich die Blätter bunt färbten. Oder wenn sich beim Ausreiten schon die ersten Nebelschwaden wie hauchdünne Schleier über die Wiesen legten. Und vor allem: Wer sollte sich denn um Sternentänzer kümmern? Sie starb schon vor Sehnsucht, wenn sie ihr geliebtes Pferd auch nur einen Tag lang mal nicht sah.

Also blieben zum Zeitvertreib nur Gunnar und Ferdi. Und Gunnar … Na ja, dann eben doch lieber Ferdi, der mittlerweile auch Jeans und T-Shirt trug. Zwar stinkteure Markenklamotten, aber immerhin.

Außerdem war es immer lustig mit ihm. Einige Tage nach Carolins Nachhilfestunde im Pferdeputzen kam Ferdi mit einem riesigen Korb an.

„Jetzt bin ich richtig ausgerüstet!", rief er ihr schon von Weitem zu. „Gunnar hat mir aufgeschrieben, was ich alles brauche." Er lief in den Stall und verteilte seine Utensilien vor Cinderellas Box.

„Massageöl?" Carolin grinste. „Zeig mal!" Sie griff nach der Flasche. „Massageöl mit Sandelholz für weiche, glatte Haut nach dem Saunabesuch" stand darauf.

„Falsch, Ferdi. Vaseline oder Speiseöl ist viel besser."

„Hier, ein Schwamm!"

„Nee, Ferdi, doch keinen Küchenschwamm. Für Cinderella brauchst du einen Duschschwamm."

Ferdi ließ sich nicht entmutigen und zog das Nächste aus seinem Korb. „Voilà, Fellglanz-Spray!"

„Brauchst du eigentlich nicht. Ein bisschen Essig reicht auch."

„Hab ich auch!", rief Ferdi triumphierend und zog eine Flasche hervor.

Carolin kicherte. „Doch nicht italienischen Balsamicoessig. Den kannst du in den Salat kippen. Ganz simpler Supermarktessig reicht völlig."

Ferdi zog das letzte Teil aus seinem großen Korb. „Haarwaschmittel."

Carolin prustete los. Es war ein Shampoo für feines, strapaziertes Haar aus der Kollektion eines bekannten Starfriseurs. So hoch wie eine Coladose und wahrscheinlich schweineteuer.

„Ferdi", sagte sie und hielt sich den Bauch vor Lachen. „Das reicht höchstens für einmal Schweifwaschen. Wenn du Cinderella mit dem Shampoo waschen willst, brauchst du ein Abo!"

„Tja!" Ferdi kratzte sich an seinen Segelohren. „Da muss ich wohl noch das eine oder andere lernen."

Inzwischen hatte Carolin herausgefunden, dass Ferdi überhaupt nicht reiten lernen wollte. Er wollte eigentlich viel lieber Eishockeycrack werden. Aber seine Mutter erlaubte es wegen der Verletzungsgefahr nicht.

„Sie hat Angst, dass ihr zartes Bübchen ein paar blaue Flecken abbekommen könnte", spottete Ferdi. „Außerdem ist Reiten auch viel schicker, meint sie. Ich hab mir eine Eishockeyausrüstung gewünscht und bekommen hab ich ein Pferd", grinste er.

„Na, da kann ich mir aber schlimmere Geschenke vorstellen", lachte Carolin. Sie fand ihn eigentlich ziemlich nett, nur manchmal ließ er den arroganten Großstädter raushängen, und dann hätte sie ihn an die Wand klatschen können. So wie jetzt. Jeder wünschte sich ein Pferd. Groß, stark und schnell. Und Ferdi bekam es einfach so auf dem Silbertablett serviert und wollte es nicht einmal. Wenn sie daran dachte, wie sie um Sternentänzer hatte kämpfen müssen …

Die meiste Zeit hockten sie nebeneinander auf dem Koppelgatter und beobachteten Sternentänzer und Cinderella. Es war herrlich anzusehen, wie die beiden eleganten Pferde gemeinsam über die Wiese jagten. Das eine pechschwarz, das andere schneeweiß.

„Ein schönes Paar", sagte Carolin.

„Stimmt", nickte Ferdi und blies seinen blonden Pony aus dem Gesicht. Die Haare waren eigentlich gar nicht lang. Sie erreichten nicht mal die Hälfte der Stirn, doch er pustete sie ständig nach oben.

„Ich glaube, die mögen sich", bestätigte Carolin. Sie freute sich darüber, dass Sternentänzer eine Freundin gefunden hatte, doch es gab ihr auch einen kleinen Stich. *Er ist mein Ein und Alles, also sollte ich das auch für ihn sein,* dachte sie. *Aber na ja! Ich hab halt keine vier Beine, sondern nur zwei …*

„Schade, dass wir zurück nach Berlin müssen", seufzte Ferdi dann auf einmal.

„Wann denn?"

„Morgen."

„Morgen schon?" Carolin sah ihn betreten an. Sie mochte ihn mittlerweile richtig gerne, und sie würde ihn vermissen, ihn und Cinderella.

„Ja, schade. Es war gar nichts los in deinem Kaff, aber trotzdem war's ganz nett hier."

„Ja", nickte Carolin.

Ferdi blinzelte in die Sonne. „Ich sollte Tante Teodora bald wieder besuchen."

„Solltest du."

„Und wann haust du ab?"

„Gleich in der Frühe."

Carolin sagte nichts, aber sie war sauer, dass er ihr nicht schon früher verraten hatte, dass er morgen verschwinden würde. *Idiot!* Sie war ärgerlich, aber gleichzeitig auch ein wenig traurig.

„Mutter kommt ganz früh und holt Cinderella ab."

„Puh", seufzte Carolin und beobachtete, wie die beiden Pferde einträchtig nebeneinander auf der Wiese grasten. „Das wird sicher ein schwerer Abschied für die beiden."

Ferdi zuckte mit den Schultern. „Tja, so ist das Leben. Sie werden's schon überleben."

Was ist los mit Sternentänzer?

Als Carolin am nächsten Tag nach Lindenhain kam, waren Ferdinand und Cinderella schon weg. Sie war schon ein bisschen sauer, dass er sich nicht einmal richtig verabschiedet hatte, mit Adressen austauschen und so. Immerhin hatte sie ihm beigebracht, wie man Pferde putzt, Hufe auskratzt und den Stall ausmistet. Sie hatten eigentlich ziemlich viel Spaß zusammen gehabt. „Pah!", knurrte sie dann und zuckte mit den Schultern. *Dann geh doch zu deinen Großstadttussis. Mir doch egal!* In zwei Tagen war wieder Schule, Lina würde wieder zurückkommen und einen Tag später auch Nick von seinem Surftrip. Alles würde wieder sein wie früher. So, als wären Ferdi und Cinderella nie aufgetaucht. Doch da sollte sie sich gewaltig täuschen.

Sternentänzer begrüßte sie mit so freudig lautem Wiehern, als hätte sie sich schon seit Wochen nicht mehr blicken lassen. Er rieb seinen Kopf an ihr und schnüffelte hingebungsvoll an ihrer Schulter. „Na, mein Süßer." Er blieb den ganzen Tag über ausgesprochen anhänglich und wich kaum von ihrer Seite. Als sie sich am Abend von ihm verabschiedete, sah er ihr mit traurigen Augen noch lange nach.

Am nächsten Tag schaffte sie es nicht nach Lindenhain. Ihre Mutter bestand darauf, mal wieder etwas zusammen zu unternehmen. Ausgerechnet am letzten Ferientag vor der Schule bei superschönem Wetter. Aber Ines ließ nicht locker. „Wir machen so wenig zusammen!", beharrte sie. „Wir leben aneinander vorbei. Ich weiß so wenig von dir und deinem Leben!" Also trotteten sie zusammen durch den Zoo. Wie immer, wenn die mütterlichen Gefühle mit Ines durchgingen. Zum Glück kam das nicht besonders häufig vor, und meistens steckte auch etwas dahinter.

„Du, Carolin", begann ihre Mutter auch glatt, als sie mit zwei dicken Tüten Popcorn vor dem Affenkäfig standen. „Das mit uns zwei, das ist doch eigentlich ganz in Ordnung, oder was meinst du?"

„Klar", bestätigte Carolin, warf eine Handvoll Popcorn ein und grinste über ein Affenpärchen, das sich gegenseitig den Rücken entlauste. Gleichzeitig behielt sie ihre Mutter im Auge, die offenbar um Worte rang.

Ines holte tief Luft. „Wenn sich da was ändern würde, wie würdest du das denn finden?"

Carolin seufzte. „Mam! Sag einfach, was du zu sagen hast, und schleich nicht herum wie die Katze um den heißen Brei."

„Tja", seufzte ihre Mutter und bekam mit einem Mal einen knallroten Kopf. „Es geht um deinen Vater."

Carolin überlegte. Sie nannte ihn wieder „deinen Vater" und nicht mehr Paul. *War das nun ein gutes oder ein schlechtes Zeichen?* „Was ist denn mit meinem Vater?", fragte sie dann.

„Na ja, in der letzten Zeit haben wir uns häufiger gesehen und festgestellt, dass wir uns eigentlich noch sehr mögen." Ines' Kopf hatte inzwischen die Farbe einer überreifen Tomate.

„Aha! Und?"

„Was würdest du sagen, wenn …? Ich meine … es ist nur eine ganz theoretische Frage, noch ist ja überhaupt noch nichts entschieden, aber was würdest du sagen, wenn …?"

„Wenn er wieder zu uns zieht? Das war es doch, was du sagen wolltest?", sagte Carolin, ohne den Blick von den Affen zu wenden.

Ines nickte. „Ja, doch. Ich denke schon."

„Und Rosanna?"

„Sie sind gerade dabei, sich zu trennen."

Carolin fuhr herum. „Echt?" Wenn das mal keine gute Nachricht war.

„Das sagt zumindest dein Vater."

„Weil sie so rumzickt?"

„Ja."

„Mam", begann Carolin und sah ihre Mutter ernst an. In diesem Moment kam sie sich vor, als wäre sie achtunddreißig und ihre Mutter ein Schulmädchen. „Hast du dir eigentlich schon mal überlegt, was ist, wenn irgendwann Rosanna aufhört rumzuzicken? Wenn sie wieder normal ist? So wie früher, als Paps sie kennengelernt hat? Immerhin hat er dich wegen dieser Tussi verlassen. Dich und mich! Mit Sack und Pack ist er abgeschwirrt, einfach so. Es war ihm völlig egal, was aus uns wird. Und jetzt will er wieder zurück, und alles soll so sein wie früher?" Sie sprach hektisch. Ohne Punkt und Komma, ohne Luft zu holen.

„Die Situation ist jetzt eine ganz andere. Es hat sich vieles geändert."

„Ach ja? Was denn?"

Ines sagte nichts, sondern stopfte sich nur eine Handvoll Popcorn in den Mund. Carolin hatte mit ihren Bedenken wohl ins Schwarze getroffen.

„Caro, gut, dass du kommst!", empfing sie ein braun gebrannter Nick, als sie nach ein paar Tagen wieder in Lindenhain aufkreuzte. Irgendwie hatte sie sich bei dem Zoobesuch erkältet, denn die folgenden zwei Tage hatte sie mit Fieber im Bett verbracht. Normalerweise hätte sie dieses gefreut, denn dann musste sie nicht zur Schule gehen. In diesem Fall kam es ihr aber gar nicht gelegen, denn unmittelbar nach den Ferien hatten in der Schule immer alle viel zu erzählen. Außerdem gab es noch kaum Hausaufgaben. Ganz abgesehen davon, dass sie nicht zu Sternentänzer konnte.

„Hi, Nick, wie war dein Urlaub?" Carolin stellte fröhlich ihr Fahrrad ab und kraulte einmal Carolina und einmal Herrn Maier hinter den Ohren. So viel Zeit musste sein. Gleichzeitig spähte sie hinüber zur Weide und suchte nach Sternentänzer. Aber er war nicht zu sehen.

„Prima. Erzähl ich dir später. Es gibt Probleme mit Sternentänzer!"

„Wie?" Carolin fuhr zusammen. Ein kalter Angstschauer lief ihr den Rücken hinunter. „Wieso? Was ist denn? Sag schon! Hat … ist … Stone …?" Mit einem Mal kam die ganze Entführungsgeschichte wieder in ihr hoch. Sie sah den Schuppen, in dem Sternentänzer gefangen gehalten worden war, sah die züngelnden Flammen, das fiese Grinsen von Frank Stone und fühlte wieder ihre Angst, Sternentänzer zu verlieren.

„Reg dich nicht auf! So schlimm ist es auch wieder nicht", beruhigte Nick sie. Er konnte ihr den Schreck an der Nasenspitze ablesen. „Komm mit in den Stall", sagte er, und sie folgte ihm mit bleichem Gesicht.

Sternentänzer lag lustlos in seiner Box. Er hatte sich in einer Ecke zusammengekauert und blickte unendlich traurig zu ihr auf.

„Oh Gott!", rief Carolin. „Sternentänzer! Was hast du denn?"

Als Sternentänzer ihre Stimme hörte, blickte er auf und wieherte. Freudig zwar, aber nur ganz leise und völlig kraftlos.

„Ist er krank? Hat er Husten? Hast du Fieber gemessen? Hat er was Falsches gefressen? Hat er Rasenmähergras erwischt oder zu viel Stroh? Könnte es eine Kolik sein?"

Nick zuckte mit den Schultern. „Er isst gar nichts mehr und wird von Tag zu Tag schwächer."

„Warum hast du mich denn nicht angerufen! Ich wäre doch sofort gekommen!"

„Hab ich doch!", verteidigte sich Nick. „Deine Mutter sagte, du hättest Fieber und liegst im Bett."

„Verdammt!" In diesem Moment wünschte sie ihre Mutter dorthin, wo der Pfeffer wächst. Sie kniete sich neben Sternentänzer, streichelte seinen schönen Kopf und strich zärtlich über seine geblähten Nüstern. „Was ist denn mit dir, mein Schöner?"

Unter ihren Berührungen schien er wieder ein wenig Kraft zu sammeln. Seine vorher nach hinten gelegten Ohren stellten sich wieder auf. Er erhob sich langsam und schüttelte sich. Dann legte er seinen Kopf an ihre Schulter.

Nick beobachtete die beiden. „Sieht wohl so aus, als hätte er dich einfach nur vermisst", mutmaßte er.

„Hier!" Er hielt Carolin eine Handvoll Äpfel und ein paar Kanten altes Brot hin. „Versuch du es mal! Vielleicht will er von dir fressen."

Und ob er wollte! Im Handumdrehen hatte er ihre Hand leer gefuttert. Zur Belohnung gab ihm Carolin ein Küsschen. „So ist's gut, mein Süßer. Dann bring ich dich jetzt mal ein bisschen auf die Weide!"

Sie hatte eigentlich erwartet, dass er nach so vielen Tagen in der Box in übermütigen Bocksprüngen über die Wiese jagen würde, doch sie hatte sich geirrt. Er galoppierte zwar auf und ab, aber er schien nicht glücklich zu sein. Sein Schweif, den er sonst ruhig und hochgestellt trug, war jetzt entweder eingeklemmt oder schlug heftig hin und her. Carolin hockte auf dem Koppelzaun und beobachtete ihr Sorgenkind. Sie spürte, dass etwas mit ihm nicht stimmte. Er schien einerseits richtig deprimiert, andererseits völlig aufgedreht. „Was ist bloß mit dir los, Sternentänzer?", murmelte sie vor sich hin.

Ich muss was unternehmen! Sie guckte in den Himmel, doch vom Mond zeichnete sich gerade mal eine schmale helle Sichel ab. Bis zum nächsten Vollmond konnte sie also nicht warten. *Tierarzt?* Aber Sternentänzer schien nicht wirklich krank zu sein. Er graste friedlich vor sich hin und vertrieb mit seinem Schweif immer wieder ein paar lästige Fliegen. Aber irgendetwas war anders. Er war nicht der Sternentänzer, den sie kannte. Für einen kurzen Moment kam ihr ein schrecklicher Gedanke: *Ist das vielleicht die Strafe dafür, dass ich Lina damals am See Sternentänzers Geheimnis verraten habe?*

Vermutlich hatten sich ihre Eltern abgesprochen, denn ein paar Tage nach dem Zoobesuch stand ihr Vater mit zwei dicken Tüten vom Schnellimbiß vor der Tür. Und dies ausgerechnet an einem Abend, an dem Ines nicht zu Hause war, weil sie noch arbeiten musste. An dem sie also sturmfreie Bude hatte und an dem er ungestört mit ihr plaudern oder besser sie überreden konnte, hier wieder einzuziehen. Das konnte kein Zufall sein!

Er ließ sich in den Sessel im Wohnzimmer fallen, der ja eigentlich streng genommen sowieso seiner war, und packte die Tüten aus. Zwei Hamburger, zwei Mal Chicken-Nuggets mit süßsaurer Soße, zwei doppelte

Cheeseburger, zwei Eistüten, zwei Mal Chefsalat mit Balsamicosoße und zwei Apfeltaschen.

„Paps!" Sie warf ihm einen strafenden Blick zu. „Wer soll das denn alles essen?"

„Na, wir beide."

„Dann platz ich!"

„Ich wusste nicht mehr so genau, was du gerne magst", sagte Paul und sah sie mit einem Hundeblick an.

Wenn er denkt, er kriegt mich damit rum, dann hat er sich geschnitten, dachte Carolin und schnappte sich einen Hamburger, den sie wirklich gerne mochte.

Carolin grinste breit. „Und ich dachte, du isst nur noch gesunde Sachen, so wie diese leckeren Bratlinge, die Rosanna so macht …"

Paul winkte ab. „Hör mir bloß damit auf!"

„Also?", fragte sie dann mit vollem Mund. „Was gibt's?"

Paul goss sich eine Packung Balsamicosoße über seinen Salat und rührte mit der Plastikgabel darin herum. Carolin musste grinsen. Sie wusste, dass er Plastikgeschirr nicht ausstehen konnte, doch er wagte es offenbar nicht, sie nach einem richtigen Teller und einer anständigen Gabel zu fragen. *Geschieht dir ganz recht!*, dachte sie und mampfte ihren Hamburger.

„Ines hat dir ja schon erzählt, was alles passiert ist, seit wir uns das letzte Mal gesehen haben", begann er.

„Ja", nickte Carolin. „Das mit Mailand tut mir leid."

Er nickte. „Ja, mir auch."

„Und seit das passiert ist, na ja, ist bei mir und Rosanna der Wurm drin."

„Du meinst, seit Rosanna dein neues Kind verloren hat", sprach Carolin leise aus, was er zu verschweigen suchte.

Er sah sie an, und seine Augen wirkten irgendwie leer. „Ja, seit Rosanna unser Baby verloren hat." Er schob die Plastikschale mit dem Salat von sich. „Ich verstehe, dass du verletzt bist, Carolin. Aber, na ja, das mit dem Baby war ohnehin Rosannas Idee. Sie wollte unbedingt ein Kind. Ich, tja, ich habe ja dich. Aber", er hob die Hände, als wolle er sich verteidigen, „ich will jetzt ganz ehrlich mit dir sein. Natürlich habe ich mich auf das Kind gefreut, als ich mich an den Gedanken gewöhnt hatte." Er seufzte tief. „Leider ist es ja anders gekommen."

Carolin holte sich die Schachtel mit den Chicken-Nuggets. Sie war zwar schon pappsatt, doch sie wollte einfach irgendetwas zu tun haben, während sie dieses komische Gespräch mit ihrem Vater führte. Und wenn es nur essen war.

„Sag mal, Carolin?" Er sah sie schief an. „Du hast mich doch bei unserem letzten Gespräch nach der Oper gefragt, ob Rosanna ein rotes Kleid hätte."

Carolin nickte und stopfte sich schnell den Mund so voll mit Nuggets, dass sie nicht antworten konnte.

„Wir waren in der Oper, als es passierte. Rosanna hatte sich gerade an diesem Nachmittag ein rotes Kleid gekauft. So einen stinkteuren Designerfummel. Er sah Carolin, die immer noch heftig kaute, obwohl ihr Mund inzwischen leer war, streng an.

„Na ja, war wohl Zufall. Jedenfalls hat Rosanna den Unfall nicht so leicht weggesteckt, was ja auch verständlich ist."

Carolin griff schnell nach dem nächsten Nugget und schob es in ihren Mund. Eigentlich hasste sie die Teilchen ohne Soße, aber in diesem Fall …

„Wir haben viel diskutiert und vor allem viel gestritten. Tja, und in diesen schweren Tagen war mir deine Mutter eine große Stütze. Und wir sind uns wieder nähergekommen."

Noch ein Chickenteil, aber zuerst tief in die Soße stoßen.

„Es bestünde zumindest theoretisch, also möglicherweise die Chance, die ich noch vor einem Jahr völlig ausgeschlossen hätte, dass …"

„Dass du wieder zu uns ziehst", half ihm Carolin auf die Sprünge und dachte: *Der drückt sich ja genauso bescheuert aus wie Mam neulich im Zoo.*

„Ja, vielleicht, die Möglichkeit bestünde zumindest …"

„Mann, Paps!", unterbrach ihn Carolin mit einem Mal.

Ihr Vater sah sie gespannt an, als warte er auf irgendeinen schlauen Kommentar.

„Du hast die Cola vergessen!" Sie marschierte in die Küche und holte eine Orangenlimonade aus dem Kühlschrank. *Mach, dass das Gespräch bald vorbei ist!* Allmählich ging ihr die ganze Beziehungskiste ihrer Eltern ziemlich auf die Nerven. Als Paul ausgezogen war, hatte sie gedacht, die Welt würde zusammenbrechen oder der Himmel einstürzen. Aber nichts davon war passiert. Und jetzt? Na ja, das blieb noch abzuwarten. Wenn

Erwachsensein so kompliziert war, dann wollte sie für immer minderjährig bleiben. *Und überhaupt, warum können sie das nicht unter sich ausmachen? Rein in die Kartoffeln, raus aus den Kartoffeln! Erst Paps und Ines, dann Paps und Rosanna und Ines und Thomas, jetzt wieder Paps und Ines. Macht doch, was ihr wollt, und teilt mir dann das Ergebnis mit. Aber das endgültige!,* dachte sie und befragte ihren Bauch, ob noch Platz für einen Eisbecher war.

Cinderellas Rückkehr

„Hände hoch, oder ich schieße!" Es war Lina, die ihren Finger in Carolins Rücken drückte und dann neben sie auf das Gatter kletterte. Sie trug wieder ihre zwei oder drei Röcke übereinander, die sie in der letzten Zeit zuweilen schon gegen Jeans eingetauscht hatte.

„Hi, Lina", grüßte Carolin, ohne sie anzusehen. Eigentlich war sie froh, ihre Freundin wiederzusehen, doch im Moment plagten sie ganz andere Sorgen.

Lina knuffte sie in die Seite. „Ich hatte gerade ein längeres Gespräch mit Carolina."

Carolin grinste. „Sie hat mir verraten, dass sie sich sehr gut eingelebt hat und dass Herr Maier sie anständig behandelt!"

„Hat sie das gesagt?"

„Das hat sie gesagt, und dass sie demnächst auf Weltreise geht und sich morgen das Ticket kaufen wird."

„Freut mich für sie", murmelte Carolin.

Lina wedelte mit der Hand vor Carolins Gesicht herum. „Carolin, hallo! Wo bist du? Du hörst mir ja gar nicht zu."

Carolin seufzte schwer. Sie war tatsächlich in Gedanken versunken und nahm Lina nur wie hinter einem Schleier wahr. Zu groß war ihre Sorge um Sternentänzer. „Sternentänzer ist irgendwie komisch!"

„Was hat er denn? Ist er krank? Sieht doch ganz normal aus."

„Ich weiß nicht. Nee, er ist nur irgendwie … seltsam drauf."

„Wie seltsam?"

„Ich weiß nicht, was ich mit ihm machen soll."

„Das wird schon wieder." Lina warf mit einer schnellen Handbewegung ihre langen Haare zurück. Dann legte sie den Arm um Carolin, die schon den Tränen nahe war.

„Und wenn nicht …", stammelte sie.

„Dann fragen wir einfach Ami", beschloss Lina, und damit war für sie die Angelegenheit erledigt.

Carolin schielte zu Lina. Das war vielleicht gar keine dumme Idee. Immerhin hatte diese Ami bisher für alles eine Lösung oder besser irgendein Kräuterchen parat gehabt. Bei dieser Aussicht wurde Carolin dann doch ein wenig leichter ums Herz. „Vielleicht hast du recht", seufzte sie.

„Hab ich!", nickte Lina bestimmt. „Bin ich froh, dass diese Ferien vorbei sind!", seufzte sie dann.

„Warum das denn? Davon hast du in der Schule gar nichts erzählt", wollte Carolin überrascht wissen.

„Ich wollte vor den anderen lieber nichts sagen", erklärte Lina. „Es war ziemlich langweilig ohne dich und Lindenhain!" Sie seufzte. „Außerdem kommen mir diese bescheuerten Kräuterbonbons mittlerweile zu den Ohren raus!"

Carolin grinste. „Bei deinen Haaren würde man das nicht mal bemerken ..."

Lina hob drohend den Zeigefinger. „Nicht frech werden, ja!" Sie seufzte und sah sich um. „Und was war hier so los?"

Carolin holte tief Luft. „Also, auf Lindenhain hast du echt was verpasst!"

Lina guckte gespannt. „Was denn?"

„Wir hatten da ein paar Gäste, unglaublich ..." begann Carolin. „Schau mal, das gibt's doch nicht!" Sie legte ihre Hand über die Augen, um besser sehen zu können. Dann stieß sie Lina in die Seite und deutete zur Hofeinfahrt, durch die ein Auto mit Anhänger rollte.

Lina folgte ihrem Blick. „Irgendjemand bringt ein Pferd. Na und?"

„Ich kenne diesen Irgendjemand!"

Es waren Ferdi, seine Mutter und Cinderella, die da anrollten.

Carolin sprang von der Koppel und lief auf sie zu. „Hallo, Ferdi. Du schon wieder? Sind denn bei euch schon wieder Ferien?"

Ferdi verzog das Gesicht zu einem schiefen Grinsen. „Hi, Caro. Dein Wort in des Schuldirektors Gehörgang. Schön wär's, aber ist nicht!"

„Lass mich raten: Es hat dir in Lilienthal so gut gefallen, dass du beschlossen hast, hierher zu ziehen", zog sie ihn auf.

„Sehr witzig." Er schien nicht zu Späßen aufgelegt.

„Komm schon, Ferdinand! Wir müssen das mit Herrn Hilmer besprechen!" Ferdi zuckte mit den Achseln und trottete folgsam hinter seiner Mutter her, die ein graues Kostüm trug, von dem man schon von Weitem sah, dass es ein Vermögen gekostet haben musste.

Carolin lief zurück zu Lina. „Ich frag mich, was das zu bedeuten hat?", murmelte sie, den Blick auf Gunnars Büro gerichtet.

„Was geht denn hier eigentlich vor sich?", fragte Lina, die die Szene aufmerksam beobachtet hatte.

Carolin schüttelte den Kopf. „Ich hab keinen blassen Schimmer." Aber sie spürte ein merkwürdiges Grummeln in ihrem Bauch, das sie häufiger fühlte, wenn sich etwas Bedeutungsvolles ereignen sollte.

Nach ein paar Minuten, die Carolin wie eine kleine Ewigkeit vorkamen, kam Ferdinand aus dem Büro. Seine Mutter unterhielt sich offenbar noch mit Gunnar.

Carolin winkte ihn zu sich. „Was geht denn bei euch ab?", erkundigte sie sich.

Ferdinand lehnte sich an den Zaun. „Es gab ein paar Probleme mit Cinderella."

„Was denn für Probleme?"

Ferdinand zuckte mit den Schultern. „Cinderella war plötzlich total merkwürdig drauf."

Carolin sah ihn erstaunt an. „Sternentänzer auch!"

„Wir haben sie in einen schönen Stall bei Berlin gebracht, aber irgendwie ... Sie wollte nichts mehr fressen, nicht mehr galoppieren, und ihre Augen waren ganz stumpf und traurig."

„Sternentänzers Augen auch. Und dann …?"

„Tja, der Veterinär kam und hat sie von oben bis unten untersucht – nichts. Das Pferd ist kerngesund, meinte er."

„Weiter …!"

„Aber Cinderella hat weiter rumgezickt."

„Rumgezickt!", wiederholte Carolin empört.

„Na ja, ist ja auch ein Mädchen", grinste er. „Und die meisten Mädchen sind Zicken."

„Idiot, aber erzähl weiter!"

„Na ja, wir sind dann mit ihr zum Psychiater."

Carolin prustete los. „Zum Psychiater? Das glaub ich nicht. Musste sie sich da auf die Liege legen?"

„Natürlich nicht. Auch Tiere können seelische Probleme haben. So wie wir Menschen, hat zumindest die Psychotante meiner Mutter gesagt."

„Und dann?"

„Nach längeren Therapiegesprächen hat Cinderella dann dem Psychiater verraten, was ihr fehlt. Er hat ihr dann sechs Therapiestunden verordnet."

„Nee, oder?"

Ferdi grinste schief. „Na gut, kleiner Joke. Der Doc hat es auf den ersten Blick erkannt. Und da hätten wir auch draufkommen können!"

„Ja, und was hat sie denn nun?" Carolin platzte schier vor Ungeduld.

„Eine faustdicke Depression."

„Eine Depression? Wieso denn das?"

„Sie hat Liebeskummer. Ganz gewöhnlichen Liebeskummer!"

Carolin starrte Ferdi an. „Echt?"

„Auf gut Deutsch: Sie hat Sternentänzer vermisst."

„Und Sternentänzer sie", nickte Carolin vor sich hin. „Unglaublich!"

„Und da es ja auch für Tiere keine Medizin gegen Liebeskummer gibt, haben wir sie wieder zurückgebracht, zu ihrem Liebsten."

Carolin sah ihn fassungslos an. Sie konnte kaum glauben, was sie da hörte. „Wie jetzt?"

„Mutter hat sie in den Anhänger gepackt und nach Lindenhain gebracht."

„Für wie lange?"

Ferdi grinste von einem Segelohr zum anderen. „Vielleicht so lange, bis sie sich auf die Nerven gehen und zum Paartherapeuten müssen?"

„Witzbold!"

„Nee, keine Ahnung, aber Mutter meinte, eigentlich könnten wir sie ja genauso gut auf Lindenhain unterstellen. Von uns hat sowieso kaum jemand Zeit, sich um sie zu kümmern."

Da klapperten auch schon die hohen Absätze seiner Mutter über das Pflaster, als sie zusammen mit Gunnar zum Anhänger eilte und die Tür öffnete. Im gleichen Moment, als Cinderella mit der Nase zur Tür herausschaute, schoss Sternentänzer auch schon wild wiehernd über die Weide Richtung Anhänger. Cinderella wieherte lauthals zurück, warf ihren Kopf hin und her und war kaum noch zu halten.

„Was für eine Wiedersehensfreude!" Carolin grinste breit.

„Was ist denn das für eine Schönheit?", fragte Lina mit offenem Mund.

„Darf ich vorstellen: Das ist Sternentänzers Freundin Cinderella."

„Kommst du bitte mit, Ferdinand!"

„Ja, komm schon." Ferdi steckte seine Hände in die Hosentaschen. „Tja dann …"

„Wie? Du gehst schon gleich wieder? Zurück nach Berlin?"

Ferdi nickte. „Nur Cinderella bleibt hier."

Carolin legte die Stirn in Falten. „Vermisst du sie denn nicht?"

Er zuckte mit den Schultern. „In den Ferien komme ich sie besuchen."

„Ferdinand, kommst du bitte!"

„Meine Mutter ruft. Ich muss, sonst zieht sie mir wieder die Ohren lang." Er deutete auf seine Segelohren und grinste. „Und du siehst ja, wohin das führt!"

Carolin prustete los. „Echt schade, dass du nicht noch bleiben kannst", sagte sie und meinte es auch so.

„Tschüss, Caro."

„Tschüss, Ferdi."

Auf einmal ging die Autotür auf. Ein junges Mädchen stieg aus. „Ferdi, wenn du nicht gleich kommst, fahren wir ohne dich!"

Bei ihrem Anblick traf Carolin fast der Schlag. „Wer ist denn das?", fragte sie atemlos.

„Die Nervensäge? Meine Schwester Nina, warum?"

„Nur so." Carolin schluckte trocken. Diese Nina hatte

langes schwarzes Haar und ein Gesicht wie ein Porzel-
lanpüppchen. Es war das Mädchen, das sie in ihrer
Vision zusammen mit Nick gesehen hatte.

Ein wunderschönes Geburtstagsgeschenk

Es war ein ungewöhnlich milder Spätherbst mit sonnigen Tagen und freundlichen Temperaturen. Bei strahlendem Sonnenschein radelte Carolin vergnügt vor sich hin pfeifend nach Lindenhain. In den Wipfeln der alten Linden zwitscherten die Vögel. Carolin war rundherum glücklich. Es war schließlich auch ein besonderer Tag: ihr Geburtstag. Er hatte schon toll angefangen. Ines hatte ihr eine neue Reitausrüstung geschenkt. Von der Kappe bis zu den Stiefeln. Nigelnagelneu. „Aus der alten bist du doch in einem halben Jahr rausgewachsen", meinte sie, praktisch veranlagt wie immer.

Von ihrem Vater und Rosanna, die immer noch zusammen waren, hatte sie eine Handycam bekommen. „Damit du jede Bewegung von deinem Superpferd aufnehmen und jederzeit angucken kannst", erklärte ihr Vater.

„Geruchlos und sauber", konnte sich Rosanna nicht verkneifen hinzuzufügen. Und ihr Vater hatte ihr dazu noch wunderschöne goldene Ohrringe, an denen ein kleines Pferd baumelte, geschenkt. Zwar trug sie niemals Ohrringe, sie hatte nicht mal Löcher, aber schön waren sie trotzdem.

In der Schule hatte man sie hochleben lassen. Luisa hatte sogar extra einen Kuchen gebacken. Den tollen Schoko-Flockini, den sie besonders gerne mochte. Allerdings hatte sie davon nur ein kleines Stückchen erwischt, denn der größte Teil war in Tinas Schlund verschwunden. Die Mädchen aus der Clique hatten zusammengelegt und ihr aus dem „Ross und Reiter"-Laden ein Pferde-Fotoalbum geschenkt.

Die gestrenge Frau Habermehl hatte ihr sogar die Hausaufgaben erlassen. Allerdings nicht ohne einen ernsten Blick über ihre Zweistärkenbrille. „Aber nur ausnahmsweise."

Und von Lina bekam sie in der Pause ein merkwürdiges, kleines Paket in die Hand gedrückt. „Für dich!"

Carolin freute sich total, denn sie hätte nie gedacht, dass Lina wissen könnte, wann ihr Geburtstag war. *Ich muss sie unbedingt fragen, wann ihrer ist,* nahm sie sich vor, während sie Linas Paket betrachtete. Es war eingewickelt in Blätter und zusammengeschnürt mit verschiedenen würzig duftenden Halmen.

„Was ist da drin?", fragte sie, gespannt wie ein Flitzebogen.

„Na, mach's schon auf!", drängelte Lina.

Es war gar nicht so einfach, die Grasschnüre zu lösen. „Wow!", staunte sie dann. Unter den Blättern war ein Armband. Eines, wie es Carolin noch nie gesehen hatte. Es war hell und glänzte.

„Hab ich dir aus Pferdehaar gemacht", erklärte Lina und grinste dabei diebisch. „Bringt Glück."

Carolin streifte das Armband über ihr rechtes Handgelenk. „Selber gemacht?" Sie betrachtete es genauer. „Doch nicht etwa …?"

„Doch!"

„Jetzt kannst du Sternentänzer immer mit dir rumtragen!", grinste sie.

Carolin fiel der Freundin begeistert um den Hals. „Das ist das coolste Geschenk, das ich je bekommen habe!" Doch Carolin konnte nicht wissen, dass die schönste aller Geburtstagsüberraschungen erst noch kommen sollte.

Es war so herrlich warm, dass die Pferde noch hinaus auf die Koppel durften. Und so führte sie ihr erster Weg dorthin. Sie ließ das Rad fallen und nahm ihren Lieblingsplatz auf dem Koppelgatter ein. Dort blinzelte sie genüsslich in die Sonne. *Was für ein herrlicher Tag!*, dachte sie. Marhaba und Shania buckelten vor Vergnügen, und selbst die alte Hermine wagte einen Galopp. Rocco, Ronja und Luna tobten im Pulk über die Weide, während Sternentänzer mit einem lauten Wiehern über die Koppel jagte. Seit Cinderella zurückgekehrt war, war auch er wieder ganz der Alte.

„Sternentänzer!", rief sie ihm zu. „Sternentänzer!" Sie pfiff durch die Finger, da kam er auch schon angetrabt. Er sah sie einen Moment an, wieherte dann lauthals, streckte seinen edlen Kopf und liebkoste ganz sanft ihre Wange. So, als würde er ihr zum Geburtstag gratulieren.

„Ja, mein Süßer", kicherte sie. Dann fiel ihr Blick auf Cinderella, die sich seltsam ruhig verhielt. Abgesondert von allen stand sie da mit gesenktem Kopf. Nicht mal trinken wollte sie. Obwohl sie den Wassertrog für sich allein hatte, spielte sie nur mit dem Wasser und blies hinein, bis sich kleine Wellen bildeten.

„He! Was ist denn los, meine Schöne? Keine Lust auf Rumtollen?", wunderte sich Carolin, lief zu ihr und kraulte sie zwischen den Ohren. Cinderella knabberte an Carolins T-Shirt.

Carolin kicherte. „Hast du vielleicht wieder Depressionen? Oder hast du Hunger?"

Cinderella schien zu nicken.

„Na, dann komm!" Carolin holte sie von der Koppel und führte sie in den Stall.

Sie hockte sich zu ihr in die Box und fütterte sie mit Apfelschnitzen, Brotkrusten und Möhren. Kauend hielt Cinderella den Kopf gesenkt, damit Carolin sie bequem hinter den Ohren kraulen konnte. In null Komma nix hatte sie die Möhren weggeputzt und stieß Carolin auffordernd an, als wolle sie sagen: „Noch eine!"

„Nix da, meine Liebe." Doch Cinderella war wenig überzeugt und stupste Carolin in die Seite.

„Du wirst langsam ein bisschen zu dick", sagte sie und streichelte über Cinderellas prallen Bauch.

Nick kam in den Stall. Er hatte ihre letzten Worte gehört. „Kein Wunder", grinste er. „Wenn du das arme Tier so vollstopfst, platzt es bald!"

„Stimmt gar nicht!", empörte sich Carolin. Besorgt sah sie sich den Bauch an. Der glich langsam wirklich einem aufgeblasenen Luftballon. „Meinst du echt, ich hab sie zu viel gefüttert?"

„Yup!", machte Nick.

Carolin begutachtete Cinderella alarmiert. „Sie sieht überhaupt irgendwie komisch aus, die Arme! Vielleicht sollten wir besser den Tierarzt holen! Dr. Schulz muss kommen!"

„Unbedingt!" Nick grinste breit von einem Ohr zum anderen.

„Und was bitte ist daran so witzig, Mister Oberschlau? Wir müssen auch Ferdi und seiner Mutter Bescheid geben!"

„Sie wissen es schon."

Carolin hielt vor Schreck die Luft an. „Ist es denn so schlimm? Wird sie sterben? Was wissen sie schon?"

Carolin sah Nick an, der sich nur mit größter Mühe das Lachen verkneifen konnte.

„Sag mir sofort, was los ist!", fauchte Carolin wütend.

„Cinderella ist nicht zu dick, sie ist trächtig", platzte es aus ihm heraus.

Carolin sah ihn ungläubig an. „Wie?"

„Sie ist trächtig. Sie bekommt Nachwuchs. Ein kleines Fohlen."

„Du meinst …?"

„Genau!"

„Doch nicht etwa … von Sternentänzer?", flüsterte Carolin ehrfürchtig.

„Sieht so aus. Oder hast du sie noch mit anderen jungen Männern gesehen?"

„Echt?"

Nick nickte. „Deshalb haben sich die beiden auch so merkwürdig aufgeführt, als sie getrennt waren!"

„Oh mein Gott, ich glaub es nicht!", flüsterte Carolin. Dann schrie sie, so laut sie konnte: „Oh mein Gott! Mein Sternentänzer wird Vater." Vor Freude fiel sie Nick um den Hals, ließ ihn dann aber gleich wieder los und tanzte durch den Stall wie Rumpelstilzchen um das Feuer.

„Sternentänzer wird Vater an meinem Geburtstag", sang sie dabei immer wieder.

„Oje!" Nick schob seine Baseballcap in den Nacken und kratzte sich verlegen am Kopf. „Der ist doch nicht etwa heute?"

„Dohoch", sang Carolin aus voller Brust.

„Mist, hab ich völlig verschwitzt!", gestand er.

„Mahacht nichts", sang Carolin weiter.

„Tja dann: Happy Birthday, Kleine! Das Geschenk wird nachgeliefert", rief er, kam ihr nach und packte sie am Arm. Dann drückte er ihr einen dicken Kuss auf die Wange. Wollte er eigentlich, aber Carolin hatte ihren Kopf so schnell weitergedreht, dass Nicks Geburtstagskuss direkt auf ihren Lippen landete. Seine Lippen fühlten sich kühl und warm, trocken und feucht zugleich an. Und für einen Moment hämmerte ihr Herz gewaltig in ihrer Brust. *Halt!*

„Du, Nick?"

„Was?"

„Wer hat eigentlich Ferdi und seiner Mutter Bescheid gegeben?"

„Ich, warum?"

„Hast du angerufen?"

„Nee, ich hab eine Brieftaube geschickt, weil meine Buschtrommel gerade in der Werkstatt ist. Natürlich hab ich dort angerufen!"

„Hast du auch mit Nina, der Schwester von Ferdi, gesprochen?"

„Nein, hab ich nicht. Wusste gar nicht, dass es in dieser hochvornehmen Familie noch mehr Nachwuchs gibt. Aber warum stellst du so merkwürdige Fragen?"

„Nur so, ohne Grund. Nur so", sagte Carolin schnell. Und dann waren ihre Gedanken sofort wieder bei Sternentänzer. „Was meinst du? Wird das Fohlen kohlrabenschwarz wie Cinderella oder weiß wie Sternentänzer? Wenn ein Elternteil ein Schimmel ist, dann kann es wieder ein Schimmel werden", überlegte Carolin.

„Auf jeden Fall wird es eine Schönheit, darauf würde ich mein Gehalt der nächsten Jahre wetten!", meinte Nick.

„Ob es Sternentänzers schwarzen Stern erben wird? Oder vielleicht wird es ja ganz schwarz mit einem weißen Stern. Und …" Auf einmal blieb sie wie angewurzelt stehen. Ihr ganzer Körper zitterte vor Aufregung, und die Frage aller Fragen schoss ihr durch den Kopf: *Wird Sternentänzers Fohlen auch magische Kräfte besitzen?* Ihre Gedanken eilten weit in die Zukunft.

Sternentänzer-News

Hast du Interesse an aktuellen Informationen
über die nächsten Romane von Sternentänzer?
Dann abonniere den Sternentänzer-Newsletter –
die perfekte Info-Quelle für alle Sternentänzer-Fans!
Sende uns eine E-Mail unter Sternentaenzer@panini.de,
und der nächste Newsletter geht auch an deine
E-Mail-Adresse – kostenlos und unverbindlich!

„Hast du angerufen?"

„Nee, ich hab eine Brieftaube geschickt, weil meine Buschtrommel gerade in der Werkstatt ist. Natürlich hab ich dort angerufen!"

„Hast du auch mit Nina, der Schwester von Ferdi, gesprochen?"

„Nein, hab ich nicht. Wusste gar nicht, dass es in dieser hochvornehmen Familie noch mehr Nachwuchs gibt. Aber warum stellst du so merkwürdige Fragen?"

„Nur so, ohne Grund. Nur so", sagte Carolin schnell. Und dann waren ihre Gedanken sofort wieder bei Sternentänzer. „Was meinst du? Wird das Fohlen kohlrabenschwarz wie Cinderella oder weiß wie Sternentänzer? Wenn ein Elternteil ein Schimmel ist, dann kann es wieder ein Schimmel werden", überlegte Carolin.

„Auf jeden Fall wird es eine Schönheit, darauf würde ich mein Gehalt der nächsten Jahre wetten!", meinte Nick.

„Ob es Sternentänzers schwarzen Stern erben wird? Oder vielleicht wird es ja ganz schwarz mit einem weißen Stern. Und ..." Auf einmal blieb sie wie angewurzelt stehen. Ihr ganzer Körper zitterte vor Aufregung, und die Frage aller Fragen schoss ihr durch den Kopf: *Wird Sternentänzers Fohlen auch magische Kräfte besitzen?* Ihre Gedanken eilten weit in die Zukunft.